# 동백꽃 · 소낙비(외)

김유정 지음

# 차　례

■이 책을 읽는 분에게

가난과 실연, 병고와 실의의 만 29년을 살았던 유정(裕貞)은 죽은 후에 안장될 땅을 못 구하여, 그가 남기겠다던 결핵균과 함께 한 상자의 재로 화한 채 한강에 흩날려 내려갔다.

강원도 춘천에서 2남 6녀 중 일곱째, 차남으로 태어나 귀엽게 자라다가 여섯 살에 어머니를 여읜 후 여덟 살에는 아버지마저 잃어 삼촌과 형, 누나를 번갈아가며 보호자로 삼았던 그는 따라서 정서적으로 항상 불안하고 실의에 빠지게 되었다. 후일 기생에 대한 짝사랑 편지는 그에게 더할 수 없이 좋은 습작기의 문장 연습이 되었으며, 이는 또한 작품 〈두꺼 비〉의 모체도 된다. 그가 짝사랑한 많은 기생들은 말할 필요도 없이 일찍 가버린 어머니상(像)의 추구에서 나온 것이었다.

열두 살 때 제동공립보통학교에 들어가면서 신학문의 첫걸음을 내디딘 그는 이어 휘문고보 시절에 안회남(安懷南)과 같은 반에 다녔다. 이어 연희전문 문과를 중퇴한 후 떠돌이 생활을 하면서 창작에 정열을 쏟은 것이 유정의 일생이었다.

그의 생애를 편의상 나눠보면, 출생 후부터 연희전문을 중퇴하기까지를 성장기로 부를 수 있다. 이 정신적, 문학적 성장기를 그는 3·1운동의 좌절 이후 반민족적인 탄압 아래서 프로 문학과 국민 문학이 날카롭게 대립하던 속에서 보냈다.

이어 제2기는 연희전문을 중퇴한 후 데카당(방탕한) 생활을 하면서 허약과 파산과 실연으로 방랑하던 1929년부터 1931년까지의 시기가 된다. 그 이후 유정은 일단 데카당의 생활을 청산하고 귀향하여 그곳에서 농촌 계몽 운동을 하는 한편, 습작기를 지나 문단에 나오게 되었다. 그래서 방랑을 청산한 1931년부터 작고하기까지를 제3기로 부를 수 있다.

이처럼 유정은 성장기·방랑기·창작기라는 3기의 각각 특이한 생활을 하면서 짧은 창작 기간 중 우리 나라 단편문학사에 귀중한 작품들을 남겨주었다.

《김유정 전집》에 실려 있는 26편의 소설의 무대를 보면 다음과 같다. 산촌이나 농촌을 무대로 한 것이 12편, 서울이 무대인 것이 11편, 광산촌이 1편, 기타 2편이다.

여기서 산촌과 농촌을 무대로 한 작품은 거의 예외 없이 강원도 그의 고향처럼 빈촌으로 되어 있다. 따라서 이것은 그의 생애 제1기와 제2기의 영향을 받고 쓰여진 작품들이다.

서울을 무대로 한 것은 학창 시절과 제3기의 영향에서 쓰여진 작품이 많으며, 광산을 무대로 삼은 것은 제2기의 방랑기 때 직접 체험한 사실을 바탕으로 삼고 있다. 유정의 경우 그의 체험은 곧 자신의 문학이었다. 그는 겪지 않고 가보지 않은 곳은 무대로 삼지 않았다.

다시 그의 26편의 주요 작품에 등장하는 대표적인 인물 중

50명을 골라 그 직업을 분석해보면 다음과 같다.

소작인·머슴 22명, 자작농·마름 2명, 지주 3명, 학생 3명, 기생·바 걸·들병이 11명, 노동자·여공 3명, 무직 4명, 상인 1명, 기타 1명(거지아이).

소작인이 압도적인 다수를 차지하고 있다. 그리고 여성의 경우는 거의 서비스업에 종사하는 것으로 되어 있다. 주인공들의 학력은 거의 없고 학생이나 전문학교 출신이 몇 명 있을 뿐이다.

유정이 작품 활동을 했던 1930년대의 농촌은 식민지라는 굴레에 봉건주의적 억압이 있었던 두 개의 사슬을 가진 감옥과 같았다. 따라서 그의 소설의 주인공 중 절대 다수를 차지하고 있는 소작인이나 머슴들의 생활은 곧 1930년대 한국 농촌의 모습을 전형적으로 보여준 것이라고 할 수 있다.

그는 당시 소작인들의 이익을 가로채가는 농민의 적을 세 가지로 나눠서 작품 속에다 그려주고 있다. 즉 지주와 마름, 각종 세금과 부역, 관리들의 횡포와 진흥회 등의 간섭을 내세우고 있다.

유정은 작품 속에서 지주나 마름을 곱게 그리지 않는다. 마치 고대소설에 나오는 악의 화신처럼 이들을 묘사해준다.

(1) 하나 인심을 정말 잃었다면 욕보다 읍의 배참봉댁 마름으로 더 잃었다. 본디 마름이란 욕 잘하고, 사람 잘 치고, 그리고 생김 생기길 호박개 같아야 쓰는 거지만……. (〈봄봄〉에서)
(2) 올 농사는 반실이니 도지도 좀 감해주는 게 어떠냐고.

그러나 지주는 아무 말 없이 고개를 모로 흔들었다. 정 이러면 일 년 품은 빼야 할 테니 나는 그 논에다 불을 지르겠수, 하여도 잠자코 응치 않는다. (〈만무방〉에서)

(1)은 마름이라는 사람들이 얼마나 뻔뻔스럽고 비인도적이냐는 것을 말해주고 있으며, (2)는 지주들의 도조(賭租)가 얼마나 부당한 것인가를 말해준다. 이와 같은 지주와 마름에 대한 간접적인 비난은 〈금 따는 콩밭〉, 〈소낙비〉, 〈동백꽃〉 등에도 가끔 나타난다. 〈동백꽃〉은 마름의 딸에게 소작인의 아들이 꼼짝없이 당하는 이야기며, 〈소낙비〉는 지주 신분의 사람에게 소작인의 처가 돈을 얻기 위해 당하는 이야기다.
그 다음 소작인들을 괴롭혔던 각종 세금에 대해서 작가는 이렇게 쓰고 있다.

(3) 가혹한 도지다. 입쌀 석 섬, 보리, 콩 두 되의 소출은 근근 댓 섬. 나눠 먹기도 못 된다. 본디 밭이 아니다. 고목 느티나무 그늘에 가리워 여름날 오고가는 농군이 쉬던 정자터이다. 그것을 지주가 무리로 갈아 도지를 놓아 먹는다. (〈총각과 맹꽁이〉에서)
(4) 요즘 눈바람은 부닥치는데 조밥꽁댕이를 씹어가며 신작로를 닦는 것은 그리 수월치도 않는 일이었다. 떨면서 그 지랄을 또 하려니 생각만 하여도 짜장 이에서 신물이 날 뻔하다 만다. (〈솥〉에서)

(3)은 지주에게 바쳐야 할 도지에 대한 서술이다. 소작료

가 일찍이 우리 나라만큼 높은 곳은 없었다. 가장 많은 것으로는 생산량의 9할을 받았던 경기도에서, 적기로는 평북의 2할까지 있었다고 한다. 유정의 소설 배경이었던 강원도는 대개 5할 전후였다고 한다. (4)는 일제(日帝)가 그들의 착취를 보다 쉽게 하기 위하여 신작로를 닦는 데 강제 부역을 시키던 일을 말해주고 있다. 이 밖에도 유정의 작품에는 나타나 있지 않지만 수리조합비, 철도 부설 부역 등 허다한 수탈과 강제 노역에 시달렸던 것이 당시의 농민들이었다.

특히 소작료가 비싸 자신이 지은 농사를 밤중에 몰래 훔치다가 자기 형에게 들켜 무안을 당하는 〈만무방〉은 당시의 소작인 생활을 실감 있게 그려준 걸작이다.

마지막으로 각종 집회와 관리들의 횡포에 의한 농민들의 괴로움을 보여준 것으로는 진흥회가 나오는 〈총각과 맹꽁이〉와 농민총회가 등장하는 〈솥〉 등이 있다. 진흥회란 1930년대에 일제가 만든 농민 탄압 단체였다. 즉 소작인들의 쟁의를 사전에 탐지해서 그 활동을 막으며 쌀 공출을 잘 내도록 하는 한편, 궁극적으로는 황국(皇國) 농민을 만들려는 일종의 계몽적 성격을 가진 어용 단체였다. 이 진흥회가 농촌 집집마다 찾아다니며 피곤한 농민들을 더한층 못살게 굴었다.

이상 1930년대의 농촌 문제 세 가지를 유정의 작품을 통하여 살펴보았다. 그런데 여기서 우리는 그의 작가적 한계를 간과해서는 안 될 것이다. 당시 농촌에서는 소작인 조직이 생겨 지주들에 대항한 투쟁이 맹렬히 일어났었다. 그들의 최대 쟁점은 소작료 3대 7의 비율이었다.

그럼에도 불구하고 유정의 작품에는 결코 지주에게 덤비는 농민은 하나도 없다. 〈만무방〉의 응칠이가 지주의 뺨을 갈기는 것으로 되어 있으나, 사실 그는 소작인으로서의 농민이라기보다는 부랑자에 가깝게 묘사되어 있다.

　유정이 그린 소작인들은 왜 그들이 못 사는지, 무엇이 그들의 적인지를 몰랐다. 이것은 곧 작가 김유정이 갖는 인생파적인 한계에서 온 것으로 오늘의 우리에게 무척 아쉬운 감을 주는 것이다.

　그럼 유정의 작품 무대 중 제2위를 차지하고 있는 서울과 이에 관련된 관료관(官僚觀)은 어떤지 살펴보자.

　(5) 대도시를 건설한다는 명색으로 웅장한 건축이 날로 늘어가고 한편에서는 낡은 단층집은 수리조차 허락지 않는다. 서울의 면목을 위하여 얼른 개과천선하고 훌륭한 양옥이 되라는 말이었다. (중략) 기름때가 짜르르한 헌 누더기를 두르고 거지가 이런 상점 앞에 버티고 서서 나리! 돈 한 푼 주우, 하고……. (〈심청〉에서)

　도심지를 조금만 걸어가면 거지들이 우우 몰려드는 것을 유정은 자주 묘사했다. 〈봄과 따라지〉는 바로 거지아이가 행인들에게 구걸하는 모습을 그린 작품이다. 그는 거지, 바 걸, 실직자 등의 사람들을 곧잘 따라지에 비유했다.

　1930년대 경제 공황의 여파는 식민지에까지 휘몰아와서 서울은 실직자와 거지의 집결지가 되었다. 이농(離農)의 상경도 서울 인구를 늘렸다. 따라서 유정에게 서울이란 시골의 소작인이나 마찬가지로 가난에 찌들린 생활의 터전으로 인식되었다. 근대화랍시고 건물만 화려하게 들어서는, 가난을 해결해줄 생각은 아예 없었던 시대의 도시 풍경을 유정은 그려준다.

〈따라지〉는 서울에 존재하는 온갖 따라지 인생들이 셋방에 들어서 살아가는 작은 지옥의 생활을 묘사하고 있다. 매일 주인으로부터 방세 독촉을 받는 것은 소작인이 지주에게 도조를 재촉받는 것과 너무나 닮았다.

(6) "저런 자식두! 못두 생겼다. 저게 아마 경성부 고쓰까인 거지?"
"글쎄, 그래도 제법 넥타일 다 잡숫구." (〈따라지〉에서)

유정의 작품에는 관료들이 안 나온다. 다 따라지 인생들이다. 여기서는 방세를 받겠다고 주인댁에서, 독학으로 부청에까지 출세를 했다는 조카를 불러와 독촉한다. 이를 맞은편 방에서 문 틈으로 내다보고 있던 바 걸들이 주고받는 대화다. 이 대화 속에는 고쓰까이로부터 고관대작에 이르는 식민지 관리들에 대한 불신과 증오심이 스며 있다.

이와 같은 균형 잃은 도시 속에서 그럼 노동자들은 어떻게 묘사되어 있는가. 유정은 다양한 노동자를 주인공으로 삼지는 않는다. 그러나 광부와 양복점 여직공이 등장하여 당시 식민지 시대의 노동자 생활을 보여주고 있다.

(7) 낮 같은 때 공장에서 일을 하다가 깜빡 졸 적이 있다.

그러다 삐끗하면 엄지손가락을 재봉틀에 박는다. 마는 뺄 수
는 없고 그대로 서서 쩔쩔매는 것이다. 그러면 감독은 와서
뒤통수를 딱 때리고, "조니까 그렇지" 하고 눈을 부라린다.
(〈생의 반려〉에서)

경무과 분실 양복부에 다니는 여공의 경우를 묘사한 것이
다. 이런 작업장에서 여공들은 다 히스테리 환자가 되어 있
다. 〈따라지〉에도 경무과 제복공장의 여공이 나오는데 역시
히스테리 환자다.
여기서 주의할 점은 왜 하필이면 경무과 제복공장에 다니
느냐는 사실이다. 그것은 1930년대 당시 일제가 민족적 차
별로 한국인의 산업공장을 적극 억압했기 때문이다. 당시의
공장 중 91퍼센트가 일본인이 운영하는 것이었고, 약 2퍼센
트는 관공서가 운영했다. 반면 한국인 경영 공장은 약 5퍼센
트 정도였다고 한다.
뿐만 아니라 직공들의 노동시간에까지 그들은 민족적 차
별을 두었다. 1930년대 일본에서는 1일 노동시간 8~10시간
을 실시한 것이 45.3퍼센트, 10~12시간이 46.3퍼센트였다.
그런데 한국에서는 12시간 이상 노동이 46.9퍼센트나 되었
다. 따라서 직공들은 작업 중 졸기 일쑤였고 사고가 많았다.
그러나 보상은 일체 없었으며 감독의 손에 목이 달려 있었
다. 게다가 임금 역시 일본 노동자의 절반밖에 받지 못했다.
유정은 이처럼 농촌의 소작인과 도시의 노동자를 중심으
로 한 1930년대의 빈민 생활을 즐겨 다루면서도 여성관에서
는 서구적인 자유연애론을 구가하기도 했다. 그러나 대개의

경우 그는 봉건적인 여필종부의 여인상을 제시하고 있어 동시대의 이상(李箱)과 좋은 대조를 이루고 있다.

유정은 우리의 고전문학에서 골계(滑稽)의 전통을 그대로 이어받았다. 어느 설문에서 그는 〈흥부전〉을 감명 깊게 읽었다고 했는데, 사실 그의 묘사법은 〈흥부전〉에 뿌리를 박고 있는 듯하다.

편 집 부

# 동백꽃 · 소낙비(외)

# 소낙비

　음산한 검은 구름이 하늘에 뭉게뭉게 모여드는 것이 금시
라도 비 한줄기 할 듯하면서도 여전히 짓궂은 햇발은 겹겹
산 속에 묻힌 외진 마을을 통째로 자실 듯이 달구고 있었다.
이따금 생각나는 듯 살매들린 바람은 논밭간의 나무들을 뒤
흔들며 미쳐 날뛰었다.
　뫼 밖으로 농군들을 멀리 품앗이로 내보낸 안말의 공기는
쓸쓸하였다. 다만 맷맷한 미루나무 숲에서 거칠어가는 농촌
을 읊는 듯 매미의 애끓는 노래…….
　매움! 매애움!
　춘호는 자기 집 ── 올 봄에 오 원을 주고 사서 들은 묵삭
은 오막살이집 ── 방 문턱에 걸터앉아서 바른 주먹으로 턱
을 괴고는 봉당에서 저녁으로 때울 감자를 씻고 있는 아내를
묵묵히 노려보고 있었다. 그는 사날 밤이나 눈을 안 붙이고
성화를 하는 바람에 농사에 고리삭은 그의 얼굴은 더욱 해쓱
하였다.

아내에게 다시 한 번 졸라보았다. 그러나 위협하는 어조로,

"이봐, 그래 어떻게 돈 이 원만 안 해줄 테여?"

아내는 역시 대답이 없었다. 갓 잡아온 새댁 모양으로 씻는 감자나 씻을 뿐 잠자코 있었다.

되나 안 되나 좌우간 이렇다 말이 없으니 춘호는 울화가 터져 죽을 지경이었다. 그는 타곳에서 떠돌아온 몸이라 자기를 믿고 장리를 주는 사람도 없고, 또는 그 알량한 집을 팔려 해도 단 이삼 원의 작자도 내닫지 않으므로 앞뒤가 꼭 막혔다. 마는 그래도 아내는 나이 젊고 얼굴 똑똑하겠다, 돈 이 원쯤이야 어떻게라도 될 수 있겠기에 묻는 것인데 들은 체도 안 하니 괘씸한 듯싶었다.

그는 배를 튀기며 다시 한 번,

"돈 좀 안 해줄 테여?"

하고 소리를 빽 질렀다.

그러나 대꾸는 역시 없었다.

춘호는 노기충천하여 불현듯 문지방을 떠다밀며 벌떡 일어섰다. 눈을 흡뜨고 벽에 기대인 지게막대를 손에 잡자 아내의 옆으로 바람같이 달겨들었다.

"이년아, 기집 좋다는 게 뭐여. 남편의 근심도 덜어 주어야지, 끼고 자자는 기집이여?"

지게막대는 아내의 연한 허리를 모질게 후렸다. 까부라지는 비명은 모지락스리 찌그러진 울타리를 벗어나간다. 잼처 지게막대는 앉은 채 고꾸라진 아내의 발뒤축을 얼러 볼기를 내려갈겼다.

"이년아, 내가 언제부터 너에게 조르는 게여?"

범같이 호통을 치며 남편이 지게막대를 공중으로 다시 올리며 모질음을 쓸 때 아내는,

"에그머니!"

하고 외마디를 질렀다. 연하여 몸을 뒤치자 거반 엎어진 듯이 싸리문 밖으로 내달렸다. 얼굴에 눈물이 흐른 채 황그리는 걸음으로 문 앞의 언덕을 내리어 개울을 건너고 맞은쪽에 뚫린 콩밭길로 들어섰다.

"너, 네가 날 피하면 어딜 갈 테여!"

　발길을 막는 듯한 의미 있는 호령에 달아나던 아내는 다리가 멈칫하였다. 그는 고개를 돌리어 싸리문 안에 아직도 지게막대를 들고 섰는 남편을 바라보았다. 어른에게 죄진 어린애같이 입만 종깃종깃하다가 남편이 뛰어나올까 겁이 나서 겨우 입을 열었다.

"쇠돌 엄마 집에 좀 다녀올게유."

　쭈뼛쭈뼛 변명을 하고는 가던 길을 다시 횡허케 내걸었다. 아내라고 요새 이 돈 이 원이 금시로 필요함을 모르는 바도 아니었다. 마는 그의 자격으로나 노동으로나 돈 이 원이란 감히 땅띔도 못 해볼 형편이었다. 벌이래야 하잘것없는 것 —— 아침에 일어나기가 무섭게 남에게 뒤질까 영산이 올라 산으로 빼는 것이다. 조그만 종댕이를 허리에 달고 거한 산 중에 드문드문 박혀 있는 도라지, 더덕을 찾아가는 일이었다. 깊은 산 속으로, 우중충한 돌틈바귀로 잔약한 몸으로 맨발에 짚신짝을 끌며 강파른 산등을 타고 돌려면 젖먹던 힘까지 녹아내리는 듯 진땀이 머리로부터 발끝까지 흘러내린다.

　아랫도리를 단 외겹으로 두른 낡은 치맛자락은 다리로 허

리로 척척 엉기어 걸음을 방해하였다. 땀에 불은 종아리는 거친 숲에 긁히미어 그 쓰라림이 말이 아니다. 게다 무거운 흙내는 숨이 탁탁 막히도록 가슴을 찌른다. 그러나 삶에 발버둥치는 순진한 그의 머리는 아무 불평도 일지 않았다.

가물에 콩나기로 어쩌다 도라지순이라도 어지러운 숲속에 하나 둘 뾰족이 뻗어오른 것을 보면 그는 그래도 기쁨에 넘치는 미소를 지었다. 때로는 바위도 기어올랐다. 정히 못 기어오를 그런 험한 곳이면 칡덩굴에 매어 달리기도 하는 것이었다. 땟국에 전 무명 적삼은 벗어서 허리춤에다 꾹 찌르고는 호랑이숲이라 이름난 강원도 산골에 매어달려 기를 쓰고 허비적거린다. 골바람은 지날 적마다 알몸을 두른 치맛자락을 공중으로 날린다. 그제마다 검붉은 볼기짝을 사양 없이 내보이는 그를 칡덩굴이 본다면, 배를 움켜쥐어도 다 못 볼 것이다. 마는 다행히 그윽한 산골이라 그 꼴을 비웃는 놈은 뻐꾸기뿐이었다.

이리하여 해동갑으로 해갈을 하고 나면 캐어 모은 도라지, 더덕은 얼러 사발 가웃, 혹은 두어 사발 남짓하게 되는 것이다. 그러면 동리로 내려와 주막거리에 가서 그걸 내주고 보리쌀과 사발 바꿈을 하였다. 그러나 요즘엔 그나마도 철이 겨워 소출이 없다. 그 대신 남의 보리 방아를 온종일 찧어주고 보리밥 그릇이나 얻어다가는 집으로 돌아와 농토를 못 얻어 뻔뻔히 노는 남편과 같이 나누는 것이 그날 하루하루의 생활이었다. 그러고 보니 돈 이 원커녕 당장 목을 딴대도 피도 나올지가 의문이었다.

만약 돈 이 원을 돌린다면 아는 집에서 보리라도 꾸어 파는 수밖에는 다른 도리가 없다. 그리고 온 동리의 아낙네들이 치맛바람에 팔자 고쳤다고 쑥덕거리며 은근히 시새우는 쇠돌 엄마가 아니고는 노는 벌이를 가진 사람이 없다. 그런데 도둑이 제 발 저리다고 그는 자기 꼴 주제에 제물에 눌려서 호사로운 쇠돌 엄마에게는 죽어도 가고 싶지 않았다. 쇠돌 엄마도 처음에는 자기네와 같이 천한 농부의 계집이련만 어쩌다 하늘이 도와 동리의 부자 양반 이주사와 은근히 배가 맞은 뒤로는 얼굴도 모양내고, 옷치장도 하고, 밥 걱정도 안 하고 하여 아주 금방석에 뒹구는 팔자가 되었다.

그리그 쇠돌 아버지도 이게 웬 땡이냐 듯이 아내를 내어논 채 눈을 살짝 감아버리고 이주사에게서 나온 옷이나 입고 주는 쌀이나 먹고 연년이 신통치 못한 자기 농사에는 한손을 떼고는 희짜를 뽑는 것이 아닌가!

사실 말인즉, 춘호 처가 쇠돌 엄마에게 죽어도 아니 가려는 그 속까닭은 정작 여기 있었다.

바로 지난 늦은 봄, 달이 뚫어지게 밝은 어느 밤이었다.

춘호가 보름 계추를 보러 산모퉁이로 나간 것이 이슥하여도 돌아오지 않으므로 집에서 기다리던 아내가 인젠 자고 오려나 생각하고는 막 드러누워 잠이 들려니까 웬 난데없는 황소 같은 놈이 뛰어들었다. 허둥지둥 춘호 처를 마구 깔다가 놀라서 으악 소리를 치는 바람에 그냥 달아난 일이 있었다. 어수룩한 시골 일이라 별반 풍설도 아니 나고 쓱싹 되었으나 며칠이 지난 뒤에야 그것이 동리의 부자 이주사의 소행임을 비로소 눈치 채었다.

그런 까닭으로 해서 춘호 처는 쇠돌 엄마와 직접 관계는 없단대도 그를 대하면 공연스레 얼굴이 뜨뜻하여지고 몹시 어색하였다. 죄나 진 듯이…….

그리고 더욱이 쇠돌 엄마가,

"새댁, 나는 속옷이 세 개구, 버선이 네 벌이구 행."

하며 좋다고 핸들대는 꼴을 보면 혹시 자기에게 한 점을 두고서 비양거리는 거나 아닌가 하는 옥생각으로 무안해서 고개를 못 들었다.

한편으로는 자기도 좀만 잘했더면 지금쯤은 쇠돌 엄마처럼 호강할 수 있었을 그런 갸륵한 기회를 깝살려버린 자기 행동에 대한 후회와 애탄으로 말미암아 마음을 괴롭히는 그 쓰라림도 적지 않았다. 그러나 아무러한 욕을 보더라도 나날이 심해가는 남편의 무지한 매보다는 좀 헐할 게다. 오늘은 한맘 먹고 쇠돌 엄마를 찾아가려는 것이었다.

춘호 처는 이번 걸음이 헛발이나 안 칠까 일념으로 심화를 하며 수양버들이 쭉 늘여박힌 논두렁길로 들어섰다.

그는 시골 아낙네로는 용모가 매우 반반하였다. 좀 야윈 듯한 몸매는 호리호리한 것이 소위 동리의 문자대로 외입깨나 하염직한 얼굴이었으되 추레한 의복이며 퀴퀴한 냄새는 거지를 볼지른다.

그는 왼손 바른손으로 겨끔내기로 치맛귀를 여며가며 속살이 빠질까 조심조심 걸었다. 감사나운 구름송이가 하늘 신폭을 휘덮고는 차츰차츰 지면으로 처져내리더니 그예 산봉우리에 엉기어 살풍경이 되고 만다. 먼 데서 개짖는 소리가 앞뒷산을 한적하게 울린다. 빗방울은 하나 둘 떨어지기 시작하더니 차차 굵어지며 무더기로 퍼부어내린다.

춘호 처는 길가에 늘어진 밤나무 밑으로 뛰어들어가 비를 개이며 쇠돌 엄마 집을 멀리 바라보았다. 북쪽 산기슭 높직한 울타리로 삥 돌려 두르고 앉았는 오목하고 맵시 있는 집이 그 집이었다. 그런데 싸리문이 꼭 닫힌 걸 보면 아마 쇠돌 엄마가 농군청에 저녁 제누리를 나르러 가서 아직 돌아오지 않은 모양이었다.

그는 쇠돌 엄마 오기를 지켜보며 오도카니 서서 기다리고 있었다.

나뭇잎에서 빗방울은 뚝뚝 떨어지며 그의 뺨을 흘러 젖가슴으로 스며든다. 바람은 지날 적마다 냉기와 함께 굵은 빗발을 몸에 들여친다. 비에 쪼르륵 젖은 치마가 몸에 찰싹 감기어 허리로, 궁둥이로, 다리로, 살의 윤곽이 그대로 비쳐올랐다.

무던히 기다렸으나 쇠돌 엄마는 오지 않았다. 하도 진력이 나서 하품을 하여가며 정신 없이 서 있노라니 왼편 언덕에서 사람 오는 발자국 소리가 들린다. 그는 고개를 돌려보았다. 그러나 날쌔게 나무 틈으로 몸을 숨겼다. 동이배를 가진 이 주사가 지우산을 받쳐쓰고는 쇠돌네 집을 향하여 엉덩이를 껍죽거리며 내려가는 길이었다. 비록 키는 작달막하나 숱 좋은 수염이라든가, 온 동리를 털어야 단 하나뿐인 탕건이든지 썩 풍채 좋은 오십 전후의 양반이다.

그는 싸리문 밖으로 가더니 자기 집처럼 거침없이 문을 떠다밀고는 속으로 버젓이 들어가버린다.

이것을 보니 춘호 처는 다시금 속이 편치 않았다. 자기는

개 돼지같이 무시로 매만 맞고 돌아치는 천덕구니다. 안팎으로 겹귀염을 받으며 간들대는 쇠돌 엄마와 사람된 치수가 두드러지게 다름을 그는 알 수 있었다. 쇠돌 엄마의 호강을 너무나 부럽게 우러러보는 반동으로 자기도 잘했더라면 하는 턱없는 희망과 후회가 전보다 몇 갑절 쓰린 맛으로 그의 가슴을 찌푸뜨렸다.

쇠돌네 집을 하염없이 건너다보다가 어느덧 저도 모르게 긴 한숨이 굴러 내린다. 언덕에서 쓸려 내리는 사탯물이 발등까지 개흙으로 덮으며 소리쳐 흐른다. 빗물에 푹 젖은 몸뚱어리는 점점 떨리기 시작한다.

그는 가벼웁게 몸서리를 쳤다. 그리고 당황한 시선으로 사방을 경계하여 보았다. 아무도 보이지는 않았다. 다시 시선을 돌리어 그 집을 쏘아보며 속으로 궁리하여 보았다.

안에는 확실히 이주사뿐일 게다. 그때까지 걸렸던 싸리문이라든지 또는 울타리에 넌 빨래를 여태 안 거둬 들이는 것을 보면 어떤 맹세를 두고라도 분명히 이주사 외의 다른 사람은 하나도 없을 것이다.

그는 마음놓고 비를 맞아가며 그 집으로 달려들었다. 봉당으로 선뜻 뛰어오르며,

"쇠돌 엄마 기슈?"

하고 인기를 내보았다.

물론 당자의 대답은 없었다. 그 대신 그 음성이 나자 안방에서 이주사가 번개같이 머리를 내밀었다. 자기 딴은 꿈밖이란 듯, 눈을 두리번두리번하더니 옷 위로 볼가진 춘호 처의 젖가슴, 아랫배, 넓적다리, 발등까지 슬쩍 음흉히 훑어보고

는 거나한 낯으로 빙그레한다. 그리고 자기도 봉당으로 주춤
주춤 나오며,

"쇠돌 엄마 말인가? 왜 지금 막 나갔지. 곧 온댔으니 안방
에 좀 들어가 기다렸으면……."
하고 매우 일이 딱한 듯이 어름어름한다.

"이 비에 어딜 갔에유?"

"지금 요 밖에 좀 나갔지, 그러나 곧 올 걸……."

"있는 줄 알고 왔는디……."

춘호 처는 이렇게 혼잣말로 낙심하며 섭섭한 마음으로 머
뭇거리다가 그냥 돌아갈 듯이 봉당 아래로 내려섰다.

이주사를 쳐다보며 물 차는 제비같이 산드러지게,

"그럼 요담에 오겠어유, 안녕히 계시유."
하고 작별의 인사를 올린다.

"지금 곧 온댔는데, 좀 기다리지……."

"담에 또 오지유."

"아닐세, 좀 기다리게. 여보게, 여보게, 이봐!"

춘호 처가 간다는 바람에 이주사는 체면도 모르고 기가 올
랐다. 허둥거리며 재간껏 만류하였으나 암만해도 안 될 듯싶
다. 춘호 처가 여기에 찾아온 것도 큰 기적이려니와 뇌성벽
력에 구석진 곳이겠다, 이렇게 솔깃한 기회는 두 번 다시 못
볼 것이다. 그는 눈이 뒤집히어 입에 물었던 장죽을 쭉 뽑아
방안으로 치뜨리고는 계집의 허리를 다짜고짜 끌어안아서
봉당 위로 끌어올렸다.

계집은 몹시 놀라며,

"왜 이러서유, 이거 노세유."

하고 몸을 뿌리치려고 앙탈을 한다.

"아니 잠깐만."

이주사는 그래도 놓지 않으며 허겁스러운 눈짓으로 계집을 달래인다.

흘러내리는 고의춤을 왼손으로 연신 치우치며 바른팔로는 계집을 잔뜩 움켜잡고는 엄두를 못 내어 쩔쩔매다가 간신히 방안으로 끙끙 몰아넣었다. 안으로 문고리는 재빠르게 채이었다.

밖에서는 모진 빗방울이 배춧잎에 부딪치는 소리, 바람에 나무 떠는 소리가 요란하다. 가끔 양철통을 내려 굴리는 듯 거푸진 천둥소리가 방고래를 울리며 날은 점점 침침하여갔다.

얼마쯤 지난 뒤였다. 이만하면 길이 들었으려니 안심하고 이주사는 날숨을 후우 하고 돌린다. 실없이 고마운 비 때문에 발악도 못 치고 앙살도 못 피우고 무릎 앞에 고분고분 늘어져 있는 계집을 대견히 바라보며 빙긋이 얼러보았다. 계집은 온몸에 진땀이 쭉 흐르는 것이 꽤 더운 모양이다.

벽에 걸린 쇠돌 엄마의 적삼을 꺼내어 계집의 몸을 말쑥하게 훌닦기 시작한다. 발끝서부터 얼굴까지…….

"너, 열아홉이지?"

하고 이주사는 취한 얼굴로 얼간히 물어보았다.

"니에."

하고 메떨어진 대답.

계집은 이주사 손에 눌리어 일어나지도 못하고 죽은 듯이 가만히 누워 있다.

이주사는 계집의 몸을 다 씻고 나서 한숨을 내뿜으며 담배 한 대를 턱 피워물었다.

"그래, 요새도 서방에게 주리경을 치느냐?"

하고 묻다가 아무 대답도 없으매,

"원 그래서야 어떻게 산단 말이냐, 하루 이틀도 아니고. 사람의 일이란 알 수 있는 거냐? 그러다 혹시 맞아 죽으면 정장 하나 해볼 곳 없는 거야. 허니, 네 명이 아까우면 덮어놓고 민적을 가르는 게 낫겠지."

하고 계집의 신변을 위하여 염려를 마지않다가 번뜻 한 가지 궁금한 것이 있었다.

"너 참, 아이 낳았다 죽었다더구나?"

"니에."

"어디 난 듯이나 싶으냐?"

계집은 얼굴이 홍당무가 되어지며 아무 말 못 하고 고개를 외면하였다.

이주사도 그까짓 거 더 묻지 않았다. 그런데 웬 녀석의 냄새인지 무 생채 썩은 듯한 시크무레한 악취가 불시로 코청을 찌르니 눈살을 찌푸리지 않을 수 없다. 처음에야 그런 줄은 소통 몰랐더니 알고 보니까 비위가 족히 역하였다.

그는 빨고 있는 담배통으로 계집의 배꼽께를 똑똑히 가리키며,

"애, 이 살의 때꼽 좀 봐라. 그래 물이 흔한데 이것 좀 못 씻는단 말이냐?"

하고 모처럼의 기분이 상한 것이 앵하단 듯이 꺼림한 기색으로 혀를 찼다. 하지만 계집이 참다참다 이내 무안에 못 이기

어 일어나 치마를 입으려 하니 그는 역정을 벌컥 내었다. 옷을 빼앗아 구석으로 동댕이를 치고는 다시 그 자리에 끌어앉혔다. 그리고 자기 딸이나 책하듯이 아주 대범하게 꾸짖었다.

"왜 그리 계집이 달망대니? 좀 듬직지가 못하구……."

춘호 처가 그 집을 나선 것은 들어간 지 약 한 시간 만이었다.

비가 여전히 쭉쭉 내린다. 그는 진땀을 있는 대로 흠뻑 쏟고 나왔다. 그러나 의외로, 아니 천행으로 오늘 일은 성공이었다.

그는 몸을 솟치며 생긋하였다. 그런 모욕과 수치는 난생처음 당하는 봉변으로 지랄 중에도 몹쓸 지랄이었으나 성공은 성공이었다. 복을 받으려면 반드시 고생이 따르는 법이니 이까짓 거야 골백번 당한대도 남편에게 매나 안 맞고 의좋게 살 수만 있다면 그는 사양치 않을 것이다. 이주사를 하늘같이, 은인같이 여겼다. 남편에게 부쳐먹을 농토를 줄 테니 자기의 첩이 되라는 그 말도 죄송하였으나, 더욱이 돈 이 원을 줄 테니 내일 이맘때 쇠돌네 집으로 넌지시 만나자는 그 말은 무엇보다도 고마웠고 벅찬 짐이나 푼 듯 마음이 홀가분하였다. 다만 애켜이는 것은 자기의 행실이 만약 남편에게 발각되는 나절에는 대매에 맞아 죽을 것이다.

그는 일변 기뻐하며 일변 애를 태우며 자기 집을 향하여 세차게 쏟아지는 빗속을 가분가분 내려달렸다.

춘호는 아직도 분이 못 풀리어 뿌루퉁하니 홀로 앉았다.

그는 자기의 고향인 인제를 등진 지 벌써 삼 년이 되었다. 해를 이어 흉작에 농작물은 말 못 되고 따라 빚쟁이들의 위협과 악다구니는 날로 심하였다.

마침내 하릴없이 집 세간살이를 그대로 내버리고 알몸으로 밤도주하였던 것이다. 살기 좋은 곳을 찾는다고 나어린 아내의 손목을 끌고 이산 저산을 넘어 표랑하였다. 그러나 우정 찾아들은 곳이 고작 이 마을이나, 산 속은 역시 일반이다. 어느 산골엘 가 호미를 잡아보아도 정은 조그만치도 안 붙었고, 거기에는 오직 쌀쌀한 불안과 굶주림이 품을 벌려 그를 맞을 뿐이었다. 터무니없다 하여 농토를 안 준다. 일구멍이 없으매 품을 못 판다. 밥이 없다. 결국에 그는 피폐하여 가는 농민 사이를 감도는 엉뚱한 투기심에 몸이 달떴다.

요사이 며칠 동안을 두고 요 너머 뒷산 속에서 밤마다 큰 노름판이 벌어지는 기미를 알았다. 그는 자기도 한몫 보려고 끼룩거렸으나 좀체로 밑천을 만들 수가 없었다. 이 원! 수나 좋아서 이 이 원이 조화만 잘한다면 금시 발복이 못 된다고 누가 단언할 수 있으랴! 삼사십 원 따서 동리의 빚이나 대충 가리고 옷 한 벌 지어 입고는 진저리나는 이 산골을 떠나려는 것이 그의 배포였다. 서울로 올라가 아내는 안잠을 재우고 자기는 노동을 하고 둘이서 다구지게 벌면 안락한 생활을 할 수가 있을 텐데, 이런 산구석에서 굶어죽을 맛이야 없었다. 그래서 젊은 아내에게 돈 좀 해오라니까 요리 매낀 조리 매낀 매만 피하고 곁들어주지 않으니 그 소행이 여간 괘씸한 것이 아니다.

아내가 물에 빠진 생쥐 꼴을 하고 집으로 달려들자 미처 입도 벌리기 전에 남편은 이를 악물고 주먹뺨을 냅다 붙인다.

"너 이년, 매만 살살 피하고 어디 가 자빠졌다 왔니?"

볼치 한 대를 얻어맞고 아내는 오기가 질리어 벙벙하였다. 그래도 직성이 못 풀리어 남편이 다시 매를 손에 잡으려 하니 아내는 질겁을 하여 살려달라고 두 손으로 빌며 개신개신 입을 열었다.

"낼 되유……낼. 돈, 낼 되유."

하며 돈이 변통됨을 삼가 아뢰는 그의 음성은 절반이 울음이었다. 남편이 반신반의하여 눈을 찌긋하다가,

"낼?"

하고 목청을 돋웠다.

"네, 낼 된다유."

"꼭 되여?"

"네, 낼 된다유."

남편은 시골 물정에 능통하니만치 난데없는 돈 이 원이 어디서 되는 것까지는 추궁해 물으려 하지 않았다. 그는 적이 안심한 얼굴로 방 문턱에 걸터앉으며 담뱃대에 불을 그었다. 그제야 비로소 아내도 마음을 놓고 감자를 삶으러 부엌으로 들어가려 하니 남편이 곁으로 걸어오며 측은한 듯이 말리었다.

"병 나, 방에 들어가 어여 옷이나 말리여. 감자는 내 삶을게."

먹물같이 짙은 밤이 내리었다. 비는 더욱 소리를 치며 앙상한 그들의 방 벽을 앞뒤로 울린다. 천장에서 비는 새지 않

으나 집 지은 지가 오래되어 고래가 물러앉다시피 된 방이라 도배를 못 한 방바닥에는 물이 스며들어 귀죽죽하다.

거기다 거적 두 잎만 덩그렇게 깔아놓은 것이 그들의 침소였다. 석유불은 없어 캄캄한 바로 지옥이다. 벼룩이는 사방에서 마냥 스멀거린다.

그러나 등걸잠에 익숙한 그들은 천연덕스럽게 나란히 누워 줄기차게 퍼붓는 밤비 소리를 귀담아 듣고 있었다. 가난으로 인하여 부부간의 애틋한 정을 모르고 나날이 매질로 불평과 원망 중에서 복대기는 그들도 이 밤에는 불시로 화목하였다. 단지 남편 품에 들은 돈 이 원을 꿈꾸어 보고도…….

"서울 언제 갈라유?"

남편의 왼팔을 베고 누웠던 아내가 남편을 향하여 응석 비슷이 물어보았다. 그는 남편에게 서울의 화려한 거리며, 후한 인심에 대하여 여러 번 들은 바 있어 일상 안타까운 마음으로 몽상은 하여보았으나 실지 구경은 못 하였다. 얼른 이 고생을 벗어나 살기 좋은 서울로 가고 싶은 생각이 간절하였다.

"곧 가게 되겠지, 빚만 좀 없어도 가뜬하련만."

"빚은 낭종 갚더라도 얼핀 갑세다유."

"염려 없어. 이 달 안으로 꼭 가게 될 거니까."

남편은 썩 쾌히 승낙하였다. 딴은 그는 동리에서 일컬어주는 길꾼으로 투전장의 가보쯤은 시루에서 콩나물 뽑듯 하는 능수였다. 내일 밤 이 원을 가지고 벼락같이 노름판에 달려가서 있는 돈이란 깡그리 모집어올 생각을 하니 그는 은근히 기뻤다. 그리고 교묘한 자기의 손재간을 홀로 뽐내었다.

"이번이 서울 첨이지?"

하며 그는 서울 바람 좀 한 번 쐬었다고 큰 체를 하며 팔로 아내의 머리를 흔들어 물어보았다. 성미가 워낙 겁겁한지라 지금부터 서울 갈 준비를 착착 하고 싶었다. 그가 제일 걱정되는 것은 둠 구석에서 놔 자라먹은 아내를 데리고 가면 서울 사람에게 놀림도 받을 게고 거리끼는 일이 많을 듯싶었다. 그래서 서울 가면 꼭 지켜야 할 필수조건을 아내에게 일일이 설명치 않을 수 없었다.

첫째, 사투리에 대한 주의부터 시작되었다. 농민이 서울 사람에게 '꼬라리'라는 별명으로 감잡히는 그 이유는 무엇보다도 사투리에 있을지니 사투리는 쓰지 말며, '합세'를 '하십니까'로, '하게유'를 '하오'로 고치되 말끝을 들지 말지라, 또 거리에서 어릿어릿하는 것은 내가 시골뜨기요 하는 얼뜬 짓이니 갈 길은 재게 가고 볼 눈은 또릿또릿이 볼지라 —— 하는 것들이었다. 아내는 그 끔찍한 설교를 귀담아 들으며 모깃소리로 "네, 네"를 하였다.

남편은 뒤 시간 가량을 샐틈없이 꼼꼼하게 주의를 다져놓고는 서울의 풍습이며 생활 방침 등을 자기의 의견대로 그럴싸하게 이야기하여오다가 말끝이 어느덧 화장술에 이르게 되었다. 시골 여자가 서울에 가서 안잠을 잘 자주면 몇 해 후에는 집까지 얻어갖는 수가 있는데, 거기에는 얼굴이 예뻐야 한다는 소문을 일찍 들은 바 있어 하는 소리였다.

"그래서 날마닥 기름도 바르고, 분도 바르고, 버선도 신고 해서 줜 마음에 썩 들어야……."

한참 신바람이 올라 주워섬기다가 옆에서 쌔근쌔근 소리

가 들리므로 고개를 돌려보니 아내는 이미 곯아져 잠이 깊었다.

'이런 망할 거, 남 말하는데 자빠져잔담.'

남편은 혼자 중얼거리며 바른팔을 들어 이마 위로 흐트러진 아내의 머리칼을 뒤로 쓰다듬어 넘긴다. 세상에 귀한 것은 자기 아내! 명색이 남편이며 이날까지 옷 한 벌 변변히 못 해입히고 고생만 짓시킨 그 죄가 너무나 큰 듯 가슴이 뻐근하였다. 그는 왁살스러운 팔로 아내의 허리를 꼭 껴안아 자기의 앞으로 바특이 끌어당겼다.

밤새도록 줄기차게 내리던 빗소리가 아침에 이르러서야 겨우 그치고 점심때에는 생기로운 볕까지 들었다. 쿨렁쿨렁 눈물나는 소리는 요란히 들린다. 시내에서 고기잡는 아이들의 고함이며, 농부들의 희희낙락한 메나리도 기운차게 들린다. 비는 춘호의 근심도 씻어간 듯 오늘은 그에게도 즐거운 빛이 보였다.

"저녁 제누리때 되었을걸, 얼른 빗고 가 봐——."

그는 갈증이 나서 아내를 대구 재촉하였다.

"아직 멀었어유."

"뭘!"

아내는 남편의 말대로 벌써부터 머리를 빗고 앉았으나 원체 달포나 아니 가리어 엉클은 머리가 시간이 꽤 걸렸다. 그는 호랑이 같은 남편과 오랜만에 정다운 정을 바꾸어보니 근래에 볼 수 없는 화색이 얼굴에 떠돌았다.

어느 때에는 매적하게 생글생글 웃어도 보았다.

아내가 꼼지락거리는 것이 보기에 퍽으나 갑갑하였다. 남편은 아내 손에서 얼레빗을 쑥 뽑아들고는 시원스레 쭉쭉 내려빗긴다. 다 빗긴 뒤, 옆에 놓인 밥사발의 물을 손바닥에 연신 칠해가며 머리에다 번지르르하게 발라놓았다. 그래 놓고 위서부터 머리칼을 재워가며 맵시 있게 쪽을 딱 찔러주더니, 오늘 아침에 한사코 공을 들여 삼아놓았던 짚신을 아내의 발에 신기고 주먹으로 자근자근 골을 내주었다.

"인제 가봐!"

하다가,

"바루 곧 와, 응?"

하고 남편은 그 이 원을 고이 받고자 손색없도록, 실패 없도록 아내를 모양내 보냈다.

1935년

# 산 골

## 산

머리 위에서 굽어보던 해님이 서쪽으로 기울어 나무에 긴 꼬리가 달렸건만, 나물 뜯을 생각은 않고 이쁜이는 늙은 잣나무 허리에 등을 비껴대고 먼 하늘만 이렇게 하염없이 바라보고 섰다.

하늘은 맑게 개고 이쪽저쪽으로 뭉글뭉글 피어오른 흰 꽃송이는 곱게도 움직인다. 저것도 구름인지 학들은 쌍쌍이 짝을 짓고 그 새로 날아들며 끼리끼리 어르는 소리가 이 수퐁까지 멀리 흘러내린다.

갖가지 나무들은 사방에 잎이 우거졌고 땡볕에 그 잎을 펴들고 너훌너훌 바람과 아울러 산골의 향기를 자랑한다.

그 공중에는 날으는 꾀꼬리가 어여쁘고 —— 노란 날개를 팔딱이고 이 가지 저 가지로 옮아앉으며 흥에 겨운 행복을 노래부른다.

—— 고 — 이! 고이 고 — 이!

요렇게 아양스레 노래도 부르고 ——

── 담배 먹구 꼴 베어!

맞은쪽 저 바위 밑은 필시 호랑님이 드나드는 굴이리라. 음침한 그 위에는 가시덤불, 다래덩굴이 어지러이 엉클리어 지붕이 되어 있고, 이것도 돌이랄지 연녹색 털북숭이는 올망졸망 놓였고, 그리고 오늘도 어김없이 뻐꾸기는 날아와 그 잔등이에 다리를 머무르며 ──

── 뻐꾹! 뻐꾹! 뻑뻐꾹!

어느덧 이쁜이는 눈시울에 구슬방울이 맺히기 시작한다. 그리고 나물 바구니가 툭 하고 땅에 떨어지자 두 손에 펴들은 치마폭으로 그새 얼굴을 폭 가리고는 이쁜이는 흐륵흐륵 마냥 느끼며 울고 섰다.

이제야 후회하노니 도련님 공부하러 서울로 떠나실 때 저도 간다고 왜 좀더 붙들고 늘어지지 못했던가. 생각하면 할수록 가슴만 미어질 노릇이다. 그러나 마님의 눈을 어겨 자그만 보따리를 옆에 끼고 산 속으로 이십 리나 넘어 따라갔던 이쁜이는 산등을 질러갔고 으슥한 고갯마루에서 기다리고 섰다가 넘어오시는 도련님의 손목을 꼭 붙잡고,

"난 안 데려가지유."

하고 애원 못 한 것도 아니니 공연스레 눈물부터 앞을 가렸고 도련님이 놀라며,

"너 왜 오니? 여름에 꼭 온다니까, 어여 들어가라."

하고 역정을 내심에는 고만 두려웠으나 그래도 날 데려가라고 그 몸에 매어달리니 도련님은 얼마를 벙벙히 그냥 섰다가,

"울지 마라, 이쁜아! 그럼 내 서울 가 자리나 잡거든 널 데려가마."

하고 등을 두드리며 달랠 제 만일 이 말에 이쁜이가 솔깃하여 꼭 곧이든지만 않았던들 도련님의 그 손을 안타까이 놓지는 않았던 걸…….

"정말 꼭 데려가지유?"

"그럼 한 달 후에면 꼭 데려가마."

"난 그럼 기다릴 테야유!"

그리고 아침 햇발에 비끼는 도련님의 옷자락이 산등으로 꼬불꼬불 저 멀리 사라지고 아주 보이지 않을 때까지 이쁜이는 남이 볼까 하여 피어 흩어진 개나리 속에 몸을 숨기고 치마끈을 입에 물고는 눈물로 배웅하였던 것이 아니런가! 이렇게도 철석같이 다짐을 두고 가시더니 그 한 달이란 대체 얼마나 되는 겐지 몇 한 달이 거듭 지나고 돌도 넘었으련만 도련님은 이렇다 소식 하나 전할 줄조차 모르신다. 실토로 터놓고 말하자면 늙은 이 잣나무 아래에서 도련님과 맨 처음 눈이 맞을 제 이쁜이가 먼저 그러자고 한 것도 아니런만 —— 이쁜 어머니가 마님댁 씨종이고 보면 그 딸 이쁜이는 잘 따져야 씨의 씨종이니 하잘것없는 계집애이어늘 이쁜이는 제 몸이 이럼을 알고 시내에서 홀로 빨래를 할 제면 도련님이 가끔 덤벼들어 이게 장난이겠지, 품에 꼭 껴안고 뺨을 깨물어 뜯는 그 꼴이 숭굴숭굴하고 밉지는 않았으나 그러나 이쁜이는 감히 그런 생각을 먹어본 적이 없었다. 그날도 마님이 구미가 젖히셨다고 얘 이쁜아, 나물 좀 뜯어온 하실 때 이쁜이는 퍽 반가웠고 아침밥도 몇 술로 겉날리고 바구니를 동무삼아 집을 나섰으니 나이 아직 열여섯이라 마님에게 귀염을 받는 것이 다만 좋았고 칠칠한 나물을 뜯어드리고자 한

사코 이 험한 산 속으로 기어올랐다.

풀잎의 이슬은 아직 다 마르지 않았고 바위 틈바구니에 흩어진 잔디에는 커다란 구렁이가 똬리를 틀고서 떡머구리 한 놈을 우물거리고 있는 중이매 이쁜이는 쌔근쌔근 가쁜 숨을 쉬어가며 그걸 가만히 들여다보고 섰다가 바로 발 앞에 도라지순이 있음을 발견하고 꼬챙이로 마악 캐려 할 즈음 등뒤에서 뜻밖에 발자국 소리가 들리는 것이 아닌가. 깜짝 놀라며 고개를 돌려보니 언제 어디로 따라왔던가, 도련님은 물푸레나무 토막을 한 손에 지팡이로 짚고 붉은 얼굴이 땀바가지가 되어 식식거리며 그리고 싱글싱글 웃고 있다. 그 모양이 하도 수상하여 이쁜이는 눈을 똥그랗게 뜨고 바라보니, 도련님은 좀 면구쩍은지 낯을 모로 돌리며 그러나 여일히 싱글싱글 웃으며 뱃심 유한 소리로,

"난 지팡이 꺾으러 왔다."

그렇지마는 이쁜이는 며칠 전 마님이 불러세우고 너 도련님하구 같이 다니면 매맞는다, 하시던 그 꾸지람을 얼른 생각하고,

"왜 따라왔지유…… 마님 아시면 남 매맞으라구?"

하고 암팡스레 쏘았으나 도련님은 귓등으로 듣는지 그래도 여전히 싱글거리며 뱃심 유한 소리로,

"난 지팡이 꺾으러 왔다."

그제야 이쁜이는 성을 안 낼 수가 없고,

"마님께 나 매맞어두 난 몰라."

혼잣말로 이렇게 되알지게 쫑알거리고 너야 가든 말든 하라는 듯이 고개를 돌리어 아까의 도라지를 다시 캐자노라니

도련님은 무턱대고 그냥 와락 달려들어,

"너 맞는 거 나는 알지."

이쁜이를 뒤로 꼭 붙들고 땀이 쭉 흐른 그 뺨을 또 잔뜩 깨물고는 놓질 않는다. 이쁜이는 어려서부터 도련님과 같이 자랐고 같이 놀았으되 제가 먼저 그런 생각을 두었다면 도련님을 벌컥 떠다밀어 바위 너머로 곤두박히게 했을 리 만무이었고, 궁둥이를 털고 일어나며 도련님이 무색하여 멀거니 쳐다보고 입맛만 다시니 이쁜이는 그 꼴이 보기 가엾고 죄를 저지른 제 몸에 대하여 죄송한 자책이 없던 바도 아니언마는, 다시 손목을 잡히고 이 잣나무 밑으로 끌릴 제에는 온 힘을 다하여 그 손깍지를 벌리며 야단친 것도 사실이 아닌 건 아니나, 그러나 어딘가 마음 한편에 앙살을 피면서도 넉히 끌리어가도록 도련님의 힘이 좀더 좀더 하는 생각이 전혀 없었다면 그것은 거짓말이 되고 말 것이다. 물론 이쁜이가 얼굴이 빨개지며 앙큼스러운 생각을 먹은 것은 바로 이때이었고.

"난 몰라, 마님께 여쭐 터이야, 난 몰라!"

하고 적잖이 조바심을 태우면서 도련님의 속맘을 한번 뜯어보고자,

"누가 종두 이러는 거야?"

하고 손을 뿌리치며 된통 호령을 하고 보니 도련님은 이 깊고 외진 산 속임에도 불구하고 귀에다 입을 갖다대고 가만히 속삭이는 그 말이,

"너 나하고 멀리 도망가지 않으련!"

그러니 이쁜이는 이 말을 참으로 꼭 곧이들었고 사내가 이렇게 겁을 집어먹는 수도 있는지 도련님이 땅에 떨어지는 성

냥갑을 호주머니에 다시 집어넣을 줄도 모르고 덤벙거리며 산 아래로 꽁지를 뺄 때까지 이쁜이는 잣나무 뿌리를 베고 풀밭에 번듯이 드러누운 채 푸른 하늘을 바라보며, 인제 멀리만 달아나면 나는 저 도련님의 아씨가 되려니 하는 생각에 마님께 진상할 나물 캘 생각조차 잊고 말았다. 그러나 조금 지나매 이쁜이는 어쩐지 저도 겁이 나는 듯싶었고 발딱 일어나 사면을 휘돌아보았으나 거기에는 험상스러운 바위와 우거진 숲이 있을 뿐 본 사람은 하나도 없으련만 아마 산이 험한 탓일지도 모르리라. 가슴은 여전히 달랑거리고 두려우면서 그러나 이 몸뚱이를 제 품에 꼭 품고 같이 뒹굴고 싶은 안타까운 행복이 느껴지지 않은 것도 아니었으니 도련님은 이렇게 정을 들이고 가시고는 이제 와서는 생판 모르는 체하시는 거나 아닐는가…….


## 마  을

두 손등으로 눈물을 씻고 고개는 어례 들었으나 나물 뜯을 생각은 않고 이쁜이는 늙은 잣나무 밑에 앉아서 먼 하늘을 치켜대고 도련님 생각에 이렇게도 넋을 잃는다.

이제 와 생각하면 야속도 스럽나니 마님께 매를 맞도록 한 것도 결국 도련님이었고 별 욕을 다 당하게 한 것도 결국 도련님이 아니었던가.

매일같이 산엘 올라다닌 지 단 나흘이 못 되어 마님은 눈치를 채셨는지 혹은 짐작만 하셨는지 저녁때 기진하여 내려

오는 이쁜이를 불러앉히시고,

"너 요년 바른대로 말해야지, 죽인다."

하고 회초리로 때리시되 볼기짝이 톡톡 불거지도록 하시었고, 그래도 안차게 아니라고 고집을 쓰니 이번에는 어머니가 달려들어 머리채를 휘감고 주먹으로 등어리를 서너 번 쾅쾅 때리더니, 그만도 좋으련만 뜰 아랫방에 갖다 가두고는 사날씩이나 바깥 구경을 못 하게 하고 구메밥으로 구박을 막 함에는 이쁜이는 짜장 서럽지 않을 수가 없었다. 징역살이 맨 마지막 밤이 깊었을 제 이쁜이는 너무 원통하여 혼자 앉아서 울다가 자리에 누운 어머니의 허리를 꼭 끼고 그 품속으로 기어들며 "어머니, 나 도련님하고 살 테야" 하고 그예 속중을 토설하니 어머니는 들었는지 먹었는지 그냥 잠잠히 누웠더니 한참 후 휴우, 하고 한숨을 내뿜을 때에는 이미 눈에 눈물이 그렁그렁하였고, 그러고 또 한참 있더니 입을 열어 하는 이야기가, 지금은 이렇게 늙었으나 자기도 색시 때에는 이쁜이만큼이나 어여뻤고 얼마나 맵시가 출중났던지 노나리와 은근히 배가 맞았으나, 몇 달이 못 가서 노마님이 이걸 아시고 하루는 불러세우고 때리시다가 마침내 샘에 못 이기어 인두로 하초를 지지려고 들이덤비신 일이 있다고 일러주고, 다시 몇 번 몇 번 당부하여 말하되 석숭네가 벌써부터 말을 건네는 중이니 도련님에게 맘을랑 두지 말고 몸 잘 갖고 있으라 하고 딱 떼는 것이 아닌가. 하기야 이쁜이가 무남독녀의 귀여운 외딸이 아니었던들 사흘 후에도 바깥에 나올 수 없었으려니와 비로소 대문을 나와보니 그간 세상이 좀 넓어진 것 같고 마치 우리를 벗어난 짐승과 같이 몸의 가뜬함을 느꼈고, 흉측스러운 산으로 뺑뺑 둘러싼 이 산골에서 벗어나 넓은 버덩으로 나간다면 기쁘기가 이보다 좀더 하리라 생각도 하여보고 어머니의 영대로 고추밭을 매러 개울길로 내려가려니까 왼편 수풀 속에서 도련님이 불쑥 튀어나오며 또 붙들고 벌에 안 갈 테냐고 대고 보챈다. 읍에 가 학교를 다니다가 요즘 방학이 되어 집에 돌아온 뒤로는 공부는 할 생각 않고 날이면 날 저물도록 저만 이렇게 붙잡으러 다니는 도련님이 딱도 하거니와, 한편 마님도 무섭고 또는 모처럼 용서를 받는 길로 그리고 보면 이번에는 호되게 불이 내릴 것을 알고 이쁜이는 오늘은 안 되니 낼 모레쯤 가자고 좋게 달래다가 그래도 듣지 않고 굳이 가자고 성화를 하는 데는 할 수 없이 몸을 뿌리치고 뺑손을 놀 수밖에 딴 도리가 없었다. 구질구질히 내리던 비로 말미암아 한동안 손을 못 댄 고추밭은 풀들이 제법 성큼히 엉키었고 어디서부터 시작해야 좋을지 갈피를 모르겠는데 이쁜이는 되는 대로 한편 구석에 치마를 도사리고 앉아서, 이것도 명색은 김매는 거겠지, 호미로 흙등만 따짝거리며 정작 정신은 어젯밤 좋은 상전과 못 사는 법이라던 어머니의 말이 옳은지 그른지 그것만 일념으로 아로새기며 이리 씹고 저리 씹어본다. 그러나 이쁜이는 아무렇게도 나는 도련님과 꼭 살아보겠다. 혼자 맹세하고 제가 아씨가 되면 어머니는 일테면 마님이 되련마는 왜 그리 극성인가 싶어서 좀 야속하였고 해가 한나절이 되어 목덜미를 확확 달릴 때까지 이리저리 곰곰 생각하다가 고개를 들어보매 밭은 여태 한 고랑도 다 끝이 못 났으니 이놈의 밭이, 하고 탓안할 탓을 하며 저로도 하품이 나올 만큼 어지간히 기가 막혔다. 이번에는 좀 빨랑빨랑 하리라 생각하고 이쁜이는 호미를 잽싸게 놀리며 폭폭 찍고 덤볐으나 그래도 웬일인지 일은 손에 붙지를 않고, 그뿐 아니라 등뒤 개울의 덤불에서는 온갖 잡새가 귀둥대둥 멋대로 속삭이고 먼 발치에서 풀을 뜯고 있던 황소가 메—— 하고 늘어지게도 소리를 내뽑으니, 이쁜이는 이걸 듣고 갑자기 몸이 나른해지지 않을 수 없고 밭가에 선 수양버들 그늘에 쓰러져 한잠 들고 싶은 생각이 곧 바로 나지마는 어머니가 무서워 차마 그걸 못 하고 만다. 인제는 계집애는 밭일을 안 하도록 법이 됐으면 좋겠다 생각하고 이쁜이는 울화증이 나서 호미를 메꼰지고 얼굴의 땀을 씻으며 앉았노라니까 들로 보리를 거두러 가는 길인지 석숭이가 빈 지게를 지고 꺼불꺼불 밭머리에 와 서더니 아주 썩 시퉁그러지게 입을 삐죽거리며 이쁜이를 건너대고 하는 소리가,

"너 데련님하구 그랬대지?"

새파랗게 간 비수로 가슴을 쪽 내려긋는대도 아마 이토록은 재겹지 않으리라. 마는 이쁜이는 어서 들었느냐고 따져볼 겨를도 없이 얼굴이 고만 홍당무가 되었고 그놈의 소이로 생각하면 대뜸 들이덤벼 그 귀때기라도 물고늘어질 생각이 곧 간절은 하나 한 죄는 있고 어째 볼 용기가 없으매 다만 고개를 푹 수그릴 뿐이다. 그러니까 석숭이는 제가 뀐 듯싶어서 이쁜이를 짜장 넘보고 제법 밭 가운데까지 들어와 떡 버티고 서서는 또 한 번 시큰둥하게 그리고 엇먹는 소리로,

"너 데련님하구 그랬대지?"

전일 같으면 제가 이쁜이에게 지게작대기로 볼기 맞을 생

각도 않고 감히 이따위 버르장머리는 하기커녕 저희 아버지 장사하는 원두막에서 몰래 참외를 따가지고 와서,

"얘 이쁜아, 너 이거 먹어라."

하다가,

"난 네가 주는 거 안 먹을 테야."

하고 몇 번 내뱉음에도 굴치 않고 굳이 먹으라고 떠맡기므로 이쁜이가 마지못하는 체하고 받아들고는 물론 치마폭에 흙은 싹싹 문대고 나서 깨물고 앉았노라면, 아무쪼록 이쁜이 맘에 잘 들도록 호미를 대신 손에 잡기가 무섭게 는실난실 김을 매주었고 그리고 가끔 이쁜이를 웃겨주기 위하여 그것도 재주라고 밭고랑에서 잘 봐야 곰 같은 몸뚱이로 이리 뒹굴고 저리 뒹굴고 하였다. 석숭 아버지는 이놈이 또 어디로 내뺐구나 하고 찾아다니다가 여길 와 보니 매라는 제 밭은 안 매고 남 계집애 밭에 들어와서 대체 온 이게 무슨 놀음인지 이꼴이고 보매 기도 막힐 뿐더러 터지려는 웃음을 억지로 참고 노여운 낯을 지어가며,

"너 이놈아, 네 밭은 안 매고 남의 밭에 들어와 그게 뭐냐?"

하고 꾸중을 하였지마는 석숭이가 깜짝 놀라서 돌아다보고 고만 멀쑤룩하여 궁둥이의 흙을 털고 일어서며,

"이쁜이 밭 좀 매주러 왔지 뭘 그래?"

하고 도리어 퉁명스러이 뻗댐에는 더 책하지 않고,

"어 망할 자식두 다 많어이!"

하고 돌아서 저리로 가며 보이지 않게 피익 웃고 마는 것인데, 그러면 이쁜이는 저의 처지가 꽤 야릇하게 됨을 알고 저

기까지 분명히 들리도록,

"너보고 누가 밭 매달랬어? 가, 어여 가, 가!"

하고 다 먹은 참외는 생각 않고 등을 떠다밀며 구박을 막 하던 이런 터이련만, 제가 이제 와 누굴 비위를 긁다니 하늘이 무너지면 졌지 이것은 도시 말이 안 된다.

## 돌

이쁜이는 남다른 부끄럼으로 온 전신이 확확 다는 듯 싶었으나 그러나 조금 뒤에는 무안을 당한 거기에 대갚음이 없어서는 아니 되리라 생각하고 앙칼스러운 역심이 가슴을 콕 찌를 때에는 어깨뿐만 아니라 등 전체가 샐룩거리다가 새침히 발딱 일어나 사방을 훑어보더니 대낮이라 다들 일들을 나가고 안마을에 사람이 없음을 알고 석숭이 소맷자락을 넌지시 끌며 그 옆 숙성히 자란 수수밭 속으로 들어간다. 밭 한복판은 아늑하고 아무 데도 보이지 않으므로 함부로 떠들어도 괜찮으려니 믿고 이쁜이는 거기다 석숭이를 세워놓자 밭고랑에 널려진 여러 돌 틈에서 맞아죽지 않고 단단히 아플 만한 모루돌멩이 하나를 집어들고 그 옆 정강이를 모질게 후려치며,

"이 자식, 뭘 어쩌구 어째?"

하고 딱딱 으르니까 석숭이는 처음에 뭐나 좀 생길까 하고 좋아서 따라왔던 걸 별안간 난데없는 모진 돌만 날아듦에는,

"아야!"

하고 소리치자 똑 선불 맞은 노루 모양으로 한 번 뻐들껑 뛰며 눈이 그야말로 왕방울만해지지 않을 수가 없었다. 그러나 석숭이는 미움보다 앞서느니 기쁨이요, 전일에는 그 옆을 지나도 본둥만둥하고 그리 대단히 여겨주지 않던 그 이쁜이가 일부러 이리 끌고 와 돌로 때리되 정말 아프도록 힘을 들일 만큼 이쁜이에게 있어는 지금의 저의 존재가 그만큼 끔찍함을 그 돌에서 비로소 깨닫고 짓궂이 씽글씽글 웃으며 한 번 더 뒤둥그러진. 그리고 흘게 늦은 목소리로,

"뭘 데련님하구 그랬대는데."

하고 놀려주었다. 이쁜이는,

"뭐 이 자식!"

하고 상기된 눈을 똑바로 떴으나 이번에는 돌멩이 집을 생각을 않고 아까부터 겨우 참아왔던 울음이,

"으응!"

하고 탁 터지자 잡은참 덤벼들어 석숭이 옷가슴에 매달리며 쥐어뜯으니 석숭이는 이쁜이를 울려논 것은 저의 큰 죄임을 얼른 알고 눈이 휘둥그래서,

"아니다, 아니다, 내 부러 그랬다, 아니다."

하고 입에 부리나케 그러나 손으로 등을 어루만지며 '아니다'를 여러 십 번을 부른 때에야 간신히 울음을 진정해놓았고 이쁜이가 아직 흐느끼는 음성으로 몇 번 당부를 하니,

"인제 남 듣는데 그러면 내 너 죽일 테야!"

"그래 인전 안 그러마."

참으로 이런 나쁜 소리는 다시 입에 담지 않으리라 맹세하였다. 이쁜이도 그제야 마음을 놓고 흔적이 없도록 눈물을

닦으면서,

"다시 그래 봐라, 내 죽인다!"

또 한 번 다져놓고 고추밭으로 도로 나오려 할 제 석숭이
가 와락 달려들어 그 허리를 잔뜩 껴안고,

"너 그럼 우리집에서 나한테로 시집오라니깐 왜 싫다구
그랬니?"

하고 설혹 좀 성가시게 굴었다 치더라도 만일 이쁜이가 이
행실을 도련님이 아신다면 단박에 정을 떼시려니 하는 염려
만 없었더라면 그리 대수롭지 않은 것을 그토록 오지게 혼을
냈을 리 없었겠고 생각하면 두고두고 여태까지 후회가 날 만
큼 그렇게 사내의 뺨을 후려친 것도 결국 도련님을 위하는
이쁜이의 깨끗한 정이 아니었던가…….


# 물


가득히 품에 찬 설움을 눈물로 가시고 나물 바구니를 손에
잡았으니, 이쁜이는 다시 일어나 산 중턱으로 거친 수풀 속
을 기어내리며 도라지를 하나 둘 캐기 시작한다.

참인지 아닌지 자세히는 모르나 멀리 날아온 풍설을 들어
보면 도련님은 서울 가 어여쁜 아가씨와 다시 정분이 났다
하고, 그뿐만도 오히려 좋으련마는 댁의 마님은 마님대로 늙
은 총각 오래 두면 병난다 하여 상냥한 아씨만 찾는 길이니
대체 이게 웬 셈인지 이쁜이는 골머리가 아팠고 도라지를 캔
다고 꼬챙이를 땅에 꾸욱 꽂으니 그대로 짚고 선 채 해만 점

점 부질없이 저물어간다. 맥을 잃고 다시 내려오다 이쁜이는 앞에 우뚝 솟은 바위를 품에 얼싸안고 그 앞을 굽어보니 험악한 석벽 틈에 맑은 물은 웅숭깊이 층층 고이었고 설핏한 하늘의 붉은 놀 한 쪽을 똑 떼들고 푸른 잎사귀로 전을 둘렀거늘, 그 모양이 보기에 퍽도 아름답다. 그걸 거울삼고 이쁜이는 저 밑에 까맣게 비치는 저의 외양을 또 한 번 고쳐 뜯어보니 한때는 도련님이 조르다 몸살도 나셨으려니와 의복은 비록 추레할망정 저의 눈에도 밉지 않게 생겼고 남 가진 이목구비에 반반도 하련마는 뭐가 부족한지 달리 눈이 맞은 도련님의 심정이 알 수 없고 어느덧 원망스러운 눈물이 눈에서 떨어지니 잔잔한 물면에 물둘레를 치기도 전에 무슨 밥이나 된다고 커단 격지는 휘엉휘엉 올라와 꿀딱 받아먹고 들어간다. 이쁜이는 얼빠진 등신같이 맑은 이 물을 가만히 들여다보노라니 불시로 제 몸을 풍덩 던지어 깨끗이 빠져도 죽고 싶고, 아니 이왕 죽을진댄 정든 님 품에 안겨 같이 풍 빠지어 세상사를 다 잊고 알뜰히 죽고 싶고, 그렇다면 도련님이 이 등에 넙죽 엎디어 뺨에 뺨을 비벼대고, 그리고 이 물을 같이 굽어보며,

"얘 울지 마라, 내가 가면 설마 아주 가겠니?"
하고 세우 달랠 제 꼭 붙들고 풍덩실 하고 왜 빠지지 못했던가. 시방은 한가도 컸건마는 그 이쁜이는 그리도 삶에 주렸던지,

"정말 올 여름엔 꼭 오우?"
하고 아까부터 몇 번 묻던 걸 또 한 번 다져보았거늘 도련님은 시원스러이 선뜻,

"그럼 오구말구, 널 두고 안 오겠니!"
하고 다답하고 손에 꺾어들었던 노란 동백꽃을 물위로 홱 내
던지며.

"너 참 이 물이 무슨 물인지 알면 용치."

눈을 끔벅끔벅하더니 이야기하여 가로되 옛날에 이 산 속
에 한 장사가 있었고 나라에서는 그를 잡고자 사방 팔면에
군사를 놓았다. 그렇지마는 장사에게는 비호같이 날랜 날개
가 돋힌 법이니 공중을 훌훌 날으는 그를 잡을 길 없고 머리
만 앓던 중 하루는 그예 이 물에서 목욕을 하고 있는 것을 사
로잡았다는 것이로되, 왜 그러냐 하면 하느님이 잡수시는 깨
끗한 이 물을 몸으로 흐렸으니 누구라고 천벌을 아니 입을
리 없고 몸에 물이 닿자 돋혔던 날개가 흐지부지 녹아버린
까닭이라고 말하고, 도련님은 손짓으로 장사의 처참스러운
최후를 시늉하며 가장 두려운 듯이 눈을 커닿게 끔적끔적하
더니 뒤를 이어 그 말이,

"아 무서! 얘 울지 마라. 저 물에 눈물이 떨어지면 너 큰일
난다."

그러나 이쁜이는 그까짓 소리는 듣는 둥 마는 둥 그리 신
통치 못하였고 며칠 후 서울로 떠나면 아주 놓칠 듯만 싶어
서 도련님의 얼굴을 이윽히 쳐다보고 그럼 다짐을 두고 가라
하다가 도련님이 조금도 서슴없이 입고 있던 자기의 저고리
고름 한 짝을 뚝 떼어 이쁜이 허리춤에 꾹 꽂아주며,

"너 이래두 못 믿겠니?"
하니 황송도 하거니와 설마 이걸 두고야 잊으시진 않겠지 하
고 속이 든든하지 않은 것도 아니었다. 대장부의 노릇이매

이렇게 하고 변심은 없을 게나 그래도 잘 따져보니 이 고름이 말하는 것도 아니어든 차라리 따라나서느니만 같지 못하다고 문득 마음을 고쳐먹고 고개로 쫓아간 건 좋으련마는 왜 그랬던고. 좀더 매달리어 진대를 안 붙고 거기 주저앉고 말았으니 이제 와서는 한가만 새롭고 몸에 고이 간직하였던 옷고름을 이 손에 꺼내들고 눈물을 흘려보되 별수없나니 보람없이 격지만 늘어간다. 하나 이거나마 아주 없었더런들 그야 살맛조차 송두리 잃었으리라마는 요즘 매일과 같이 이 험한 깊은 산 속에 올라와 옛 기억을 홀로 더듬어보며, 이쁜이는 해가 저물도록 울고 섰곤 하는 것이다.


## 길


모든 새들은 어제와 같이 노래를 부르고 날도 맑으련만 오늘은 웬일인지 이쁜이는 아직도 올라오질 않는다.

석숭이는 아버지가 읍의 장에 가서 세 마리의 닭을 팔아 그걸로 소금을 사오라 하여 아침 일찍이 나온 것도 잊고 이 산에 올라와 다리를 묶은 닭들은 한편에 내던지고 늙은 잣나무 그늘에 누워 눈이 빠지도록 기다렸으나 이쁜이가 좀체 나오지 않으매 웬일일까 고게 또 노하지나 않았나 하고 일쩝이 이렇게 애를 태운다. 올 가을이 얼른 되어 새 곡식을 거두면 이쁜이에게로 장가를 들게 되었으니 기쁨인들 이 위 더할 데 있으랴마는 이번도 또 이쁜이가 밥도 안 먹고 죽는다고 야단을 친다면 헛일이 아닐까 하는 염려도 없지 않았거늘, 그렇

게 쌀쌀하고 매일매일하던 이쁜이의 태도가 요즘에 들어와
서는 갑자기 다소곳하고 눈 한번 흘길 줄도 모르니 이건 참
으로 춤을 추어도 다 못 출 것이다. 뿐만 아니라 이슬비가 내
리던 날 마님댁 울 뒤에서 이쁜이는 옥수수를 따고 섰고 제
가 그 옆을 지날 제 은근히 손짓을 하므로 가까이 다가서니
귀에다 나직이 속삭이는 소리가,

"너 편지 하나 써줄련?"

"그래그래 써주마, 내 잘 쓴다."

석숭이는 너무 반가워서 허둥거리며 묻지 않는 소리까지
하다가 또 그 말이 내 너 하라는 대로 다 할 게니 도련님에게
편지를 쓰되 이쁜이는 여태 기다립니다, 하고 그리고 이런
소리는 아예 입 밖에 내지 말라 하므로 그런 편지면 일 년 내
내 두고 썼으면 좋겠다. 속으로 생각하고 채 틀 못 박힌 연필
글씨로 다섯 줄을 그리기에 꼬박이 이틀 밤을 새우고 나서
약속대로 산으로 이쁜이를 만나러 올라올 때에는 어쩐지 가
슴이 두근두근하는 것이 바로 아내를 만나러 오는 남편의 그
기쁨이 뚜렷이 나타나는 것이다. 이쁜이가 얼른 올라와야 뭐
가 제일 좋으냐 물어보고 이 닭들을 팔아 선물을 사다주련만
오진 않고 석숭이는 아무리 생각해야 영문을 모르겠으니 아
마 요전번,

"이 편지 써 왔으니깐 너 나하구 꼭 살아야 한다."

하고 크게 으른 것이 좀 잘못이라 하더라도 이쁜이가 고개를
푹 숙이고 있다가,

"그래."

하고 눈에 눈물을 보이며,

"그 편지 읽어봐."

하고 부드럽게 말한 걸 보면 그리 노한 것은 아니니 석숭이는 기뻐서 그 앞에 떡 버티고 제가 썼으나 제가 못 읽는 그 편지를 떠듬떠듬—— 도련님 전 상사리, 가신 지가 오래됐는디 왜 안 오구, 일 년 반이 됐는디 왜 안 오구 하니깐 이쁜이는 밤마두 눈물로 새오며, 이쁜이는 그럼 죽을 테니까 날을 듯이 얼찐 와서……이렇게 땀을 내며 읽었으나 이쁜이는 다 읽은 뒤 그걸 받아서 피봉에 도로 넣고 그리고 나물 바구니 속에 감추고는 그대로 덤덤히 산을 내려온다. 산기슭으로 내리니 앞에 큰 내가 놓여 있고 골고루도 널려박힌 험상궂은 웅퉁바위 틈으로 물은 우람스레 부딪치며 콸콸 흘러내리매 정신이 다 아찔하여 이쁜이는 조심스레 바위를 골라 디디며 이쪽으로 건너왔으나, 아무리 생각하여도 같이 멀리 도망가자는 도련님이 서울로 저 혼자만 삐쭉 달아난 것은 그 속이 알 수 없고 사나이 맘이 설사 변한다 하더라도 잣나무 밑에서 그다지 눈물까지 머금고 조르시던 그 도련님이 인제와 싹도 없이 변하신다니 이야 신의 조화가 아니면 안 될 것이다. 이쁜이는 산처럼 잎이 퍼드러진 회양나무 밑에 와 발을 멈추며 한 손으로 바구니의 편지를 꺼내어 행주치마 속에 감추어 들고 석숭이가 쓴 편지도 잘 찾아갈는지 미심도 하거니와, 또한 도련님 앞으로 잘 간다 하면 이걸 보고 도련님이 끔뻑하여 뛰어올 겐지 아닌지 그것조차 장담 못 할 일이언마는 이 옷고름을 두고 가시던 도련님이어늘 설마 이 편지에도 안 오실 리 없으리라고 혼자 서서 우기며 해가 기우는 먼 고개치를 바라보며 체부 오기를 기다린다. 체부가 잘 와야 사흘에 한 번밖에는 더 들리지 않는 줄을 저라고 모를 리 없고 그리고 어제 다녀갔으니 모레나 오는 줄은 번연히 알련마는, 그래도 이쁜이는 산길에 속는 사람같이 저 산비탈로 꼬불꼬불 돌아나간 기나긴 산길에서 금세 체부가 보일 듯 보일 듯 싶었는지 해가 아주 넘어가고 날이 어둡도록 지루하게도 이렇게 속달게 체부 오기를 기다린다.

그러나
오늘은 웬일인지
어제와 같이 날도 맑고 산의 새들은 노래를 부르건만 이쁜이는 아직도 나올 줄을 모른다.

1935년

# 금(金) 따는 콩밭

땅속 저 밑은 늘 음침하다.

고달픈 간드렛불. 맥없이 푸르끼하다.

밤과 달라서 낮엔 되우 흐릿하였다.

겉으로 황토 장벽으로 앞뒤 좌우가 콕 막힌 좁직한 구덩이. 흡사히 무덤 속같이 귀중중하다. 싸늘한 침묵, 쿠더부레한 흙내와 징그러운 냉기만이 그 속에 자욱하다.

곡괭이는 뻔질 흙을 이르집는다. 암팡스러이 내려쪼며,

퍽 퍽 퍼억 ──.

이렇게 메떨어진 소리뿐, 그러나 간간 우수수하고 벽이 헐린다.

영식이는 일손을 놓고 소맷자락을 끌어당기어 얼굴에 땀을 훔는다. 이놈의 줄이 언제나 잡힐는지 기가 찼다. 흙 한줌을 집어 코 밑에 바싹 들이대고 손가락으로 살살이 뒤져본다. 완연히 버력은 좀 변한 듯싶다. 그러나 불통버력이 아주다 풀린 것도 아니었다. 말뚱버력이라야 금이 나온다는데 왜 이리 안 나오는지.

곡괭이를 다시 집어든다. 땅에 무릎을 꿇고 궁둥이를 번쩍 든 채 식식거린다. 곡괭이를 무작정 내려찍는다.

바닥에서 물이 스미어 무르팍이 흥건히 젖었다. 굿 옆은 천판에서 흙방울이 내리며 목덜미로 굴러든다. 어떤 때에는 윗벽의 한쪽이 떨어지며 등을 탕 때리고 부서진다. 그러나 그는 눈도 하나 깜짝하지 않는다. 금을 캔다고 콩밭 하나를 다 잡쳤다. 약이 올라서 죽을 둥 살 둥 눈이 뒤집힌 이 판이다. 손바닥에 침을 탁 뱉고 곡괭이 자루를 한 번 고쳐 잡더니 쉴 줄 모른다.

등뒤에서는 흙 긁는 소리가 드윽드윽 난다. 아직도 버력을 다 못 친 모양. 이 자식이 일을 하나 시졸 하나. 남은 속이 바직바직 타는데 웬 뱃심이 이리도 좋아.

영식이는 살기 띤 시선으로 고개를 돌렸다. 암말 없이 수재를 노려본다. 그제야 꾸물꾸물 바지게에 흙을 담아 등에 메고 사다리를 올라간다.

굿이 풀리는지 벽이 우찔하였다. 흙이 부서져내린다. 전날이라면 이곳에서 아내 한 번 못 보고 생죽음이나 안 할까 털끝까지 쭈뼛할 게다. 그러나 인젠 그렇게 되고도 싶다.

수재란 놈하고 흙더미에 묻히어 한꺼번에 죽는다면 그게 오히려 날 게다.

이렇게까지 몹시몹시 미웠다.

이놈 풍치는 바람에 애꿎은 콩밭 하나만 결딴을 냈다. 뿐만 아니라 모두가 낭패다. 세 벌 논도 못 맸다. 논둑의 풀은 성큼 자란 채 어지러이 널려져 있다. 이 기미를 알고 지주는 대로하였다. 내년부터는 농사질 생각 말라고 발을 굴렀다. 땅은 암만을 파도 지수가 없다. 이만해도 다섯 길은 훨씬 넘었으리라. 좀더 깊어야 옳을지 혹은 북으로 밀어야 옳을지, 우두커니 망설거린다. 금점 일에는 풋뜸이다.

여태까지 수재의 지휘를 받아 일을 하여왔고 앞으로도 역시 그러해야 금을 딸 것이다.

그러나 그런 칙칙한 짓은 안 한다.

"이리 와, 이것 좀 파게."

그는 어쯧 위풍을 보이며 이렇게 분부하였다. 그리고 저는 일어나 손을 털며 뒤로 물러선다.

수재는 군말 없이 고분하였다. 시키는 대로 땅에 무릎을 꿇고 벽채로 군버력을 긁어낸 다음 다시 파기 시작한다.

영식이는 치다 나머지 버력을 짊어진다. 커단 걸때를 뒤툭거리며 사다리로 기어오른다. 굿 문을 나와 버력더미에 흙을 마악 내칠려 할 제,

"왜 또 파. 이것들이 미쳤나 그래!"

산에서 내려오는 마름과 맞닥뜨렸다. 정신이 떠름하여 그대로 벙벙히 섰다. 오늘은 또 무슨 포악을 들으려는가.

"말라니까 왜 또 파는 게야."

하고 영식이의 바지게 뒤를 지팡이로 꽉 찌르더니,

"갈아먹으라는 밭이지, 흙 쓰고 들어가라는 거야, 이 미친 것들아. 콩밭에서 웬 금이 나온다구 이 지랄들이야, 그래."

하고 목에 핏대를 올린다. 밭을 버리면 간수 잘못한 자기 탓이다. 날마다 와서 그 북새를 피고 금하여도 다음날 보면 또 여전히 파는 것이다.

"오늘로 이 구뎅이를 도로 묻어놔야지, 낼로 당장 징역갈 줄 알게."

너무 감정에 격하여 말도 잘 안 나오고 떠듬떠듬거린다. 주먹은 곧 날아들 듯이 허구리께서 불불 떤다.

"오늘만 좀 해보고 그만두겠어유."

영식이는 낯이 붉어지며 가까스로 한 마디 하였다. 그리고 무턱대고 빌었다.

마름은 들은 척도 안 하고 가버린다.

그 뒷모양을 영식이는 멀거니 배웅하였다. 그러나 콩밭 낯짝을 들여다보니 무던히 애통터진다. 멀쩡한 밭에 구멍이 사면 풍풍 뚫렸다.

예제없이 버력은 무더기 무더기 쌓였다. 마치 사태 만난 공동 묘지와도 같이 귀살쩍고 되우 을씨년스럽다. 그다지 잘 되었던 콩포기는 거반 버력더미에 다 깔려버리고 군데군데 어쩌다 남은 놈들만이 고개를 나풀거린다. 그 꼴을 보는 것은 자식 죽는 걸 보는 게 낫지 차마 못 할 경상이었다.

농토는 모조리 떨어질 것이다. 그러나 대관절 올 밭 도짓벼 두 섬 반은 뭘로 해내야 좋을지. 게다 밭을 망쳤으니 자칫하면 징역을 갈지도 모른다.

영식이가 구뎅이 안으로 들어왔을 때 동무는 땅에 주저앉아 쉬고 있었다. 태연 무심히 담배만 뻑뻑 피는 것이다.

"언제나 줄을 잡는 거야."

"인제 차차 나오겠지."

"인제 나온다?"

하고 코웃음을 치고 엇먹더니 조금 지나매,

"이 새끼."

흙덩이를 집어들고 골통을 내려친다.

수재는 어쿠, 하고 그대로 푹 엎어진다. 그러나 벌떡 일어선다. 눈에 띄는 대로 곡괭이를 잡자 대뜸 달려들었다.

그러나 강약이 부동. 왁살스러운 팔뚝에 퉁겨져 벽에 가서 쿵 하고 떨어졌다. 그 순간에 제가 빼앗긴 곡괭이가 정수리를 겨누고 날아드는 걸 보았다. 고개를 홱 돌린다. 곡괭이는 흙벽을 퍽 찍고 다시 나간다.

수재 이름만 들어도 영식이는 이가 갈렸다. 분명히 홀딱 속은 것이다.

영식이는 본디 금점에 이력이 없었다. 그리고 흥미도 없었다. 다만 밭고랑에 웅크리고 앉아서 땀을 흘려가며 꾸벅꾸벅 일만 하였다. 올엔 콩도 뜻밖에 잘 열리고 맘이 좀 놓였다.

하루는 홀로 김을 매고 있노라니까,

"여보게, 덥지 않은가. 좀 쉬었다가 하게."

고개를 들어보니 수재다. 농사는 안 짓고 금점으로만 돌아다니더니 무슨 바람에 또 왔는지 싱글벙글한다. 좋은 수나 걸렸나 하고,

"돈 좀 많이 벌었나? 나 좀 채주게."

"벌구말구. 맘껏 먹고 맘껏 쓰고 했네."

술에 거나한 얼굴로 신껏 주절거린다. 그리고 밭머리에 쭈그리고 앉아 한참 객설을 부리더니,

"자네 돈벌이 좀 안 하려나. 이 밭에 금이 묻혔네, 금이……."

"뭐?"

하니까, 바로 이 산 너머 큰 골에 광산이 있다. 광부를 삼백여 명이나 부리는 노다지판인데 매일 소출되는 금이 칠십 냥을 넘는다. 돈으로 치면 칠천 원. 그 줄맥이 큰 산허리를 뚫고 이 콩밭으로 뻗어나왔다는 것이다. 둘이서 파면 불과 열흘 안에 줄을 잡을 게고 적어도 하루 서 돈씩은 따리라. 우선 삼십 원만 해도 얼마냐. 소를 산대도 반 필이 아니냐고.

그러나 영식이는 귀담아듣지 않았다. 금점이란 칼 물고 뜀뛰기다. 잘되면이어니와 못 되면 신세만 조진다. 이렇게 전일부터 들은 소리가 있어서였다.

그 다음날도 와서 꾀송거리다 갔다.

세번째에는 집으로 찾아왔는데 막걸리 한 병을 손에 들고 영을 피운다. 몸이 달아서 또 온 것이었다. 봉당에 걸터앉아서 저녁상을 물끄러미 바라보더니 조당수는 몸을 훑는다는 둥 일꾼은 든든히 먹어야 한다는 둥 남들은 논을 사느니 밭을 사느니 떠드는데 요렇게 지내다 그만둘 테냐는 둥 일쩝게 지껄인다.

"아주머니, 이것 좀 먹게 해주시게유."

그리고 비로소 영식이 아내에게 술병을 내놓는다.

그들은 밥상을 끼고 앉아서 즐거웁게 술을 마셨다. 몇 잔이 들어가고 보니 영식이의 생각도 적이 돌아섰다. 딴은 일년 고생하고 끽 콩 몇 섬 얻어먹느니보다는 금을 캐는 것이 슬기로운 짓이다. 하루에 잘만 캔다면 한 해 줄곧 공들인 그 수확보다 훨씬 이익이다. 올 봄 보낼 제 비료값, 품삯, 빚해 빚진 칠 원 까닭에 나날이 졸리는 이 판이다. 이렇게 지지하게 살고 말 바에는 차라리 가로 지나 세로 지나 사내 자식이 한번 해볼 것이다.

"낼부터 우리 파보세. 돈만 있으면야, 그까짓 콩은."

수재가 안달스레 재우쳐 보챌 제 선뜻 응낙하였다.

"그래 보세, 빌어먹을 거 안 됨 고만이지."

그러나 꽁무니에서 죽을 마시고 있던 아내가 허리를 쿡쿡 찔렀게 망정이지 그렇지 않았더라면 좀 주저할 뻔도 하였다.

아내는 아내대로의 셈이 빨랐다.

시체는 금점이 판을 잡았다. 섣부르게 농사만 짓고 있다간 결국 비렁뱅이밖에는 더 못 된다. 얼마 안 있으면 산이고 논이고 밭이고 할 것 없이 다 금쟁이 손에 구멍이 뚫리고 뒤집히고 뒤죽박죽이 될 것이다. 그때는 뭘 파먹고 사나.

자, 보아라. 머슴들은 짜기나 한 듯이 일하다 말고 후딱하면 금점으로들 내빼지 않는가. 일꾼이 없어서 올핸 농사를 질 수 없느니 마느니 하고 동리에서는 떠들썩하다. 그리고 번동 포농이조차 호미를 내던지고 강변으로 개울로 사금을 캐러 달아난다. 그러다 며칠 뒤엔 지까다비신에다 옥당목을 떨치고 희짜를 뽑는 게 아닌가.

아내는 콩밭에서 금이 날 줄은 아주 꿈 밖이었다. 놀라고도 또 기뻤다. 올해는 노상 침만 삼키던 그놈 코다리(명태)를 짜장 먹어보겠구나만 하여도 속이 메질 듯이 짜릿하였다. 뒷집 양근댁은 금점 덕택에 남편이 사다준 흰 고무신을 신고 나릿나릿 걷는 것이 무척 부러웠다. 저도 얼른 금이나 펑펑 쏟아지면 흰 고무신도 신고 얼굴에 분도 바르고 하리라.

"그렇게 해보지 뭐, 저 양반 하잔 대로만 하면 어련히 잘

될라구."

얼떨떨하여 앉았는 남편을 이렇게 추겼던 것이다.

동이 트기 무섭게 콩밭으로 모였다.

수재는 진언이나 하는 듯이 이리대고 중얼거리고 저리대고 중얼거리고 하였다. 그리고 덤벙거리며 이리 왔다가 저리 왔다가 하였다. 제딴은 땅속에 누운 줄맥을 어림하여보는 맥이었다.

한참을 밭을 헤매다가 산 쪽으로 붙은 한 구석에 딱 서며 손가락을 펴들고 설명한다. 큰 줄이란 본시 산운, 산을 끼고 도는 법이다. 이 줄이 노다지임에는 필시 이켠으로 비듬히 누웠으리라. 그러니 여기서부터 파들어가자는 것이었다.

영식이는 그 말이 무슨 소린지 새기지는 못했다. 마는 금점에는 난다는 수재이니 그 말대로 하기만 하면 영락없이 금퇴야 나겠지 하고 그것만 꼭 믿었다. 군말 없이 지시해 받은 곳에다 삽을 푹 꽂고 파헤치기 시작하였다.

금도 금이면 앨 써 키워온 콩도 콩이었다. 거진 다 자란 허울 멀쑥한 놈들이 삽 끝에 으스러지고 흙에 묻히고 하는 것이다. 그걸 보는 것은 썩 속이 아팠다. 애틋한 생각이 물밀 때 가끔 삽을 놓고 허리를 구부려서 콩잎의 흙을 털어주기도 하였다.

"아 이 사람아, 맥쩍게 그건 봐 뭘 해, 금을 캐자니깐."

"아니야, 허리가 좀 아파서!"

핀잔을 얻어먹고는 좀 열적었다. 하기는 금만 잘 터져 나오면 이까짓 콩밭쯤이야. 이 밭을 풀어 논도 만들 수 있을 것이다. 눈을 감아버리고 삽의 흙을 아무렇게나 콩잎 위로 홱 홱 내어던진다.

"구구루 땅이나 파먹지 이게 무슨 지랄들이야!"

동리 노인은 뻔찔 찾아와 귀거친 소리를 하곤 하였다. 밭에 구멍을 셋이나 뚫었다. 그리고 대고 뚫는 길이었다. 금인가 난장을 맞을 건가 그것 때문에 농군은 버렸다.

이게 필연코 세상이 망하려는 징조이리라. 그 소중한 밭에다 구멍을 뚫고 이 지랄이니 그놈이 온전할 겐가.

노인은 제 울화에 지팡이를 들어 삿대질을 아니할 수 없었다.

"벼락 맞느니 벼락 맞어!"

"염려 말아유. 누가 알래지유."

영식이는 그럴 적마다 데퉁스레 쏘았다. 골김에 흙을 되는 대로 내꾼지고는 침을 탁 뱉고 구덩이로 들어간다. 그러나 마음 한구석에는 언제나 끈——하였다. 줄을 찾는다고 콩밭을 통히 뒤집어놓았다. 그리고 줄이 언제나 나올지 아직 까맣다. 논도 못 매고 물도 못 보고 벼가 어이 되었는지 그것조차 모른다. 밤에는 잠이 안 와 멀뚱하니 애를 태웠다.

수재는 낙담하는 기색도 없이 늘 하냥이었다. 땅에 웅숭그리고 시적시적 노량으로 땅만 판다.

"줄이 꼭 나오겠나?"

하고 목이 말라서 물으면,

"이번에 안 나오거든 내 목을 베게."

서슴지 않고 장담을 하고는 꿋꿋하였다.

이걸 보면 영식이도 마음이 좀 뇌는 듯싶었다. 전들 금이 없다면 무슨 멋으로 이 고생을 하랴. 반드시 금은 나올 것이다. 그제서는 이왕 손해는 하릴없거니와 그만두리라는 절망이 스스로 사라지고 다시금 주먹이 쥐어지는 것이었다.

캄캄하게 밤은 어두웠다. 어디선가 뭇 개가 요란히 짖어 댄다.

남편은 진흙투성이를 하고 내려왔다. 풀이 죽어서 몸을 잘 가누지도 못하고 아랫목에 축 늘어진다.

이 꼴을 보니 아내는 맥이 다시 풀린다. 오늘도 또 글렀구나. 금이 터지면은 집을 한 채 사간다고 자랑을 하고 왔더니 이내 헛일이었다. 인제 좌기가 나서 낯을 들고 나갈 염의조차 없어졌다.

남편에게 저녁을 갖다주고 딱하게 바라본다.

"인젠 꿔온 양식도 다 먹었는데……."

"새벽에 산제를 좀 지낼 텐데 한 번만 더 꿔와."

남의 말에는 대답 없고 유하게 흘게 늦은 소리뿐. 그리고 드러누운 채 눈을 지그시 감아버린다.

"죽거리도 없는데 산제는 무슨……."

"듣기 싫어! 요망맞은 년 같으니."

이 호통에 아내는 그만 멈씰하였다. 요즘 와서는 무턱대고 공연스레 골만 내는 남편이 영 딱하였다. 환장을 하는지 밤잠도 아니 자고 소리만 빽빽 지르며 덤벼들려고 든다. 심지어 어린것이 좀 울어도 이 자식 갖다 내꾼지라고 북새를 피는 것이다.

저녁을 아니 먹으므로 그냥 치워버렸다. 남편의 영을 거역

하기 어려워 양근댁한테로 또다시 안 갈 수 없다.

그간 양식은 줄곧 꾸어다 먹고 갚지도 못하였는데 또 무슨 면목으로 입을 벌릴지 난처한 노릇이었다.

그는 생각다 끝에 있는 염치를 보째 쏟아던지고 다시 한번 찾아가는 것이다. 마는 딱 맞닥뜨리어 입을 열고,

"낼 산제를 지낸다는데 쌀이 있어야지유."

하자니 영 낯이 화끈하고 모닥불이 날아든다.

그러나 그들은 어지간히 착한 사람이었다.

"암 그렇지요. 산신이 벗나면 죽도 그릅니다."

하고 말을 받으며 그 남편은 빙그레 웃는다. 워낙이 금점에 장구 닳아난 몸인만큼 이런 일에는 적잖이 속이 틔었다. 손수 쌀 닷 되를 떠다주며,

"산제란 안 지냄 몰라두 이왕 지내려면 아주 정성껏 해야 됩니다. 산신이란 노하길 잘하니까유."

하고 그 비방까지 깨쳐 보낸다.

쌀을 받아들고 나오며 영식이 처는 고마움보다 먼저 미안에 질리어 얼굴이 다시 빨갰다. 그리고 그들 부부 살아가는 살림이 참으로 몹시 부러웠다.

양근댁 남편은 날마나 금점으로 감돌며 버력더미를 뒤지고 토록을 주워온다. 그걸 온종일 장판돌에다 갈면 수가 좋으면 이삼 원, 옥아도 칠팔십 전 꼴은 매일 셈이 되는 것이었다.

그러면 쌀을 산다, 피륙을 끊는다, 떡을 한다, 장리를 놓는다 ── 그런데 우리는 왜 늘 요꼴인지 생각만 하여도 가슴이 메이는 듯 맥맥한 한숨이 연발을 하는 것이었다.

아내는 집에 돌아와 떡쌀을 담갔다. 낼은 뭘로 죽을 쑤어 먹을는지. 윗목에 웅크리고 앉아서 맞은쪽에 자빠져 있는 남편을 곁눈으로 살짝 흘겨본다.

남들은 돌아다니며 잘도 금을 주워오련만 저 망나닌 제 밭 하나를 다 버려도 금 한 톨 못 주워오나. 에, 에 변변치도 못한 사나이. 저도 모르게 얕은 한숨이 거푸 두 번을 터진다.

밤이 이슥하여 그들 양주는 떡을 하러 나왔다. 남편은 절구에 쿵쿵 빻았다. 그러나 체가 없다. 동네로 돌아다니며 빌려오느라고 아내는 다리에 불풍이 났다.

"왜 이리 앉었수, 불 좀 지피지."

떡을 찧다가 얼이 빠져서 멍하니 앉았는 남편이 밉살스럽다. 남은 이래저래 애를 죄는데 저건 무슨 생각을 하고 저리 있는 건지. 낫으로 삭정이를 탁탁 쪼개서 던져주며 아내는 은근히 훅딱이었다.

닭이 두 홰를 치고 나서야 떡은 되었다.

아내는 시루를 이고 남편은 겨드랑에 자리때기를 꼈다. 그리고 캄캄한 산길을 올라간다.

비탈길을 얼마 올라가서야 콩밭은 놓였다. 전면이 우뚝한 검은 산에 둘리어 막힌 곳이었다. 가장자리로 느티, 대추나무들은 머리를 풀었다.

밭머리 조금 못 미처 남편은 걸음을 멈추자 뒤의 아내를 돌아본다.

"인내, 그리구 여기 가만히 섰어."

시루를 받아 한 팔로 껴안고 그는 혼자서 콩밭으로 올라섰다. 앞에 쌓인 것이 모두가 흙더미, 그 흙더미를 마악 돌아서려 할 제 아마 돌을 찼나보다. 몸이 쓰러지려고 우찔근하니 아내는 기겁을 하여 뛰어오르며 그를 부축하였다.

"부정타라구 왜 올라와, 요망맞은 년."

남편은 몸을 고르잡자 소리를 빽 지르며 아내 얼뺨을 붙인다. 가뜩이나 죽어라 죽어라 하는데 불길하게도 계집년이. 그는 마뜩지 않게 투덜거리며 밭으로 들어간다.

밭 한가운데다 자리를 펴고 그 위에 시루를 놓았다. 그리고 시루 앞에다 공손하고 정성스레 재배를 커다랗게 한다.

"우리를 살려줍시사. 산신께서 거들어주지 않으면 저희는 죽을밖에 꼼짝할 수 없습니다유."

그는 손을 모으고 이렇게 축원하였다. 아내는 이 꼴을 바라보며 독이 뽀록같이 올랐다. 금점을 합네 하고 금 한 톨 못 캐는 것이 버릇만 점점 글러간다.

그전에는 없더니 요새로 건뜻하면 탕탕 때리는 못된 버릇이 생긴 것이다. 금을 캐랬지 뺨을 치랬나. 제발 덕분에 고놈의 금 좀 나오지 말았으면, 그는 뺨 맞은 앙심으로 맘껏 방자하였다.

하긴 아내의 말 그대로 되었다. 열흘이 썩 넘어도 산신은 깜깜 무소식이었다. 남편은 밤낮으로 눈을 까뒤집고 구덩이에 묻혀 있었다. 어쩌다 집엘 내려오는 때이면 얼굴이 헐떡하고 어깨가 축 늘어지고 거반 병객이었다. 그리고서 잠자코 커단 몸집을 방고래에다 쿵 하고 내던지곤 하는 것이다.

"제 에미 붙을, 죽어나버렸으면……."

혹은 이렇게 탄식하기도 하였다.

아내는 바가지에 점심을 이고서 집을 나섰다. 젖먹이는 등을 두드리며 좋다고 끽끽거린다.

인젠 흰 고무신이고 코다리고 생각조차 물렸다. 그리고 금하는 소리만 들어도 입에 신물이 날 만큼 되었다. 그건 고사하고 꿔다먹은 양식에 졸리지나 말았으면 그만도 좋으련만.

가을은 논으로 밭으로 누우렇게 내리었다. 농군들은 기꺼운 낯을 하고 서로 만나면 흥겨운 농담, 그러나 남편은 애한 밭만 망치고 논조차 건살 못 하였으니 이 가을에는 뭘 거둬들이고 뭘 즐겨할는지.

그는 동리 사람의 이목이 부끄러워 산길로 돌았다.

솔숲을 나서서 멀리 밖에를 바라보니 둘이 다 나와 있다. 오늘도 또 싸운 모양. 하나는 이쪽 흙더미에 앉았고 하나는 저쪽에 앉았고. 서로들 외면하여 담배만 뻑뻑 피운다.

"점심들 잡숫게유."

남편 앞에 바가지를 내려놓으며 가만히 맥을 보았다.

남편은 적삼이 찢어지고 얼굴에 생채기를 내었다. 그리고 두 팔을 걷고 먼 산을 향하여 묵묵히 앉았다.

수재는 흙에 박혔다 나왔는지 얼굴은커녕 귓속들이 흙투성이다. 코 밑에는 피딱지가 말라붙었고 아직도 조금씩 피가 흘러내린다. 영식이 처를 보더니 열적은 모양. 고개를 돌리어 모로 떨어치며 입맛만 쩍쩍 다신다.

금을 캐라니까 밤낮 피만 내다 말려는가. 빚에 졸리어 남은 속을 볶는데 무슨 호강에 이 지랄들인구. 아내는 못마땅하여 눈가에 살을 모았다.

"산제 지낸다고 꿔온 것은 언제나 갚는다지유."

뚱하고 있는 남편을 향하여 말끝을 꼬부린다. 그러나 남편은 눈썹 하나 까딱하지 않는다.

이번에는 어조를 좀 돋우어,

"갚지도 못할 걸 왜 꿰오라 했지유?"

하고 얼추 호령이었다.

이 말은 남편의 채 가라앉지도 못한 분통을 다시 건드린다. 그는 벌떡 일어서며 황밤주먹을 쥐어 창망할 만큼 아내의 골통을 후렸다.

"계집년이 방정맞게……."

다른 것은 모르나 주먹에는 아찔이었다. 멋없이 덤비다간 골통이 부서진다. 암상을 참고 바르르하다가 이윽고 아내는 등에 업은 아이를 끌러 들었다. 남편에게로 그대로 밀어 던지니 아이는 까르륵 하고 숨 모는 소리를 친다.

그리고 아내는 돌아서서 혼잣말로,

"콩밭에서 금을 딴다는 숙맥도 있담."

하고 빗대놓고 비양거린다.

"이년아, 뭐?"

남편은 대뜸 달려들며 그 볼치에다 다시 올찬 황밤을 주었다. 적으나 하면 계집이니 위로도 하여주련만 요건 분만 푹푹 질러놓으려나.

에이 빌어먹을 거, 이판사판이다.

"너하구 안 산다. 오늘루 가거라."

아내를 와락 떠다밀어 밭둑에 젖혀놓고 그 허구리를 발길로 픽 질렀다. 아내는 입을 헉 하고 벌린다.

"네가 허라구 옆구리를 쿡쿡 찌를 제는 언제냐, 요 집안 망할 년."

그리고 다시 픽 질렀다. 연하여 또 픽. 이 꼴들을 보니 수재는 조바심이 일었다. 저러다가 그 분풀이가 다시 제게로 슬그머니 옮아올 것을 지레 채었다. 인젠 걸리면 죽는다.

그는 비슬비슬하다 어느 틈엔가 구덩이 속으로 시나브로 없어져버린다.

볕은 다사로운 가을 향취를 풍긴다. 주인을 잃고 콩은 무거운 열매를 둥글둥글 흙에 굴린다. 맞은쪽 산 밑에서 벼들을 베며 기뻐하는 농군의 노래.

"터졌네, 터져."

수재는 눈이 휘둥그렇게 굿 문을 뛰어나오며 소리를 친다. 손에는 흙 한 줌이 잔뜩 쥐었다.

"뭐?"

하다가,

"금줄 잡았어, 금줄."

"응!"

하고 외마디를 뒤남기자 영식이는 수재 앞으로 살같이 달려들었다. 허겁지겁 그 흙을 받아 들고 샅샅이 헤쳐보니 딴은 재래에 보지 못하던 불그죽죽한 황토이었다. 그는 눈에 눈물이 핑 돌며,

"이게 원줄인가?"

"그럼, 이것이 곱색줄이라네. 한 포에 댓 돈씩은 넉넉 잡히네."

영식이는 기쁨보다 먼저 기가 탁 막혔다. 웃어야 옳을지 울어야 옳을지. 다만 입을 반쯤 벌린 채 수재의 얼굴만 멍하

니 바라본다.

"이리 와봐, 이게 금이래."

이윽고 남편은 아내를 부른다. 그리고 내 뭐랬어, 그러게 해보라고 그랬지, 하고 설면설면 덤벼오는 아내가 한결 어여 뻤다. 그는 엄지손가락으로 아내의 눈물을 지워주고 그러고 나서 껑충거리며 구덩이로 들어간다.

"그 흙 속에 금이 있지요?"

영식이 처가 너무 기뻐서 코다리에 고래등 같은 집까지 연 상할 제 수재는 시원스러이,

"네, 한 포대에 오십 원씩 나와유."

하고 대답하고 오늘 밤에는 꼭, 정녕코 꼭 달아나리라 생각 하였다.

거짓말이란 오래 못 간다. 봉이 나서 뼈다귀도 못 추리기 전에 훨훨 벗어나는 게 상책이겠다.

1935년

# 봄 봄

"장인님! 인젠 저……."

내가 이렇게 뒤통수를 긁고 나이가 찼으니 성례를 시켜줘야 않겠느냐고 하면 대답이 늘,

"이 자식아! 성례구 뭐구 미처 자라야지!"

하고 만다.

이 자라야 한다는 것은 내가 아니라 장차 내 아내가 될 점순이의 키 말이다.

내가 여기에 와서 돈 한 푼 안 받고 일하기를 삼 년하고 꼬바기 일곱 달 동안을 했다. 그런데도 미처 못 자랐다니까 이 키는 언제야 자라는 겐지 짜장 영문 모른다. 일을 좀더 잘해야 한다든지 혹은 밥을(많이 먹는다고 노상 걱정이니까) 좀 덜 먹어야 한다든지 하면 나도 얼마든지 할말이 많다. 하지만 점순이가 아직 어리니까 더 자라야 한다는 여기에는 어째 볼 수 없이 그만 벙벙하고 만다.

이래서 나는 애초 계약이 잘못된 걸 알았다. 이태면 이태,

삼 년이면 삼 년, 기한을 딱 작정하고 일을 했어야 할 것이다. 덮어놓고 딸이 자라는 대로 성례를 시켜주마, 했으니 누가 늘 지키고 섰는 것도 아니고 그 키가 언제 자라는지 알 수 있는가. 그리고 난 사람의 키가 무럭무럭 자라는 줄만 알았지 붙박이 키에 모로만 벌어지는 몸도 있는 것을 누가 알았으랴. 때가 되면 장인님이 어련하랴 싶어서 군소리 없이 꾸벅꾸벅 일만 해왔다. 그럼 말이다. 장인님이 제가 다 알아차려서,

"어 참, 너 일 많이 했다. 고만 장가들어라."

하고 살림도 내주고 해야 나도 좋을 것이 아니냐. 시치미를 딱 떼고 도리어 그런 소리가 나올까봐서 지레 펄펄 뛰고 이 야단이다. 명색이 좋아 데릴사위지 일하기에 싱겁기도 할 뿐더러 이건 참 아무것도 아니다.

숙맥이 그걸 모르고 점순이의 키 자라기만 까맣게 기다리지 않았나.

언젠가는 하도 갑갑해서 자를 가지고 덤벼들어서 그 키를 한번 재볼까 했다. 마는 우리의 장인님이 내외를 해야 한다고 해서 마주 서 이야기도 한 마디 하는 법 없다. 우물길에서 어쩌다 마주칠 적이면 겨우 눈어림으로 재보고 하는 것인데 그럴 적마다 나는 저만큼 가서,

"제 에미 키두!"

하고 논둑에다 침을 퉤, 뱉는다. 아무리 잘 봐야 내 겨드랑 (다른 사람보다 좀 크긴 하지만) 밑에서 넘을락말락 밤낮 요모양이다. 개 돼지는 푹푹 크는데 왜 이리도 사람은 안 크는지, 한동안 머리가 아프도록 궁리도 해보았다. 아하, 물동이를

자꾸 이니까 뼈다귀가 움츠러드나보다, 하고 내가 넌짓 넌지시 그 물을 대신 길어도 주었다. 뿐만 아니라 나무를 하러 가면 서낭당에 돌을 올려놓고,

"점순이의 키 좀 크게 해줍소사. 그러면 담엔 떡 갖다 놓고 고사드립죠니까."

하고 치성도 한두 번 드린 것이 아니다. 어떻게 돼먹은 킨지 이래도 막무가내니……그래 내 어저께 싸운 것이지 결코 장인님이 밉다든가 해서가 아니다.

모를 붓다가 가만히 생각을 해보니까 또 싱겁다. 이 벼가 자라서 점순이가 먹고 좀 큰다면 모르지만 그렇지도 못한 걸 내 심어서 뭣하는 거냐. 해마다 앞으로 축 불거지는 장인님의 아랫배(너무 먹는 걸 모르고 냉병이라나, 그 배)를 불리기 위하여 심곤 조금도 싫지 않다.

"아이구 배야!"

난 몰 붓다 말고 배를 쓰다듬으면서 그대로 논둑으로 기어올랐다. 그리고 겨드랑에 꼈던 벼 담긴 키를 그냥 땅바닥에 털썩 떨어치며 나도 털썩 주저앉았다. 일이 암만 바빠도 나 배 아프면 고만이니까. 아픈 사람이 누가 일을 하느냐. 파릇파릇 돋아오른 풀 한 숲을 뜯어들고 다리의 거머리를 쓱쓱 문대며 장인님의 얼굴을 쳐다보았다.

논 가운데서 장인님이 이상한 눈을 해가지고 한참을 날 노려보더니,

"너 이 자식, 왜 또 이래 응?"

"배가 좀 아파서유!"

하고 풀 위에 슬며시 쓰러지니까 장인님은 약이 올랐다.

저도 논에서 철벙철벙 둑으로 올라오더니 잡은참 내 멱살을 움켜잡고 뺨을 치는 것이 아닌가.

"이 자식아, 일허다 말면 누굴 망해놀 속셈이냐, 이 대가리를 까놀 자식!"

우리 장인님은 약이 오르면 이렇게 손버릇이 아주 못됐다. 또 사위에게 이 자식 저 자식 하는 이놈의 장인님은 어디 있느냐. 오죽해야 우리 동리에서 누굴 막론하고 그에게 욕을 안 먹는 사람은 명이 짧다 한다. 조그만 아이들까지도 그를 돌려 세워놓고 욕필이(본 이름이 봉필이니까), 욕필이, 하고 손가락질을 할 만큼 두루 인심을 잃었다. 하나 인심을 정말 잃었다면 욕보다 읍의 배참봉댁 마름으로 더 잃었다. 본디 마름이란 욕 잘하고, 사람 잘 치고, 그리고 생김 생기길 호박개 같아야 쓰는 거지만 장인님은 외양이 똑 됐다. 장인에게 닭마리나 좀 보내지 않는다든가 애벌논 때 품을 좀 안 준다든가 하면 그 해 가을에는 영락없이 땅이 뚝뚝 떨어진다. 그러면 미리부터 돈도 먹고 술도 먹이고 안달재신으로 돌아치던 놈이 그 땅을 슬쩍 돌아안는다. 이 바람에 장인님 외양간에는 눈깔 커다란 황소 한 놈이 절로 엉금엉금 기어들고, 동리 사람들은 그 욕을 다 먹어가면서도 그래도 굽실굽실하는 게 아닌가——.

그러나 내겐 장인님이 감히 큰소리 할 계제가 못 된다. 뒷생각은 못 하고 뺨 한 대를 딱 때려놓고는 장인님은 무색해서 덤덤히 쓴침만 삼킨다. 난 그 속을 퍽 잘 안다. 조금 있으면 갈도 꺾어야 하고 모도 내야 하고, 한참 바쁜 때인데 나 일 안 하고 우리 집으로 그냥 가면 고만이니까. 작년 이맘때도 트집을 좀 하니까 늦잠 잔다고 돌멩이를 집어던져서 자는 놈의 발목을 삐게 해놨다. 사날씩이나 건성 끙끙, 앓았더니 종당에는 거반 울상이 되지 않았는가.

"얘 그만 일어나 일 좀 해라, 그래야 올 갈에 벼 잘 되면 너 장가들지 않니."

그래 귀가 번쩍 띄어서 그날로 일어나서 남이 이틀 품들일 논을 혼자 삶아놓으니까 장인님도 눈깔이 커다랗게 놀랐다. 그럼 정말로 가을에 와서 혼인을 시켜줘야 원 경우가 옳지 않겠나. 볏섬을 척척 들여쌓아도 다른 소리는 없고 물동이를 이고 들어오는 점순이를 담배통으로 가리키며,

"이 자식아, 미처 커야지, 조걸 무슨 혼인을 한다고 그러니 원!"

하고 남 낯짝만 붉게 해주고 고만이다. 골김에 그저 이놈의 장인님, 하고 댓돌에다 메꽂고 우리 고향으로 내뺄까 하다가 꾹꾹 참고 말았다. 참말이지 난 이 꼴하고는 집으로 차마 못 간다. 장가를 들러갔다가 오죽 못났어야 그대로 쫓겨왔느냐고 손가락질을 받을 테니까…….

논둑에서 벌떡 일어나 한풀 죽은 장인님 앞으로 다가서며,

"난 갈 테야유, 그 동안 사경 쳐내슈."

"너 사위로 왔지 어디 머슴살러 왔니?"

"그러면 얼찐 성례를 해줘야 안 하지유. 밤낮 부려만 먹구 해준다 해준다…….."

"글쎄 내가 안 하는 거냐? 그년이 안 크니까…….."

하고 어름어름 담배만 담으면서 늘 하는 소리를 또 늘어놓는다.

이렇게 따져나가면 언제든지 늘 나만 밑지고 만다. 이번엔 안 된다 하고 대뜸 구장님한테로 판단 가자고 소맷자락을 내 끌었다.

"아, 이 자식이 왜 이래 어른을."

안 간다고 뻗디디고 이렇게 호령은 제 맘대로 하지만 장인 님 제가 내 기운은 못 당한다. 막 부려먹고 딸은 안 주고, 게 다 땅땅 치는 건 다 뭐야……. 그러나 내 사실 참 장인님이 미워서 그런 것은 아니다.

그 전날 왜 내가 새고개 맞은 봉우리 화전밭을 혼자 갈고 있지 않았느냐. 밭 가생이로 돌 적마다 야릇한 꽃내가 물컥 물컥 코를 찌르고 머리 위에서 벌들은 가끔 붕, 붕, 소리를 친다. 바위 틈에서 샘물 소리밖에 안 들리는 산골짜기니까 맑은 하늘의 봄볕은 이불 속같이 따스하고 꼭 꿈꾸는 것 같 다. 나는 몸이 나른하고(몸살을 아직 모르지만) 병이 나려고 그러는지 가슴이 울렁울렁하고 이랬다.

"이러이! 말이! 맘 마 마……."

이렇게 노래를 하며 소를 부리면 여느 때 같으면 어깨가 으쓱으쓱한다. 웬일인지 밭을 반도 갈지 않아서 온몸의 맥이 풀리고 대고 짜증만 난다. 공연히 소만 들입다 두들기며,

"아냐! 아냐! 이 망할 자식의 소(장인님의 소니까) 대리를 꺾어줄라."

그러나 내 속은 정말 아냐 때문이 아니라 점심을 이고 온 점순이의 키를 보고 울화가 났던 것이다.

점순이는 뭐 그리 썩 예쁜 계집애는 못 된다. 그렇다고 또 개떡이냐 하면 그런 것도 아니고 꼭 내 아내가 돼야 할 만큼

그저 툽툽하게 생긴 얼굴이다. 나보다 십 년이 아래니까 올해 열여섯인데 몸은 남보다 두 살이나 덜 자랐다. 남은 잘도 흰칠히들 크건만 이건 위아래가 뭉툭한 것이 내 눈에는 하릴없이 감참외 같다. 참외 중에는 감참외가 제일 맛 좋고 예쁘니까 말이다. 둥글고 커단 눈은 서글서글하니 좋고 좀 지쳐 찢어졌지만 입은 밥술이나 톡톡히 먹음직하니 좋다. 아따 밥만 많이 먹게 되면 팔자는 고만 아니냐. 한데 한 가지 파가 있다면 가끔가다 몸이(장인님은 이걸 체신이 없이 들까분다고 하지만) 너무 빨리빨리 논다. 그래서 밥을 나르다가 때없이 풀밭에서 깨빡을 쳐서 흙투성이 밥을 곧잘 먹인다. 안 먹으면 무안해 할까봐서 이걸 씹고 앉았노라면 으적으적 소리만 나고 돌을 먹는 겐지 밥을 먹는 겐지…….

그러나 이날은 웬일인지 성한 밥 채로 밭머리에 곱게 내려 놓았다. 그리고 또 내외를 해야 하니까 저만큼 떨어져 이쪽으로 등을 향하고 웅크리고 앉아서 그릇 나기를 기다린다. 내가 다 먹고 물러섰을 때 그릇을 와서 챙기는데, 그런데 난 깜짝 놀라지 않았느냐. 고개를 푹 숙이고 밥함지에 그릇을 포개면서 날더러 들으라는지 혹은 제 소린지,

"밤낮 일만 하다 말 텐가!"

하고 혼자 쫑알거린다. 고대 잘 내외하다가 이게 무슨 소린가 하고 난 정신이 얼떨떨했다. 그러면서도 한편 무슨 좋은 수가 있는가 싶어서 나도 공중을 대고 혼잣말로,

"그럼 어떻게?"

하니까,

"성례시켜 달라지 뭘 어떻게."

하고 되알지게 쏘아붙이고 얼굴이 빨개져서 산으로 그저 도망질을 친다.

　나는 잠시 동안 어떻게 되는 셈판인지 맥을 몰라서 그 뒷모양만 덤덤히 바라보았다.

　봄이 되면 온갖 초목이 물이 오르고 싹이 트고 한다. 사람도 아마 그런가 보다 하고 며칠 내에 부쩍(속으로) 자란 듯싶은 점순이가 여간 반가운 것이 아니다.

　이런 걸 멀쩡하게 아직 어리다구 하니까…….

　우리가 구장님을 찾아갔을 때 그는 싸리문 밖에 있는 돼지우리에서 죽을 퍼주고 있었다. 서울엘 좀 갔다오더니 사람은 점잖아야 한다고 윗수염(얼른 보면 지붕 위에 앉은 제비 꼬랑지 같다)을 양쪽으로 뾰족이 삐치고 그걸 에헴, 하고 늘 쓰다듬는 손버릇이 있다. 우리를 멀뚱히 쳐다보고 미리 알아챘는지,

　"왜 일들 허다 말구 그래?"

하더니 손을 올려서 그 에헴을 한 번 후딱 했다.

　"구장님! 우리 장인님과 첨에 계약하기를…….'

　먼저 덤비는 장인님을 뒤로 떠다밀고 내가 허둥지둥 달려들다가 가만히 생각하고,

　"아니, 우리 빙장님과 첨에."

하고 첫번부터 다시 말을 고쳤다. 장인님은 빙장님, 해야 좋아하고 밖에 나와서 장인님, 하면 괜스레 골을 내려고 든다. 뱀도 뱀이래야 좋냐구 창피스러우니 남 듣는 데는 제발 빙장님, 빙모님 하라고 일상 당조짐을 받아오면서 난 그것도 자꾸 잊는다. 당장도 장인님, 하다 옆에서 내 발등을 꾹 밟고

곁눈질을 흘기는 바람에야 겨우 알았지만──.

구장님도 내 이야기를 자세히 듣더니, 퍽 딱한 모양이었다. 하기야 구장님뿐만 아니라 누구든지 다 그럴 게다. 길게 길러둔 새끼손톱으로 코를 후벼서 저리 탁 튀기며,

"그럼 봉필씨! 얼른 성례를 시켜주구려, 그렇게까지 제가 하구 싶다는걸……."

하고 내 짐작대로 말했다. 그러나 이 말에 장인님은 삿대질로 눈을 부라리고,

"아 성례구 뭐구 계집애년이 미처 자라야 할 게 아닌가?"

하니까 고만 멀쑤룩해서 입맛만 쩍쩍 다실 뿐이 아닌가.

"그것두 그래!"

"그래, 거진 사 년 동안에도 안 자랐다니 그 킨 은제 자라지유? 다 그만두구 사경 내슈."

"글쎄 이 자식아! 내가 크질 말라구 그랬냐, 왜 날보구 떼냐?"

"빙모님은 참새만한 것이 그럼 어떻게 앨 낳지유?(사실 장모님은 점순이보다도 귀때 하나가 작다)"

장인님은 이 말을 듣고 껄껄 웃더니(그러나 암만해두 돌 씹은 상이다) 코를 푸는 척하고 날 은근히 곯리려고 팔꿈치로 옆 갈비께를 퍽 치는 것이다. 더럽다. 나도 종아리의 파리를 쫓는 척하고 허리를 구부리며 그 궁둥이를 콱 떠밀었다. 장인님은 앞으로 우줄근하고 싸리문께로 쓰러질 듯하다 몸을 바로 고치더니 눈총을 몹시 쏘았다. 이런 쌍년의 자식! 하곤 싶으나 남의 앞이라서 차마 못 하고 섰는 그 꼴이 보기에 퍽 쟁그라웠다.

그러나 이 밖에는 별반 신통한 귀정을 얻지 못하고 도로 논으로 돌아와서 모를 부었다. 왜냐하면 장인님이 뭐라고 귓속말로 수군수군하고 간 뒤다. 구장님이 날 위해서 조용히 데리고 아래와 같이 일러주었기 때문이다.(뭉태의 말은 구장님이 장인님에게 땅 두 마지기 얻어부치니까 그래 꾀였다고 하지만 난 그렇게 생각 않는다)

　"자네 말두 하기야 옳지, 암 나이 찼으니까 아들이 급하다는 게 잘못된 말은 아니야. 허지만 농사가 한창 바쁜 때 일을 안 한다든가 집으로 달아난다든가 하면 손해죄루 그것도 징역을 가거든!(여기에 그만 정신이 번쩍 났다) 왜 요전에 삼포 말서 산에 불 좀 놓았다구 징역 간 거 못 봤나? 제 산에 불을 놓아두 징역을 가는 이땐데 남의 농사를 버려두니 죄가 얼마나 더 중한가. 그리고 자넨 정장을(사경 받으러 정장 가겠다 했다) 간대지만 그러면 괜시리 죄를 들쓰고 들어가는 걸세. 또 결혼두 그렇지, 법률에 성년이란 게 있는데 스물하나가 돼야지 비로소 결혼을 할 수 있는 걸세. 자넨 물론 아들이 늦을 걸 염려지만 점순이루 말하면 인제 겨우 열여섯이 아닌가. 그렇지만 아까 빙장님의 말씀이 올 갈에는 열일을 젖히고라두 성례를 시켜주겠다 하시니 좀 고마울 겐가. 빨리 가서 모 붓던 거나 마저 붓게, 군소리 말구 어서 가."

　그래서 오늘 아침까지 끽소리 없이 왔다.

　장인님과 내가 싸운 것은 지금 생각하면 전혀 뜻밖의 일이라 안 할 수 없다. 장인님으로 말하면 요즈막 작인들에게 행세를 좀 하고 싶다고 해서,

　"돈 있으면 양반이지 별 게 있느냐!"

하고 일부러 아랫배를 쑥 내밀고 걸음도 뒤틀리게 걷고 하는 이판이다. 이까짓 나쯤 두들기다 남의 땅을 가지고 모처럼 닦아놓았던 가문을 망친다든지 할 어른이 아니다. 또 나로 논지면 아무쪼록 잘 뵈서 점순이에게 얼른 장가를 들어야 하지 않느냐.

이렇게 말하자면 결국 어젯밤 뭉태네 집에 마을간 것이 썩 나빴다. 낮에 구장님 앞에서 장인님과 내가 싸운 것을 어떻게 알았는지 대고 빈정거리는 것이 아닌가.

"그래 맞구두 그걸 가만둬?"

"그럼 어떡허니?"

"임마, 봉필일 모판에다 거꾸루 박아놓지 뭘 어떡해?"

하고 괜히 내 대신 화를 내가지고 주먹질을 하다 등잔까지 쳤다. 놈이 본시 괄괄은 하지만 그래 놓고 날더러 석유값을 물라고 막 지다위를 붙는다. 난 어안이벙벙해서 잠자코 앉았으니까 저만 연방 지껄이는 소리가,

"밤낮 일만 해주구 있을 테냐?"

"영득이는 일 년을 살구두 장갈 들었는데 넌 사 년이나 살구두 더 살아야 해?"

"네가 세번째 사원 줄이나 아니, 세번째 사위."

"남의 일이라두 분하다. 이 자식아, 우물에 가 빠져죽어."

나중에는 겨우 손톱으로 목을 따라고까지 하고 제 아들같이 함부로 후딱이었다. 별의별 소리를 다해서 그대로 옮길 수는 없으나 그 줄거리는 이렇다.

우리 장인님 딸이 셋이 있는데 맏딸은 재작년 가을에 시집을 갔다. 정말은 시집을 간 것이 아니라 그 딸도 데릴사위를

해가지고 있다가 내보냈다. 그런데 딸이 열 살 때부터 열아홉, 즉 십 년 동안에 데릴사위를 갈아들이기를, 동리에선 사위 부자라고 이름이 났지마는 열 놈이란 참 너무 많다. 장인님이 아들은 없고 딸만 있는 고로 그 담 딸을 데릴사위를 해올 때까지는 부려먹지 않으면 안 된다. 물론 머슴을 두면 좋지만 그건 돈이 드니까, 일 잘하는 놈을 고르느라고 연방 바꿔 들었다. 또 한편 놈들이 욕만 줄창 퍼붓고 심히도 부려먹으니까 밸이 상해서 달아나기도 했겠지. 점순이는 둘째 딸인데 내가 일테면 그 세번째 데릴사위로 들어온 셈이다. 내 담으로 네번째 놈이 들어올 것을 내가 일도 참 잘하고 그리고 사람이 좀 어수룩하니까 장인님이 잔뜩 붙들고 놓질 않는다. 셋째 딸이 인제 여섯 살. 적어도 열 살은 돼야 데릴사위를 할 테므로 그 동안은 죽도록 부려먹어야 된다. 그러니 인제는 속 좀 차리고 장가를 들여달라구 떼를 쓰고 나자빠져라, 이것이다.

나는 겉으로 엉, 엉, 하며 귓등으로 들었다. 뭉태는 땅을 얻어부치다가 떨어진 뒤로는 장인님만 보면 공연히 못 먹어서 으르렁거린다. 그것도 장인님이 저 달라고 할 적에 제 집에서 위한다는 그 감투(예전에 원님이 쓰던 것이라나, 옆구리에 뿡뿡 좀먹은 걸레)를 선뜻 주었더라면 그럴 리도 없었던 걸…….

그러나 나는 뭉태란 놈의 말을 전수히 곧이듣지 않았다. 꼭 곧이들었다면 간밤에 와서 장인님과 싸웠지 무사히 있었을 리가 없지 않은가. 그러면 딸에게까지 인심을 잃은 장인님이 혼자 나빴다.

실토이지 나는 점순이가 아침상을 가지고 나올 때까지는 오늘은 또 얼마나 밥을 담았나, 하고 이것만 생각했다. 상에는 된장찌개하고 간장 한 종지, 조밥 한 그릇, 그리고 밥보다 더 수부룩하게 담은 산나물이 한 대접, 이렇다. 나물은 점순이가 틈틈이 해오니까 두 대접이고 네 대접이고 멋대로 먹어도 좋으나, 밥은 장인님이 한 사발 외엔 더 주지 말라고 해서 안 된다. 그런데 점순이가 그 상을 내 앞에 내려놓으며 제 말로 지껄이는 소리가,

"구장님한테 갔다 그냥 온담 그래!"

하고 엊그제 산에서와 같이 되우 쫑알거린다. 딴은 내가 더 단단히 덤비지 않고 만 것이 좀 어리석었다, 속으로 그랬다. 나도 저쪽 벽을 향하여 외면하면서 내 말로,

"안 된다는 걸 그럼 어떡헌담!"

하니까,

"쇰을 잡아채지 그냥 뒤, 이 바보야!"

하고 또 얼굴이 빨개지면서 성을 내며 안으로 샐쭉하니 뛰들어가지 않느냐. 이때 아무도 본 사람이 없었게 망정이지 보았다면 내 얼굴이 어미 잃은 황새 새끼처럼 가여웁다, 했을 것이다.

사실 이때만큼 슬펐던 일이 또 있었는지 모른다. 다른 사람은 암만 못생겼다 해도 괜찮지만 내 아내 될 점순이가 병신으로 본다면 참 신세는 따분하다. 밥을 먹은 뒤 지게를 지고 일터로 가려 하다 도로 벗어던지고 바깥 마당 공석 위에 드러누워서 나는 차라리 죽느니만 같지 못하다 생각했다.

내가 일 안 하면 장인님 저는 나이가 먹어 못 하고 결국 농

사 못 짓고 만다. 뒷짐으로 트림을 꿀꺽 하고 대문 밖으로 나
오다 날 보고서,

"이 자식아! 너 왜 또 이러니?"

"관격이 났어유, 아이구 배야!"

"기껀 밥 처먹구 나서 무슨 관격이야, 남의 농사 버려주면
이 자식아 징역 간다 봐라!"

"가두 좋아유, 아이구 배야!"

참말 난 일 안 해서 징역 가도 좋다 생각했다. 일후 아들을
낳아도 그 앞에서 바보, 바보, 이렇게 별명을 들을 테니까 오
늘은 열 쪽이 난대도 결정을 내고 싶었다.

장인님이 일어나라고 해도 내가 안 일어나니까 눈에 독이
올라서 저편으로 휭허케 가더니 지게막대기를 들고 왔다. 그
리고 그걸로 내 허리를 마치 들떠넘기듯이 쿡 찍어서 넘기고
넘기고 했다. 밥을 잔뜩 먹어 딱딱한 배가 그럴 적마다 퉁겨
지면서 밸창이 꼿꼿한 것이 여간 켕기지 않았다. 그래도 안
일어나니까 이번에는 배를 지게막대기로 위에서 쿡쿡 찌르
고 발길로 옆구리를 차고 했다. 장인님은 원체 심술이 궂어
서 그러지만 나도 저만 못하지 않게 배를 채였다. 아픈 것을
눈을 꽉 감고 넌 해라 난 재밌단 듯이 있었으나 볼기짝을 후
려갈길 적에는 나도 모르는 결에 벌떡 일어나서 그 수염을
잡아챘다. 마는 내 골이 난 것이 아니라 정말은 아까부터 부
엌 뒤 울타리 구멍으로 점순이가 우리들의 꼴을 몰래 엿보고
있었기 때문이다.

가뜩이나 말 한 마디 똑똑히 못 한다고 바보라는데 매까지
잠자코 맞는 걸 보면 짜장 바보로 알 게 아닌가. 또 점순이도

미워하는 이까짓 놈의 장인님하곤 아무것도 안 되니까 막 때려도 좋지만 사정 보아서 수염만 채고(제 원대로 했으니까 이때 점순이는 퍽 기뻤겠지) 저기까지 잘 들리도록,

"이걸 까셀라부다!"

하고 소리를 쳤다.

장인님은 더 약이 바짝 올라서 잡은참 지게막대기로 내 어깨를 그냥 내려갈겼다. 정신이 다 아찔하다. 다시 고개를 들었을 때 그때엔 나도 온몸에 약이 올랐다. 이 녀석의 장인님을, 하고 눈에서 불이 퍽 나서 그 아래 밭 있는 넝 아래로 그대로 떼밀어 굴려버렸다. 조금 있다가 장인님이 씩, 씩, 하고 한번 해보려고 기어오르는 걸 얼른 또 떼밀어 굴려버렸다.

기어오르면 굴리고 굴리면 기어오르고 이러길 한 너덧 번을 하며 그럴 적마다,

"부려만 먹구 왜 성례 안 하지유!"

나는 이렇게 호령했다. 하지만 장인님이 선뜻 오냐 낼이라두 성례시켜주마, 했으면 나도 성가신 걸 그만두었을지 모른다. 나야 이러면 때린 건 아니니까 나중에 장인 쳤다는 누명도 안 들을 터이고 얼마든지 해도 좋다.

한번은 장인님이 헐떡헐떡 기어서 올라오더니 내 바짓가랑이를 요렇게 노리고서 단박 움켜잡고 매달렸다. 악, 소리를 치고 나는 그만 세상이 다 팽그르 도는 것이,

"빙장님! 빙장님! 빙장님!"

"이 자식! 잡아먹어라, 잡아먹어!"

"아! 아! 할아버지, 살려줍소, 할아버지!"

하고 두 팔을 허둥지둥 내절 적에는 이마에 진땀이 쭉 내솟

고 인젠 참으로 죽나보다 했다. 그래도 장인님은 놓질 않더니 내가 기어이 땅바닥에 쓰러져서 거진 까무라치게 되니까 놓는다. 더럽다, 더럽다, 이게 장인님인가? 나는 한참을 못 일어나고 쩔쩔맸다. 그러나 얼굴을 드니(눈에 참 아무것도 보이지 않았다) 사지가 부르르 떨리면서 나도 엉금엉금 기어가 장인님의 바짓가랑이를 꽉 움키고 잡아나꿨다.

내가 머리가 터지도록 매를 얻어맞은 것이 이 때문이다. 그러나 여기가 또한 우리 장인님이 유달리 착한 곳이다. 여느 사람이면 사경을 주어서라도 당장 내쫓았지 터진 머리를 불솜으로 손수 지져주고, 호주머니에 희연 한 봉을 넣어주고 그리고,

"올 갈엔 꼭 성례를 시켜주마, 암말 말구 가서 뒷골의 콩밭이나 얼른 갈아라."

하고 등을 뚜덕여줄 사람이 누구냐.

나는 장인님이 너무나 고마워서 어느덧 눈물까지 났다. 점순이를 남기고 인젠 내쫓기려니, 하다 뜻밖의 말을 듣고,

"빙장님! 인제 다시는 안 그러겠어유."

이렇게 맹세를 하며 부랴부랴 지게를 지고 일터로 갔다.

그러나 이때는 그걸 모르고 장인님을 원수로만 여겨서 잔뜩 잡아당겼다.

"아! 아! 이놈아! 놔라, 놔."

장인님은 헛손질을 하며 솔개미에 챈 닭의 소리를 연해 질렀다. 놓긴 왜, 이왕이면 호되게 혼을 내주리라 생각하고 짓궂이 더 당겼다. 마는 장인님이 땅에 쓰러져서 눈에 눈물이 피잉 도는 것을 알고 좀 겁도 났다.

"할아버지! 놔라, 놔, 놔, 놔, 놔."

그래도 안 되니까,

"애 점순아! 점순아!"

이 악장에 안에 있던 장모님과 점순이가 헐레벌떡하고 단숨에 뛰어나왔다. 나의 생각에 장모님은 제 남편이니까 역성을 할는지도 모른다. 그러나 점순이는 내 편을 들어서 속으로 고수해서 하겠지 —— 대체 이게 웬 속인지(지금까지도 난 영문을 모른다) 아버질 혼내주기는 제가 내래놓고 이제 와서는 달려들며,

"에구머니! 이 망할 게 아버지 죽이네!"

하고 내 귀를 뒤로 잡아당기며 마냥 우는 것이 아니냐. 그만 여기에 기운이 탁 꺾이어 나는 얼빠진 등신이 되고 말았다. 장모님도 덤벼들어 한쪽 귀마저 뒤로 잡아채면서 또 우는 것이다.

이렇게 꼼짝도 못 하게 해놓고 장인님은 지게막대기를 들어서 사뭇 내려제겼다. 그러나 나는 구태여 피하려지도 않고 암만해도 그 속 알 수 없는 점순이의 얼굴만 멀거니 들여다보았다.

"이 자식! 장인 입에서 할아버지 소리가 나오도록 해?"

1935년

# 땡 볕

우람스레 생긴 덕순이는 바른팔로 왼편 소맷자락을 끌어다 콧등의 땀방울을 훑고는 통안 네거리에 와 다리를 딱 멈추었다. 더위에 익어 얼굴이 벌거니 사방을 둘러본다. 중복 허리의 뜨거운 땡볕이라 길 가는 사람은 저편 처마 밑으로만 배앵뱅 돌고 있다. 지면은 번들번들히 달아 자동차가 지날 적마다 숨이 탁 막힐 만큼 무더운 먼지를 풍겨놓는 것이다.

덕순이는 아무리 참아보아도 자기가 길을 물어 좋을 만큼 그렇게 여유 있는 얼굴이 보이지 않음을 알자, 소맷자락으로 또 한 번 땀을 훑어본다. 그리고 거북한 표정으로 벙벙히 섰다. 때마침 옆으로 지나가는 어린 깍쟁이에게 공손히 손짓을 한다.

"얘! 대학병원을 어디루 가니?"

"이리루 곧장 가세요."

덕순이는 어린 깍쟁이가 턱으로 가리킨 대로 그 길을 북으로 접어들며 다시 내걷기 시작한다. 내딛는 한 발짝마다 무거운 지게는 어깨에 배기고 등줄기에서 쏟아져내리는 진땀에 궁둥이는 쓰라릴 만큼 물렀다. 속타는 불김을 입으로 불어가며 허덕지덕 올라오다 엄지손가락으로 코를 힝 풀어 그 옆 전봇대 허리에 쓱 문댈 때에는 그는 어지간히 답답하였다. 당장 지게를 벗어던지고 푸른 그늘에 가 나자빠지고 싶은 생각이 굴뚝 같으련만 그걸 못 하니 짜증이 안 날 수 없다. 골피를 찌푸리어 데퉁스레,

"빌어먹을 거? 왜 이리 무거!"

하고 내뱉으려 하였으나, 그러나 지게 위에서 무색하여질 아내를 생각하고 꾹 참아버린다. 제 속으로만 끙끙거리다 겨우,

"에이 더웁다!"

하고 자탄이 나올 적에는 더는 갈 수가 없었다.

덕순이는 길가 버들 밑에다 지게를 벗어놓고는 두 손으로 적삼 등을 흔들어 땀을 들인다. 바람기 한 점 없는 거리는 그대로 타붙었고, 그 위의 모래만 이글이글 달아간다. 하늘을 치어다보았으나 좀체로 비맛은 못 볼 듯싶어 바상바상한 입맛을 다시고 섰을 때 별안간 댕댕 소리와 함께 발등에 물을 뿌리고 물차가 지나가니 그는 비로소 산 듯이 정신기가 반짝 난다. 적삼 호주머니에 손을 넣어 곰방대를 꺼내 물고 담배 한 알 없었던 것을 다시 깨닫고 역정스레 도로 집어넣는다.

"꽁무니가 배기지 않어?"

덕순이는 이렇게 아내를 돌아본다.

"괜찮아요!"

하고 거진 죽어가는 상으로 글썽글썽 눈물이 고인 아내가 딱하였다. 두 달 동안이나 햇빛 못 본 얼굴은 누렇게 시들었고

병약한 몸으로 지게 위에 앉아 까댁이는 양이 금시라도 꺼질 듯싶은 그 아내였다. 덕순이는 아내를 이윽히 노려본다.

"아 울긴 왜 우는 거야?"

하고 눈을 부라렸으나,

"병원에 가면 짼대겠지요."

"째긴 아무거나 덮어놓고 째나? 연구한다니까."

하고 되도록 아내를 안심시킨다. 그러나 덕순이 생각에는 째든 말든 그건 차차 해놓고 우선 먹어야 산다고,

"왜 기영이 할아버지의 말씀 못 들었어?"

"병원서 월급을 주구 고쳐준다는 게 정말인가요?"

"그럼 노인이 설마 거짓말을 헐라구. 그래 시방두 대학병원의 이등 박산가 뭐가 열네 살 된 조선 아이가 어른보다도 더 부대한 걸 보구 하두 이상한 병이라고 붙잡아들여서 한 달에 십 원씩 월급을 주고, 그뿐인가 먹이구 입히구 이래가며 지금 연구하고 있대지 않어!"

"그럼 나도 허구헌 날 늘 병원에만 있게 되겠구려."

"인제 가봐야 알지, 어떻게 될는지."

이렇게 시원스레 받기는 받았으나 덕순이 자신 역시 기영 할아버지의 말을 꼭 믿어서 좋을지가 의문이었다. 시골서 올라온 지 얼마 안 되는 그로서는 서울이라 혹 알 수 없을 듯싶어 무료 진찰권을 내온 데 더 되지 않았다. 그렇다 하더라도 병이 괴상하면 할수록 혹은 고치기가 어려우면 어려울수록 월급이 많다는 것인데 영문 모를 아내의 이 병은 얼마짜리나 되겠는가고 속으로 무척 궁금하였다. 아이가 십 원이라니 이건 한 십오 원쯤 주겠는가, 그렇다면 병 고치니 좋고, 먹으니

좋고, 두루두루 팔자를 고치리라고 속 안으로 육조배판을 늘이고 섰을 때,

"여보십쇼! 이 채미 하나 잡숴보십쇼."

하고 저만치 참외를 벌여놓고 앉았는 아이가 시선을 끌어간다. 길쭘길쭘하고 싱싱한 놈들이 과연 뜨거운 복중에 하나 벗겨들고 으썩 깨물어봄직한 참외였다. 덕순이는 참외를 이 놈 저놈 멀거니 물색하여보다 쌈지에 든 잔돈 사 전을 얼른 생각은 하였으나 다음 순간에는 그건 안 될 말이라고 꺽진 마음으로 시선을 걷어온다. 사 전에 일 전만 더 보태면 희연 한 봉이 되리라고 어제부터 잔뜩 꼽여쥐고 오던 그 사 전, 이걸 참외값으로 녹여서는 사람이 아니다.

"지게를 꼭 붙들어!"

덕순이는 지게를 지고 다시 일어나며 그 십오 원을 생각했던 것이니 그로서는 너무도 벅찬 희망의 보행이었다.

덕순이는 간호부가 지도하여주는 대로 산부인과 문 밖에서 제 차례가 돌아오기를 기다리고 있었다. 아내는 남편이 업어다놓은 대로 걸상에 가 번듯이 늘어져 괴로운 숨을 견디지 못한다. 요량 없이 부어오른 아랫배를 한 손으로 치마째 걷어안고는 매 호흡마다 간댕거리는 야윈 고개로 가쁜 숨을 돌리고 있는 것이다. 게다가 수술실에서 들것으로 담아내는 환자의 피고름이 섞인 쓰레기통을 보는 것은 그로 하여금 해쓱한 얼굴로 이를 떨도록 하기에는 너무도 충분한 풍경이었다.

"너무 그렇게 겁내지 말아, 그래두 다 죽을 사람이 병원엘

와야 살아 나가는 거야."

덕순이는 아내를 위안하기 위하여 이런 소리도 하는 것이
나, 기실 아내 못지않게 저로도 조바심이 적지 않았다. 아내
의 이 병이 무슨 병일까. 짜장 기이한 병이라서 월급을 타먹
고 있게 될 것인가, 또는 아내의 병을 씻은 듯이 고쳐줄 수
있겠는가, 겸삼수삼 모두가 궁거웠다. 이 생각 저 생각으로
덕순이는 아내의 상체를 떠받쳐주고 있다가 우연히도 맞은
편 타구 옆에 떨어져 있는 궐련 꽁댕이에 한눈이 팔린다. 그
는 사방을 잠깐 살펴보고 횡허케 가서 집어다가는 곰방대에
피워 물며 제 차례를 기다렸으나 좀체로 불러주질 않는 것이
다. 이렇게 하여 그들은 허무히도 두 시간을 보냈다. 한 점을
십사 분 가량 지났을 때 간호부가 다시 나와 덕순이 아내의
성명을 외는 것이다.

"네, 여기 있습니다!"

덕순이는 허둥지둥 아내를 들쳐업고 진찰실로 들어갔다.
간호부들이 달려들어 우선 옷을 벗기고 주무를 제 아내는 놀
란 토끼와 같이 조그맣게 되어 떨고 있었다. 코를 찌르는 무
더운 약내에 소름이 끼치기도 하려니와 한쪽에 번쩍번쩍 늘
여놓인 기계가 더욱이 마음을 조이게 하는 것이다. 아내가
너무 병신스레 떨므로 옆에 섰는 덕순이까지도 겸연쩍지 않
을 수 없었다. 아내의 한 팔을 꼭 붙들어주고 집에서 꾸짖듯
이 눈을 부릅떠,

"뭐가 무섭다구 이래?"

하고는 유리판에서 기계 부딪는 젤그럭 소리에 등줄기가 다
섬찍할 제,

92

"은제부터 배가 이래요?"

간호부가 뚱뚱한 의사의 말을 통변한다.

"자세히는 몰라두……."

덕순이는 이렇게 머리를 긁고는 아마 이토록 부르기는 지난 겨울부턴가봐요, 처음에는 이게 애가 아닌가 했던 것이 그렇지도 않구요, 애라면 열 달에 날 텐데,

"열석 달씩이나 가는 게 어딨습니까?"

하고는 아차, 애니 뭐니 하는 건 괜히 지껄였군 하였다. 그래 의사가 무어라고 또 입을 열기 전에 얼른 뒤미처,

"아무두 이 병이 무슨 병인지 모른다구 그래요, 난생 처음 본다구요."

하고 몇 마디 더 엱었다.

덕순이는 자기네들의 팔자를 고칠 수 있고 없고가 이 순간에 달렸음을 또 한 번 깨닫고 열심히 의사의 입만 쳐다보고 있는 것이다. 마는 금테 안경 쓴 의사는 그리 쉽사리 입을 열려 하지 않았다. 몇 번을 거듭 주물러보고 두드려보고 들어보고 이러기를 얼마 한 다음 시덥지 않게 저쪽으로 가 대야에 손을 씻어가며 간호부를 통하여 하는 말이,

"이 뱃속에 어린애가 있는데요, 나오려다 소문이 적어서 그대로 죽었어요. 이걸 그냥 둔다면 앞으로 일주일을 못 갈 것이니 수술을 해야겠으나 또 그 결과가 반드시 좋다고 단언할 수도 없는 것이며, 배를 가르고 아이를 꺼내다 만일 사불여의하여 불행을 본다더라도 전혀 관계 없다는 승낙만 있으면 내일이라도 곧 수술을 하겠어요."

하고 나어린 간호부는 조금도 거리낌없는 어조로 줄줄 쏟아

놓다가,

"어떻게 하실 테야요?"

"글쎄요……."

덕순이는 이렇게 얼떨떨한 낯으로 다시 한번 뒤통수를 긁지 않을 수 없었다.

간호부의 말이 무슨 소린지 다는 모른다 하더라도 속대중으로 저쯤은 알아챘던 것이니 아내의 생명이 위험하다는 그말이 두렵기도 하려니와 겨우 아이를 뱄다는 것쯤, 연구거리는 못 되는 병인 양싶어 우선 낙심하고 마는 것이다. 허나 이왕 버린 노릇이매,

"그럼 먹을 것이 없는데요……."

"그건 여기에서 입원시키고 먹일 것이니까 염려 마셔요……."

"그런데요 저……."

하고 덕순이는 열적은 낯을 무얼로 가릴지 몰라 쭈뼛쭈뼛,

"월급 같은 건 안 주나요?"

"무슨 월급이요?"

"왜 여기서 병을 고치면 월급을 주는 수도 있다지요."

"제 병 고쳐주는데 무슨 월급을 준단 말이오?"

하고 맨망스리도 톡 쏘는 바람에 덕순이는 고만 얼굴이 벌개지고 말았다. 팔자를 고치려던 그 계획이 완전히 어그러졌음을 알자, 그의 주린 창자는 척 꺾이며 두꺼운 손으로 이마의 진땀이나 훑어보는밖에 별 도리가 없는 것이다. 허나 아내의 생명은 어차피 건져야 하겠기로 공손히 허리를 굽신하여,

"그럼 낼 데리고 올게 어떻게 해주십시오."

하고 되도록 빌붙어보았던 것이, 그때까지 끔찍끔찍한 소리에 얼이 빠져서 멀뚱히 누웠던 아내가 별안간 기겁을 하여 일어나 살뚱맞은 목성으로,

"나는 죽으면 죽었지 배는 안 째요."

하고 얼굴이 노랗게 되는 데는 더 할 말이 없었다. 죽이더라도 제 원대로나 죽게 하는 것이 혹은 남편된 사람의 도릴지도 모른다. 아내의 꼴에 하도 어이가 없어,

"죽는 거보담야 수술을 하는 게 좀 낫겠지요!"

비소를 금치 못하고 섰는 간호부와 의사가 눈에 보이지 않도록 덕순이는 시선을 외면하여 뚱싯뚱싯 아내를 업고 나왔다. 지게 위에 올려놓은 다음 엎디어 다시 지고 일어나려니 이게 웬일일까, 아까 오던 때와는 갑절이나 무거웠다.

덕순이는 얼마 전에 희망이 가득히 차 올라가던 길을 힘 풀린 걸음으로 터덜터덜 내려오고 있었다. 보지는 않아도 지게 위에서 소리를 죽여 훌쩍훌쩍 울고 있는 아내가 눈앞에 환한 것이다. 학식이 많은 의사는 일자무식인 덕순이 내외보다는 더 많이 알 것이니 생명이 한 이레를 못 가리라면 그 말을 어째볼 도리가 없다. 인제 남은 것은 우중충한 그 냉골에 갖다 다시 눕혀놓고 죽을 때나 기다리고 있을 따름이다.

덕순이는 눈 위로 덮는 땀방울을 주먹으로 훔쳐가며 장차 캄캄하여올 그 전도를 생각해본다. 서울을 장대고 왔던 것이 벌이도 잘 안 되고 게다가 인젠 아내까지 잃는 것이다. 제 에미 붙을! 이놈의 팔자가, 하고 딱한 탄식이 목을 넘어오다 꽉 깨무는 바람에 한숨으로 터져버린다.

한나절이 되자 더위는 더한층 무서워진다. 덕순이는 통째

짓무를 듯싶은 등어리를 견디지 못하여 먼젓번에 쉬어가던 나무 그늘에 지게를 벗어놓는다. 땀을 들여가며 아내를 가만히 내려다보니 그 동안 고생만 시키고 변변히 먹이지도 못하였던 것이 갑자기 후회가 나는 것이다. 이럴 줄 알았더라면 동넷집 닭이라도 훔쳐다 먹였을 걸 싶어,

"울지 말아, 그것들이 뭘 아나? 제까짓 게!"
하고 소리를 빽 지르고는,

"채미 하나 먹어볼 테야?"

"채민 싫어요!"

아내는 더위에 속이 탔음인지 한길 건너 저쪽 그늘에서 팔고 있는 얼음냉수를 손으로 가리킨다. 남편이 한 푼 더 보태어 담배를 사려던 그 돈으로 얼음냉수를 한 그릇 사다가 입에 먹여까지 주니 아내도 황송하여 한숨에 들이켠다. 한 그릇을 다 먹고 나서 더 사다주랴 물었을 때 이번에는 왜떡이 먹고 싶다 하였다. 덕순이는 이것이 마지막이라는 생각으로 나머지 돈으로 왜떡 세 개를 사다주고는 그대로 눈물도 씻을 줄 모르고 그걸 오직오직 깨물고 있는 아내를 이윽히 바라보고 있었다. 그러나 아내가 무슨 생각을 하였는지 왜떡을 입에 문 채 홀쩍홀쩍 울며,

"저 사촌 형님께 쌀 두 되 꿔다 먹은 거 부대 잊지 말구 갚우."
하고 부탁할 제 이것이 필연 아내의 유언이라 깨닫고는,

"그래 그건 염려 말아!"

"그리고 임자 옷은 영근 어머니더러 사정 얘길 하구 좀 빨아달래우."

하고 이야기를 곧잘 하다가 다시 입을 일그리고 훌쩍훌쩍 우
는 것이다.

덕순이는 그 유언이 너무 처량하여 눈에 눈물이 핑 돌아가
지고는 지게를 도로 지고 일어선다. 얼른 갖다눕히고 죽이라
도 한 그릇 더 얻어다 먹이는 것이 남편의 도릴 게다.

때는 중복허리의 쇠뿔도 녹이려는 뜨거운 땡볕이었다. 덕
순이는 빗발같이 내려붓는 등골의 땀을 두 손으로 번갈아 훔
쳐가며 끙끙 내려올 제 아내는 지게 위에서 그칠 줄 모르는
그 수많은 유언을 차근차근 남기자, 울자, 하는 것이다.

1937년

# 산골 나그네

밤이 깊어도 술꾼은 역시 들지 않는다. 메주 뜨는 냄새와 같이 퀴퀴한 냄새로 방안은 쾨쾨하다. 옷간에서는 쥐들이 찍찍거린다. 홀어머니는 쪽 떨어진 화로를 끼고 앉아서 쓸쓸한 대로 곰곰 생각에 젖는다. 가뜩이나 침침한 반짝 등불이 북쪽 지게문에 뚫린 구멍으로 새드는 바람에 번득이며 빛을 잃는다. 헌 버선짝으로 구멍을 틀어막는다. 그러고 등잔 밑으로 반짇고리를 끌어당기며 시름없이 바늘을 집어든다.

산골의 가을은 왜 이리 고적할까! 앞뒤 울타리에서 부수수 하고 떨잎은 진다. 바로 그것이 귀밑에서 들리는 듯 나직나직 속삭인다. 더욱 몹쓸 건 물소리, 골을 휘돌아 맑은 샘은 흘러내리고 야릇하게도 음률을 읊는다.

퐁! 퐁! 퐁! 쪼록 퐁!

바깥에서 신발 소리가 자작자작 들린다. 귀가 번쩍 띄어 그는 방문을 가볍게 열어젖힌다. 머리를 내밀며,

"덕돌이냐?"

하고 반겼으나 잠잠하다. 앞뜰 건너편 수평이를 감돌아 싸늘한 바람이 낙엽을 흩뿌리며 얼굴에 부딪친다. 용마루가 쌩쌩 운다. 모진 바람 소리에 놀래어 멀리서 밤 개가 요란히 짖는다.

"쥔어른 계서유?"

몸을 돌리어 바느질거리를 다시 집어들려 할 제 이번에는 짜장 인기가 난다. 황급하게,

"누구유?

하고 일어서며 문을 열어보았다.

"왜 그러유?"

처음 보는 아낙네가 마루 끝에 와 섰다. 달빛에 비끼어 검붉은 얼굴이 해쓱하다. 추운 모양이다. 그는 한 손으로 머리에 둘렀던 왜수건을 벗어들고는 다른 손으로 흩어진 머리칼을 쓰담아올리며 수줍은 듯이 쭈뼛쭈뼛한다.

"저……하룻밤만 드새고 가게 해주세유."

남정네도 아닌데 이 밤중에 웬일인가, 맨발에 짚신짝으로. 그야 아무렇든…….

"어서 들어와 불 쬐게유."

나그네는 주춤주춤 방 안으로 들어와서 화로 곁에 도사려 앉는다. 낡은 치맛자락 위로 삐지려는 속살을 아무리자 허리를 지그시 튼다. 그리고는 묵묵하다. 주인은 물끄러미 보고 있다가 밥을 좀 주랴느냐고 물어보아도 잠자코 있다. 그러나 먹던 대궁을 주워모아 짠지쪽하고 갖다주니 감지덕지 받는다. 그리고 물 한 모금 마심 없이 잠깐 동안에 밥그릇의 밑바닥을 긁는다. 밥숟갈을 놓기가 무섭게 주인은 이야기를 붙이

기 시작하였다. 미주알고주알 물어보니 이야기는 지수가 없다. 자기로도 너무 지쳐 물은 듯싶은 만큼 대고 추근거렸다. 나그네는 싫단 기색도 좋단 기색도 별로 없이 시나브로 대꾸하였다. 남편 없고 몸붙일 곳 없다는 것을 간단히 말하고 난 뒤,

"이리저리 얻어먹고 단게유."

하고 턱을 가슴에 묻는다.

첫닭이 홰를 칠 때 그제야 마을 갔던 덕돌이가 돌아온다. 문을 열고 감사나운 머리를 디밀려다 낯선 아낙네를 보고 눈이 휘둥그렇게 주춤한다. 열린 문으로 억센 바람이 몰아들며 방 안이 캄캄하다. 주인은 문 앞으로 걸어와 서며 덕돌이의 등을 뚜덕거린다.

젊은 여자 자는 방에서 떠꺼머리 총각을 재우는 건 상서롭지 못한 일이었다.

"얘 덕돌아, 오늘은 마을 가 자고 아침에 온."

가을할 때가 지났으니 돈냥이나 좋이 퍼질 때도 되었다. 그 돈들이 어디로 몰리는지 이 술집에서는 좀체 돈맛을 못 본다. 술을 판대야 한 초롱에 오륙십 전 떨어진다. 그 한 초롱을 잘 판대도 사날씩이나 걸리는 걸 요새 같아선 그 알량한 술꾼까지 씨가 말랐다. 어쩌다 전일에 펴놓았던 외상값도 갖다줄 줄을 모른다. 홀어미는 열벙거지가 나서 이른 아침부터 돈을 받으러 돌아다녔다. 그러나 다리품을 들인 보람도 없었다. 낼 사람이 즐겨야 할 텐데 우물쭈물하며 한단 소리가 좀 두고 보자는 것이 고작이었다. 그렇다고 안 갈 수도 없

100

는 노릇이다. 나날이 양식은 딸리고 지점집에서 집행을 하느니 뭘 하느니 독촉이 어지간치 않음에랴…….

"저도 인젠 떠나가겠에유."

그가 조반 후 나들이옷을 바꾸어 입고 나서니 나그네도 따라 일어선다. 그의 손을 잔상히 붙잡으며 주인은,

"고달플 테니 며칠 더 쉬어가게유."

하였으나,

"가야지유, 너무 오래 신세를…….""

"그런 염려는 말구."

라고 누르며 집 지켜주는 셈치고 방에 누웠으라 하고는 집을 나섰다. 백두고개를 넘어서 안말로 들어가 해동갑으로 헤매었다. 허실수로 간 곳도 있기야 하지만 말갛다. 해가 지고 어두울 녘에야 그는 흘부들해서 돌아왔다. 좁쌀 닷 되밖에는 못 받았다. 다른 사람들은 돈 낼 생각은커녕 이러면 다시 술 안 먹겠다고 도리어 을러보냈던 것이다. 그러나 이만도 다행이다. 아주 못 받으니보다는 끼니때를 가졌다. 그는 좁쌀을 씻고 나그네는 솥에 불을 지피어 부랴부랴 밥을 짓고 일변 상을 보았다.

밥들을 먹고 나서 앉았으려니깐 갑자기 술꾼이 몰려든다. 이거 웬일인가. 처음에는 하나가 오더니 다음에는 세 사람, 또 두 사람. 모두 젊은 축들이다. 그러나 각각들 먹일 방이 없으므로 주인은 좀 망설이다가 그 연유를 말하였으나 뭐 한 동리 사람인데 어떠냐, 한데서 먹게 해달라는 바람에 얼씨구나 하였다. 이제야 운이 틔나보다. 양푼에 막걸리를 따라 나그네에게 주며 솥에 넣고 좀 속히 데워달라 하였다. 자기는

치마꼬리를 휘둘러가며 잽싸게 안주를 장만한다. 짠지, 동치미, 고추장, 특별 안주로 삶은 밤도 놓았다. 사촌 동생이 맛보라고 며칠 전에 갖다준 것을 아껴둔 것이었다.

방 안은 떠들썩하다. 벽을 두드리며 아리랑 찾는 놈에 건으로 너털웃음 치는 놈, 혹은 수군덕하는 놈…… 가지각색이다. 주인이 술상을 받쳐들고 들어가니 짜기나 한 듯이 일제히 자리를 바로잡는다. 그 중에 얼굴 넓적한 하이칼라머리가 야로가 나서 상을 받으며 주인 귀에다 입을 비켜댄다.

"아주머니, 젊은 갈보 사왔다지유? 좀 보여주게유."

영문 모를 소문도 다 듣는다.

"갈보라니 웬 갈보?"

하고 어리뻥뻥하다 생각을 하니 턱없는 소리는 아니다. 눈치 있게 부엌으로 내려가서 보강지 앞에 웅크리고 앉았는 나그네의 머리를 은근히 끌어안았다. 자, 저 패들이 새댁을 갈보로 횡보고 찾아온 맥이다. 물론 새댁 편으론 망측스러운 일이겠지만 달포나 손님의 그림자가 드물던 우리 집으로 보면 재수의 빗발이다. 술국을 잡는다고 어디가 떨어지는 게 아니요, 욕이 아니니 나를 보아 오늘만 좀 팔아주기 바란다――이런 의미를 곰상궂게 간곡히 말하였다. 나그네의 낯은 별반 변함이 없다. 늘 한 양으로 예사로이 승낙하였다.

술이 온몸에 돌고 나서야 뒷술이 잔풀이가 난다. 한 잔에 오 전, 그저 마시긴 아깝다. 얼근한 상투배기가 계집의 손목을 탁 잡아 앞으로 끌어당기며,

"권주가 좀 해, 이건 뀌어온 보릿자룬가?"

"권주가? 뭐야유?"

102

"권주가? 아 갈보가 권주가도 모르나. 으하하하."

하고는 무안에 취하여 푹 숙인 계집 뺨에다 꺼칠꺼칠한 턱을 문질러본다. 소리를 아무리 시켜도 아랫입술을 깨물고는 고개만 기울일 뿐, 소리는 못 하나보다. 그러나 노래 못 하는 꽃도 좋다. 계집은 영 내리는 대로 이 무릎 저 무릎으로 옮아 앉으며 턱밑에다 술잔을 받쳐올린다.

술들이 담뿍 취하였다. 두 사람은 곯아져서 코를 곤다. 계집이 칼라머리 무릎 위에 앉아 담배를 피워올릴 때 코웃음을 흥 치더니 그 무지스러운 손이 계집의 아랫배 거웃을 사양 없이 움켜잡았다. 별안간 "아야!" 하고 퍼들껑하더니 계집의 몸뚱어리가 공중으로 뛰어오르다 도로 떨어진다.

"이 자식아, 너만 돈 내고 먹었니?"

한 사람 새 두고 앉았던 상투가 콧살을 찌푸린다. 그리고 맨발 벗은 계집의 두 발을 양손으로 붙잡고 가랑이를 쩍 벌려 무릎 위로 지르르 끌어올린다. 계집은 앙탈을 한다. 눈시울에 눈물이 엉기더니 불현듯이 쪼록 쏟아진다. 방안에서 악머구리 소리가 끓어오른다.

"저 잡놈 보게, 으하하하하……."

술은 연방 데워서 들여가면서도 주인은 불안하여 마음을 졸였다. 겨우 마음을 놓은 것은 훨씬 밝아서다. 참새들은 소란히 지저귄다. 기직 바닥이 부스럼자국에 진배없다. 술, 짠지쪽, 가래침, 담뱃재 —— 뭣해 너저분하다. 우선 한길치에 자리를 잡고 계배를 대보았다. 마수걸이가 팔십오 전, 외상이 이 원 각수다. 현금 팔십오 전, 두 손에 들고 앉아 세고 또 세어보고…….

뜰에서는 나그네의 혀로 끌어올리는 인사.

"안녕히 가시게유."

"입이나 좀 맞추고 뽀! 뽀! 뽀!"

"나두."


찌르쿵! 찌르쿵! 찔거러쿵!

"방앗머리가 무겁지유? 고만 까불을까."

"들 익었세유, 더 찧어야지유."

"그런데 얘는 어쩐 일이야……."

덕돌이를 읍에 보냈는데 날이 저물어도 여태 오지 않는다. 흩어진 좁쌀을 확에 쓸어넣으며 홀어미는 퍽으나 애를 태운다. 요새 날씨가 차지니까 늑대, 호랑이가 차차 마을로 찾아내린다. 밤길에 고개 같은 데서 만나면 끽소리도 못 하고 욕을 당한다.

나그네가 방아를 괴놓고 내려와서 키로 확의 좁쌀을 담아올린다. 주인은 그 머리를 쓰담고 자기의 행주치마를 벗어서 그 위에 씌워준다. 계집의 나이 열아홉이면 활짝 필 때이건만 버케된 머리칼이며 야윈 얼굴이며 벌써부터 외양이 시들어간다. 아마 고생을 짓한 탓이리라. 날씬한 허리를 재빨리 놀려가며 일이 끊일 새 없이 다구지게 덤벼드는 그를 볼 때 주인은 지극히 사랑스러웠다. 그리고 일변 측은도 하였다. 뭣하면 딸과 같이 자기 집에서 길게 살아주었으면 상팔자일 듯싶었다. 그럴 수 있다면 그 소 한 마리와 바꾼대도 이것만은 안 내놓으리라고 생각도 하였다.

아들만 데리고 홀어머니의 생활은 무던히 호젓하였다. 그

104

런데다 동리에서는 속 모르는 소리까지 한다. 떠꺼머리 총각을 그냥 늙힐 테냐고. 그러나 형세가 부치므로 감히 엄두도 못 내다가 겨우 올 봄에서야 다붙어 서둘게 되었다. 의외로 일은 손쉽게 되었다.

이리저리 언론이 돌더니 남촌산에 사는 어느 집 둘째 딸과 혼약하였다. 일부러 홀어미는 사십 리 밖이나 걸어서 색시의 손등을 문질러보고는,

"참 애기 잘도 생겼세!"

좋아서 사돈에게 칭찬을 뇌곤 뇌곤 하였다.

그런데 없는 살림에 빚을 내어가며 혼수를 다 꼬매놓은 뒤였다. 혼인날을 불과 이틀 격해놓고 일이 그만 빗났다. 처음에야 그런 말이 없더니 난데없는 선채금 삼십 원을 가져오란다. 남의 돈 삼 원과 집의 돈 오 원으로 거추꾼에게 품삯 노비 주고 혼수하고 단지 이 원 —— 잔치에 쓸 것밖에 안 남고 보니 삼십 원이란 입내도 못 낼 소리다. 그 밤, 그는 이리 뒤척 저리 뒤척 넋 잃은 팔을 던져가며 통밤을 새웠던 것이다.

"어머님! 진지 잡수세유."

새댁에게 이런 소리를 듣는다면 끔찍이 귀여우리라. 이것이 단 하나의 그의 소원이었다.

"다리 아프지유? 너무 일만 시켜서⋯⋯."

주인은 저녁 좁쌀을 쓸어넣다가 방앗다리에 깝신대는 나그네를 걸삼스럽게 쳐다본다. 방아가 무거워서 껍적이며 잘 오르지 않는다. 가냘픈 몸이라 상혈이 되어 두 볼이 새빨갛게 색색거린다. 치마도 치마려니와 명주저고리는 어찌 삭았는지 어깨께가 손바닥만하게 척 나갔다. 그러나 덕돌이가 왜

포 다섯 자를 바꿔오거든 첫째 사발 허통된 속곳부터 해입히고 차차 할 수밖엔 없다.

"같이 찝시다유."

주인도 나머지 방앗다리에 올라섰다. 그러고 찌껑 위에 놓인 나그네의 손을 눈치 채지 않게 슬며시 쥐어보았다. 더도 덜도 말고 그저 요만한 며느리만 얻어도 좋으련만. 나그네와 눈이 마주치자 그는 열적어서 시선을 돌렸다.

"퍽도 쓸쓸하지유!"

하며 손으로 울 밖을 가리킨다. 첫밤 같은 석양판이다. 색동저고리를 떨쳐입고 산들은 거방진 방앗소리를 은은히 전한다. 찔더러쿵! 찌러쿵!

그는 나그네를 금덩이같이 위하였다. 없는 대로 자기의 옷가지도 서로서로 별러 입었다. 그리고 잘 때에는 딸과 진배없이 이불 속에서 품에 꼭 품고 재우곤 하였다. 하지만 자기의 은근한 속심은 차마 입에 드러내어 말은 못 건넸다. 잘 들어주면이어니와 뭣하게 안다면 피차의 낯이 뜨뜻할 일이었다.

그러자 맘먹지 않았던 우연한 일로 인하여 마침내 기회를 얻게 되었다. 나그네가 온 지 나흘 되던 날이었다.

거문관이 산기슭에 있는 영길네가 벼방아를 좀 와서 찧어달라고 한다. 나그네는 줄밤을 새우므로 낮에나 푸근히 자라고 두고 그는 홀로 집을 나섰다.

머리에 겨를 보얗게 쓰고 맥이 풀려서 집에 돌아온 것은 이럭저럭 으스레하였다. 늙은 다리를 끌고 뜰 앞으로 향하다가 그는 주춤하였다. 나그네 홀로 자는 방에 덕돌이가 들어

갈 리 만무한데 정녕코 그놈일 게다. 마루 끝에 자그마한 나그네의 짚신이 놓인 그 옆으로 질목채 벗은 왕달 짚신이 와살스럽게 놓였다. 그러고 방에서는 수군수군 낮은 말소리가 흘러나온다. 그는 무심코 닫은 방문께로 귀를 기울였다.

"그럼 와 그러는 게유? 우리 집이 굶을까봐 그러시유?"

"……"

"어머니도 사람은 좋아유…… 올해 잘만 하면 내년에는 소 한 마리 사놀 게구, 농사만 해도 한 해에 쌀 넉섬, 조 엿섬, 그만하면 고만이지유…… 내가 싫은 게유?"

"사내가 죽었으니 아무튼 얻을 게지유?"

옷 터지는 소리. 보시락거린다.

"아이! 아이! 아이! 참! 이거 노세유."

쥐죽은 듯이 감감하다. 허공에 아롱거리는 낙엽을 이윽히 바라보며 그는 빙그레한다. 신발 소리를 죽이고 뜰 밖으로 다시 돌쳐섰다.

저녁상을 물린 후 그는 시치미를 딱 떼고 나그네의 기색을 살펴보다가 입을 열었다.

"젊은 아낙네가 홀몸으로 돌아다닌대두 고생일 게유. 또 어차피 사내는……"

여기서부터 사리에 맞도록 이 말 저 말을 주섬주섬 꺼내오다가 나의 며느리가 되어줌이 어떻겠느냐고 꽉 토파를 지었다. 치마를 흡싸고 앉아 갸웃이 듣고 있던 나그네는 치마끈을 깨물며 이마를 떨어뜨린다. 그리고는 두 볼이 빨개진다. 젊은 계집이 나 시집가겠소, 하고 누가 나서랴. 이만하면 합의한 거나 틀림없을 것이다.

혼수는 전에 해둔 것이 있으니 한시름 잊었다. 그대로 이 앙이나 고쳐서 입히면 고만이다. 돈 이 원은 은비녀, 은가락지 사다가 각별히 색시에게 선물 내리고……

일은 밀수록 낭패가 많다. 금시로 날을 받아서 대례를 치렀다. 한편에서는 국수를 누른다. 잔치 보러 온 아낙네들은 국수 그릇을 얼른 받아서 후룩후룩 들이마시며 색시 잘났다고 추었다. 주인은 흥겨움에 너무 겨워서 축배를 흥건히 들었다. 여간 경사가 아니다. 뭇 사람을 비집고 안팎으로 드나들며 분부하기에 손이 돌지 않는다.

"얘 메누라! 국수 한 그릇 더 가져온!"

어째 말이 좀 어색하구먼…… 다시 한번,

"메누라, 얘야! 얼른 가져와."

삼십을 바라보자 동곳을 찔러보니 제물에 멋이 질려 비드름하다. 덕돌이는 첫날을 치르고 부썩부썩 기운이 난다. 남이 두 단을 털 제면 그의 볏단은 석 단째 풀려 나간다. 연방 손바닥에 침을 뱉아붙이며 어깨를 으쓱거린다.

"끅! 끅! 끅! 찍어라, 굴려라, 끅! 끅!"

동무의 품앗이 일이다. 거무투룩한 젊은 농군 댓이 볏단을 번차례로 집어든다. 열에 뜬 사람같이 식식거리며 세차게 벼알을 절구통 배에서 주룩주룩 흘러내린다.

"얘! 장가들고 한턱 안 내니?"

"일색이더라. 단단히 먹자. 닭이냐? 술이냐? 국수냐?"

"웬 국수는? 너는 국수만 아느냐?"

저희끼리 찧고 까분다. 그들은 일을 놓으며 옷깃으로 땀을 씻는다. 골바람이 벼깔치를 부옇게 풍긴다. 옆산에서 푸드득

하고 꿩이 날며 머리 위를 지나간다. 갈퀴질을 하던 얼굴 넓적이가 갈퀴를 놓고 씽긋하더니 달려든다. 장난꾼이다. 여러 사람의 힘을 빌려 덕돌이 입에다 헌 짚신짝을 물린다. 버들껑거린다. 다시 양 귀를 두 손에 잔뜩 훔켜잡고 끌고 와서는 털어놓은 벼 무더기 위에 머리를 틀어박으며 동서남북으로 큰절을 시킨다.

"야아! 야아! 아!"

"아니다, 아니야. 장갈 갔으면 산신령에게 이러하다 말이 있어야지. 괜시리 산신령이 노하면 눈깔망나니(호랑이) 내려보낸다."

뭇 웃음이 터져오른다. 새신랑의 옷이 이게 뭐냐, 볼기짝에 구멍이 다 뚫리고…… 빈정대는 사람도 있다. 그러나 덕돌이는 상투의 먼지를 털고 나서 곰방대를 피워 물고는 싱그레 웃어치운다. 좋은 옷은 집에 두었다. 인조견 조끼 저고리, 새하얀 옥당목 겹바지, 그러나 아끼는 것이다. 일할 때엔 헌옷을 입고 집에 돌아와 쉴 참에나 입는다. 잘 때에도 모조리 벗어서 더럽지 않게 착착 개어 머리맡 위에 놓고 자곤 한다.

의복이 남루하면 인상이 추하다. 모처럼 얻은 귀여운 아내니 행여나 마음이 돌아앉을까 미리미리 사려두지 않을 수도 없는 노릇이다.

그야말로 이십구 년 만에 누런 잇조각에다 어제서야 소금을 발라본 것도 이 까닭이었다.

덕돌이가 볏단을 다시 집어올릴 제 그 이웃에 사는 돌쇠가 옆으로 와서 품을 안는다.

"얘 덕돌아! 너 내일 우리 조마댕이 좀 해줄래?"

"뭐 어째?"

하고 소리를 빽 지르고는 그는 눈귀가 실룩하였다.

"누구보고 해라야? 응? 이 자식 까놀라!"

어제까진 턱없이 지냈단대도 오늘의 상투를 못 보는가!

바로 그날이었다. 윗간에서 혼자 새우잠을 자고 있던 홀어머니는 놀래어 눈이 번쩍 띄었다. 만뢰 잠잠한 밤중이다.

"어머니! 그거 달아났에유. 내 옷도 없구······."

"응?"

하고 반마디 소리를 치며 얼떨김에 그는 캄캄한 방 안을 더듬어 아랫간으로 넘어섰다. 황망히 등잔에 불을 댕기며,

"그래 어디로 갔단 말이냐?"

영산이 나서 묻는다. 아들은 벌거벗은 채 이불로 앞을 가리고 앉아서 징징거린다. 옆자리에는 빈 베개뿐 사람은 간곳이 없다. 들어본즉 온종일 일하기에 피곤하여 아들은 자리에 들자 고만 세상을 잊었다. 하기야 그때 아내도 옷을 벗고 한자리에 누워서 맞붙어 잤던 것이다. 그는 보통 때와 조금도 다름없이 새침하니 드러누워서 천장만 쳐다보았다. 그런데 자다가 별안간 오줌이 마렵기에 요강을 좀 집어달래려고 보니 뜻밖에 품안이 허룩하다. 불러보아도 대답이 없다. 그제서는 어림짐작으로 우선 머리맡 위에 놓았던 옷을 더듬어보았다. 딴은 없다. 필연 잠든 틈을 타서 살며시 옷을 입고 자기의 옷이며 버선까지 들고 내뺐음이 분명하리라.

"도적년!"

모자는 관솔불을 켜들고 나섰다. 부엌과 잿간을 뒤졌다. 그리고 뜰 앞 수풀 속도 낱낱이 찾아봤으나 흔적도 없다.

"그래도 방 안을 다시 한번 찾아보자."

홀어미는 구태여 며느리를 도적년으로까지는 생각하고 싶지 않았다. 거반 울상이 되어 허병저병 방 안으로 들어왔다. 마음을 가라앉혀 들쳐보니 아니나다르랴, 며느리 베개 밑에서 은비녀가 나온다. 달아날 계집 같으면 이 비싼 은비녀를 그냥 두고 갈 리 없다.

두말 없이 무슨 병패가 생겼다. 홀어미는 아들을 데리고 덜미를 집히는 듯 문 밖으로 찾아나섰다.

마을에서 산길로 빠져나는 어귀에 우거진 숲 사이로 비스듬히 언덕길이 놓였다. 바로 그 밑에 석벽을 끼고 깊고 푸른 웅덩이가 묻히고 넓은 그 물이 겹겹 산을 에돌아 약 십 리를 흘러내리면 신연강 중턱을 뚫는다. 모래에 반쯤 파묻히어 번들대는 큰 바위는 내를 싸고 양쪽으로 질펀하다. 꼬부랑길은 그 틈바귀로 뻗었다. 좀체 걷지 못할 자갈길이다. 내를 몇 번 건너고 험상궂은 산들을 비켜서 한 오 마장 넘어야 겨우 길다란 길을 만난다. 그리고 거기서 좀더 간 곳에 냇가에 외지게 잃어진 오막살이 한 칸을 볼 수 있다.

물방앗간이다.

그러나 이제는 밥을 찾아 흘러가는 뜬몸들의 하룻밤 숙소로 변하였다.

벽이 확 나가고 네 기둥뿐인 그 속에 힘을 잃은 물방아는 을씨년궂게 모로 누웠다. 거지도 그 옆의 홑이불 위에 거적을 덧쓰고 누웠다. 거푸진 신음이다. 으! 으! 으흥!

서까래 사이로 달빛은 쌀쌀히 흘러든다. 가끔 마른 잎을 뿌리며…….

"여보 자우? 일어나게유 얼핀."

계집의 음성이 나자 그는 꾸물거리며 일어앉는다. 그리고 너털대는 홑적삼 깃을 여며 잡고는 덜덜 떤다.

"인제 고만 떠날 테이야? 쿨룩⋯⋯."

말라빠진 얼굴로 계집을 바라보며 그는 이렇게 물었다.

십 분 가량 지났다. 거지는 호사하였다. 달빛에 번쩍거리는 겹옷을 입고서 지팡이를 끌며 물방앗간을 등졌다. 골골하는 그를 부축하여 계집은 뒤에 따른다. 술집 며느리다.

"옷이 너무 커⋯⋯ 좀 작았으면⋯⋯."

"잔말 말고 어여 갑시다, 펄쩍."

계집은 부리나케 그를 재촉한다. 그리고 연해 돌아다보길 잊지 않았다. 그들은 강길로 향한다. 개울을 건너 불거져내린 산모롱이를 막 꼽뜨리려 할 제다. 멀리 뒤에서 사람 욱이는 소리가 끊일 듯 날 듯 간신히 들려온다. 바람에 먹히어 말소리는 모르겠으나 재없이 덕돌이의 목성임은 넉히 짐작할 수 있다.

"아 얼른 좀 오게유."

똥끝이 마르는 듯이 계집은 사내의 손목을 겁겁히 잡아끈다. 병든 몸이라 끌리는 대로 뒤툭거리며 거지도 으슥한 산 저편으로 같이 사라진다.

수은빛 같은 물방울을 품으며 물결은 산벽에 부닥뜨린다. 어디선지 지정치 못할 늑대 소리는 이 산 저 산서 와글와글 굴러내린다.

1936년

# 동백꽃

오늘도 우리 수탉이 막 쫓기었다. 내가 점심을 먹고 나무를 하러 갈 양으로 나올 때이었다.

산으로 올라서려니까 등뒤에서 푸드덕푸드덕하고 닭의 횃소리가 야단이다. 깜짝 놀라서 고개를 돌려보니 아니나다르랴, 두 놈이 또 얼리었다.

점순네 수탉(대강이가 크고 똑 오소리같이 실팍하게 생긴 놈)이 덩저리 작은 우리 수탉을 함부로 해내는 것이다. 그것도 그냥 해내는 것이 아니라 푸드덕하고 면두를 쪼고 물러섰다가 좀 사이를 두고 또 푸드덕하고 모가지를 쪼았다. 이렇게 멋을 부려가며 여지없이 닭아놓는다. 그러면 이 못생긴 것은 쪼일 적마다 주둥이로 땅을 받으며 그 비명이 킥, 킥, 할 뿐이다. 물론 미처 아물지도 않은 면두를 또 쪼이어 붉은 선혈은 뚝뚝 떨어진다.

이걸 가만히 내려다보자니 내 대강이가 터져서 피가 흐르는 것같이 두 눈에서 불이 번쩍 난다. 대뜸 지게막대기를 메고 달려들어 점순네 닭을 후려칠까 하다가 생각을 고쳐먹고 헛매질로 떼어만 놓았다.

이번에도 점순이가 쌈을 붙여놨을 것이다. 바짝바짝 내 기를 올리느라고 그랬음에 틀림없을 것이다.

고놈의 계집애가 요새로 들어서서 왜 나를 못 먹겠다고 고렇게 아르렁거리는지 모른다.

나흘 전 감자 쪼간만 하더라도 나는 저에게 조금도 잘못한 것은 없다. 계집애가 나물을 캐러 가면 갔지 남 울타리 엮는 데 쌩이질을 하는 것은 다 뭐냐. 그것도 발소리를 죽여가지고 등뒤로 살며시 와서,

"얘! 너 혼자만 일하니?"

하고 긴치 않은 수작을 하는 것이었다.

어제까지도 저와 나는 이야기도 잘 않고 서로 만나도 본척 만척하고 이렇게 점잖게 지내던 터이련만 오늘로 갑작스레 대견해졌음은 웬일인가. 항차 망아지만한 계집애가 남 일하는 놈보고 ──.

"그럼 혼자 하지 떼루 하듸?"

내가 이렇게 내배앝는 소리를 하니까,

"너 일하기 좋니?"

또는,

"한여름이나 되거든 하지 벌써 울타리를 하니?"

잔소리를 두루 늘어놓다가 남이 들을까봐 손으로 입을 틀어막고는 그 속에서 깔깔댄다. 별로 우스울 것도 없는데 날씨가 풀리더니 이놈의 계집애가 미쳤나 하고 의심하였다. 게다가 조금 뒤에는 저의 집께를 할금할금 돌아다보더니 행주

치마의 속으로 꼈던 바른손을 뽑아서 나의 턱밑으로 불쑥 내미는 것이다. 언제 구웠는지 아직도 더운 김이 홱 끼치는 굵은 감자 세 개가 손에 뿌듯이 쥐었다.

"느 집엔 이거 없지?"

하고 생색 있는 큰소리를 하고는 제가 준 것을 남이 알면 큰일날 테니 여기서 얼른 먹어버리란다. 그리고 또 하는 소리가,

"너 봄감자가 맛있단다."

"난 감자 안 먹는다, 네나 먹어라."

나는 고개도 돌리려지 않고 일하던 손으로 그 감자를 도로 어깨너머로 쑥 밀어버렸다.

그랬더니 그래도 가는 기색이 없고, 뿐만 아니라 쌔근쌔근하고 심상치 않게 숨소리가 점점 거칠어진다. 이건 또 뭐야 싶어서 그때서야 비로소 돌아다보니 나는 참으로 놀랬다. 우리가 이 동네에 들어온 것은 근 삼 년째 되어오지만 여태까지 가무잡잡한 점순이의 얼굴이 이렇게까지 홍당무처럼 새빨개진 법이 없었다. 게다 눈에 독을 올리고 한참 나를 요렇게 쏘아보더니 나중에는 눈물까지 어리는 것이 아니냐. 그리고 바구니를 다시 집어들더니 이를 꼭 악물고는 엎어질 듯 자빠질 듯 논둑으로 횡허케 달아나는 것이다.

어쩌다 동리 어른이,

"너 얼른 시집가야지?"

하고 웃으면,

"염려 마서유. 갈 때 되면 어련히 갈라구!"

이렇게 천연덕스럽게 받는 점순이었다. 본시 부끄럼을 타

는 계집애도 아니려니와 또한 분하다고 눈에 눈물을 보일 얼병이도 아니다. 분하면 차라리 나의 등어리를 바구니로 한번 모지게 후려쌔리고 달아날지언정.

그런데 고약한 그 꼴을 하고 가더니 그 뒤로는 나를 보면 잡아먹으려고 기를 복복 쓰는 것이다.

설혹 주는 감자를 안 받아먹은 것이 실례라 하면, 주면 그냥 주었지 "느 집엔 이거 없지"는 다 뭐냐. 그렇잖아도 저희는 마름이고 우리는 그 손에서 배재를 얻어 땅을 부치므로 일상 굽실거린다. 우리가 이 마을에 처음 들어와 집이 없어서 곤란으로 지낼 제 집터를 빌리고 그 위에 집을 또 짓도록 마련해준 것도 점순네의 호의였다. 그리고 우리 어머니 아버지도 농사 때 양식이 딸리면 점순네한테 가서 부지런히 꾸어다 먹으면서 인품 그런 집은 다시 없으리라고 침이 마르도록 칭찬하곤 하는 것이다. 그러면서도 열일곱씩이나 된 것들이 수군수군하고 붙어 다니면 동리의 소문이 사납다고 주의를 시켜준 것도 또 어머니였다. 왜냐하면 내가 점순이하고 일을 저질렀다가는 점순네가 노할 것이고, 그러면 우리는 땅도 떨어지고 집도 내쫓기고 하지 않으면 안 되는 까닭이었다.

그런데 이놈의 계집애가 까닭없이 기를 복복 쓰며 나를 말려 죽이려고 드는 것이다.

눈물을 흘리고 간 그 다음날 저녁나절이었다. 나무를 한 짐 잔뜩 지고 산을 내려오려니까 어디서 닭이 죽는 소리를 친다. 이거 뉘 집에서 닭을 잡나, 하고 점순네 울 뒤로 돌아오다가 나는 고만 두 눈이 뚱그래졌다. 점순이가 제 집 봉당에 홀로 걸터앉았는데, 아 이게 치마 앞에다 우리 씨암탉을

꼭 붙들어놓고는,

"이놈의 닭! 죽어라, 죽어라."

요렇게 암팡스레 패주는 것이 아닌가. 그것도 대가리나 치면 모른다마는 아주 알도 못 낳으라고 볼기짝께를 주먹으로 콕콕 쥐어박는 것이다.

나는 눈에 쌍심지가 오르고 사지가 부르르 떨렸으나 사방을 한 번 휘둘러보고야 그제서 점순이 집에 아무도 없음을 알았다. 잡은참 지게막대기를 들어 울타리의 중턱을 후려치며,

"이놈의 계집애! 남의 닭 알 못 낳라구 그러니?"

하고 소리를 빽 질렀다.

그러나 점순이는 조금도 놀라는 기색이 없고 그대로 의젓이 앉아서 제 닭 가지고 하듯이 또 죽어라, 죽어라, 하고 패는 것이다. 이걸 보면 내가 산에서 내려올 때를 겨냥해가지고 미리부터 닭을 잡아가지고 있다가 너 보란 듯이 내 앞에 줴지르고 있음이 확실하다. 그러나 나는 그렇다고 남의 집에 뛰어들어가 계집애하고 싸울 수도 없는 노릇이고, 형편이 썩 불리함을 알았다. 그래 닭이 맞을 적마다 지게막대기로 울타리를 후려칠 수밖에 별도리가 없다. 왜냐하면 울타리를 치면 칠수록 울섶이 물러앉으며 뼈대만 남기 때문이다. 하나 아무리 생각하여도 다만 밑지는 노릇이다.

"아, 이년아! 남의 닭 아주 죽일 터이냐?"

내가 도끼눈을 뜨고 다시 꽥 호령을 하니까 그제서야 울타리께로 쪼르르 오더니 울 밖에 섰는 나의 머리를 겨누고 닭을 내팽개친다.

"에이 더럽다! 더럽다!"

"더러운 걸 널더러 입때 끼고 있으랬니? 망할 계집애년 같으니."

하고 나도 더럽단 듯이 울타리께를 횡허케 돌아내리며 약이 오를 대로 다 올랐다, 라고 하는 것은 암탉이 풍기는 서슬에 나의 이마빼기에다 물찌똥을 찍 갈겼는데 그걸 본다면 알집만 터졌을 뿐 아니라 골병은 단단히 든 듯싶다. 그리고 나의 등뒤를 향하여 나에게만 들릴 듯 말 듯한 음성으로,

"이 바보녀석아!"

"얘! 너 배냇병신이지?"

그만도 좋으련만,

"얘! 너 느 아버지가 고자라지?"

"뭐 울 아버지가 그래 고자야?"

할 양으로 열벙거지가 나서 고개를 홱 돌리어 바라봤더니 그때까지 울타리 위로 나와 있어야 할 점순이의 대가리가 어디 갔는지 보이지를 않는다. 그러다 돌아서서 오자면 아까에 한 욕을 울 밖으로 또 퍼붓는다. 욕을 이토록 먹어가면서도 대거리 한 마디 못 하는 걸 생각하니 돌부리에 채여 발톱 밑이 터지는 것도 모를 만큼 분하고 급기야는 두 눈에 눈물까지 불끈 내솟는다.

그러나 점순이의 침해는 이것뿐이 아니다.

사람들이 없으면 틈틈이 제 집 수탉을 몰고 와서 우리 수탉과 쌈을 붙여놓는다. 제 집 수탉은 썩 험상궂게 생기고 쌈이라면 홰를 치는 고로 으레 이길 것을 알기 때문이다. 그래서 툭하면 우리 수탉이 면두며 눈깔이 피로 흐드르하게 되도록 해놓는다. 어떤 때에는 우리 수탉이 나오지를 않으니까

요놈의 계집애가 모이를 쥐고 와서 꾀어내다가 쌈을 붙인다.

이렇게 되면 나도 다른 배차를 차리지 않을 수 없다. 하루는 우리 수탉을 붙들어가지고 넌지시 장독께로 갔다. 쌈닭에게 고추장을 먹이면 병든 황소가 살모사를 먹고 용을 쓰는 것처럼 기운이 뻗친다 한다. 장독에서 고추장 한 접시를 떠서 닭 주둥아리께로 들이밀고 먹여보았다. 닭도 고추장에 맛을 들였는지 거스르지 않고 거진 반 접시턱이나 곧잘 먹는다. 그리고 먹고 금시는 용을 못 쓸 터이므로 얼마쯤 기운이 돌도록 홰 속에 가두어두었다.

밭에 두엄을 두어 짐 져내고 나서 쉴 참에 그 닭을 안고 밖으로 나왔다. 마침 밖에는 아무도 없고 점순이만 저희 울 안에서 헌옷을 뜯는지 혹은 솜을 터는지 웅크리고 앉아서 일을 할 뿐이다.

나는 점순네 수탉이 노는 밭으로 가서 닭을 내려놓고 가만히 맥을 보았다. 두 닭은 여전히 얼리어 쌈을 하는데 처음에는 아무 보람이 없다. 멋지게 쪼는 바람에 우리 닭은 또 피를 흘리고 그러면서도 날갯죽지만 푸드덕푸드덕하고 올라뛰고 뛰고 할 뿐으로 제법 한 번 쪼아보지도 못한다.

그러나 한 번은 어쩐 일인지 용을 쓰고 펄쩍 뛰더니 발톱으로 눈을 하비고 내려오며 면두를 쪼았다. 큰 닭도 여기에는 놀랐는지 뒤로 멈씰하며 물러난다. 이 기회를 타서 작은 우리 수탉이 또 날쌔게 덤벼들어 다시 면두를 쪼니 그제서는 감때사나운 그 대강이에서도 피가 흐르지 않을 수 없다. 옳다 알았다, 고추장만 먹이면 되는구나, 하고 나는 속으로 아주 쟁그라워 죽겠다. 그때에는 뜻밖에 내가 닭쌈을 붙여놓는데 놀라서 울 밖으로 내다보고 섰던 점순이도 입맛이 쓴지 눈살을 찌푸렸다.

나는 두 손으로 볼기짝을 두드리며 연방,

"잘한다! 잘한다!"

하고 신이 머리끝까지 뻗치었다.

그러나 얼마 되지 않아서 넋이 풀리어 기둥같이 묵묵히 서 있게 되었다. 왜냐하면 큰 닭이 한 번 쪼이면 앙갚음으로 호들갑스레 연거푸 쪼는 서슬에 우리 수탉은 찔끔 못 하고 막 곯는다. 이걸 보고서 이번에는 점순이가 깔깔거리고 되도록 이쪽에서 많이 들으라고 웃는 것이다.

나는 보다못하여 덤벼들어서 우리 수탉을 붙들어가지고 도로 집으로 들어왔다. 고추장을 좀더 먹였더라면 좋았을걸 너무 급하게 쌈을 붙인 것이 퍽 후회가 난다. 장독께로 돌아와서 다시 턱밑에 고추장을 들이댔다. 흥분으로 말미암아 그런지 당최 먹질 않는다.

나는 하릴없이 닭을 반듯이 뉘고 그 입에다 쿨럭 물부리를 물리었다. 그리고 고추장물을 타서 그 구멍으로 조금씩 들이부었다. 닭은 좀 괴로운지 킥킥 하고 재채기를 하는 모양이나 그러나 당장의 괴로움은 매일같이 피를 흘리는 데 댈 게 아니라 생각하였다.

그러나 한 두어 종지 가량 고추장물을 먹이고 나서는 나는 고만 풀이 죽었다. 싱싱하던 닭이 왜 그런지 고개를 살며시 뒤틀고는 손아귀에서 뻐드러지는 것이 아닌가. 아버지가 볼까봐서 얼른 홰에다 감추어두었더니 오늘 아침에야 겨우 정신이 든 모양 같다.

그랬던 걸 이렇게 오다 보니까 또 쌈을 붙여놓으니 이 망할 계집애가 필연 우리 집에 아무도 없는 틈을 타서 제가 들어와 홰에서 꺼내가지고 나간 것이 분명하다. 나는 다시 닭을 잡아다 가두고 염려는스러우나 그렇다고 산으로 나무를 하러 가지 않을 수도 없는 형편이었다.

　소나무 삭정이를 따며 가만히 생각해보니 암만해도 고년의 목쟁이를 돌려놓고 싶다. 이번에 내려가면 망할 년 등줄기를 한번 되게 후려치겠다 하고 싱둥겅둥 나무를 지고는 부리나케 내려왔다.

　거지반 집에 다 내려와서 나는 호드기 소리를 듣고 발이 딱 멈추었다. 산기슭에 널려 있는 굵은 바윗돌 틈에 노란 동백꽃이 소보록하니 깔리었다. 그 틈에 끼어 앉아서 점순이가 청승맞게스리 호드기를 불고 있는 것이다. 그보다도 더 놀란 것은 고 앞에서 또 푸드덕푸드덕하고 들리는 닭의 횃소리다. 필연코 요년이 나의 약을 올리느라고 닭을 집어내다가 내가 내려올 길목에다 쌈을 시켜놓고 저는 그 앞에 앉아서 천연스레 호드기를 불고 있음에 틀림없으리라.

　나는 약이 오를 대로 다 올라서 두 눈에서 불과 함께 눈물이 푹 쏟아졌다. 나무 지게도 벗어놀 새 없이 그대로 내동댕이치고는 지게막대기를 뻗치고 허둥허둥 달려들었다.

　가까이 와보니 과연 나의 짐작대로 우리 수탉이 피를 흘리고 거의 빈사지경에 이르렀다. 닭도 닭이려니와 그러함에도 불구하고 눈 하나 깜짝 없이 고대로 앉아서 호드기만 부는 그 꼴에 더욱 치가 떨린다. 동리에서 소문이 났거니와 나도 한때는 걱실걱실히 일 잘하고 얼굴 예쁜 계집앤 줄 알았더니 시방 보니까 그 눈깔이 꼭 여우 새끼 같다.

나는 대뜸 달려들어서 나도 모르는 사이에 큰 수탉을 단매로 때려엎었다. 닭은 푹 엎어진 채 다리 하나 꼼짝 못 하고 그대로 죽어버렸다.

그리고 나는 멍하니 섰다가 점순이가 무섭게 눈을 홉뜨고 닥치는 바람에 뒤로 벌렁 나자빠졌다.

"이놈아! 너 왜 남의 닭을 때려죽이니?"

"그럼 어때?"

하고 일어나다가,

"뭐 이 자식아! 누 집 닭인데!"

하고 복장을 떠미는 바람에 다시 벌렁 자빠졌다. 그리고 나서 가만히 생각을 하니 분하기도 하고 무안도스럽고, 또 한편 일을 저질렀으니 이젠 땅이 떨어지고 집도 내쫓기고 해야 될는지 모른다.

나는 비슬비슬 일어나며 소맷자락으로 눈을 가리고는 얼김에 엉, 하고 울음을 놓았다. 그러나 점순이가 앞으로 다가와서,

"그럼 너 이담부턴 안 그럴 테냐?"

하고 물을 때에야 비로소 살길을 찾은 듯싶었다. 나는 눈물을 우선 씻고 뭘 안 그러는지 명색도 모르건만,

"그래!"

하고 무턱대고 대답하였다.

"요담부터 또 그래봐라. 내 자꾸 못살게 굴 테니."

"그래그래, 인제 안 그럴 테야!"

"닭 죽은 건 염려 마라. 내 안 이를 테니."

그리고 뭣에 떠다밀렸는지 나의 어깨를 짚은 채 그대로 퍽 쓰러진다. 그 바람에 나의 몸뚱이도 겹쳐서 쓰러지며 한창 피어 퍼드러진 노란 동백꽃 속으로 푹 파묻혀버렸다.

알싸한, 그리고 향긋한 그 냄새에 나는 땅이 꺼지는 듯이 온 정신이 고만 아찔하였다.

"너 말 마라!"

"그래!"

조금 있더니 요 아래서,

"점순아! 점순아! 이년이 바느질을 하다 말구 어딜 갔어!"
하고 어딜 갔다온 듯싶은 그 어머니가 역정이 대단히 났다.

점순이가 겁을 잔뜩 집어먹고 꽃 밑을 살금살금 기어서 산 아래로 내려간 다음 나는 바위를 끼고 엉금엉금 기어서 산 위로 치빼지 않을 수 없었다.

1936년

# 안 해

우리 마누라는 누가 보든지 뭐 이쁘다고는 안 할 것이다. 바로 계집에 환장된 놈이 있다면 모르거니와. 나도 일상 같이 지내긴 하나 아무리 잘 고쳐보아도 요만치도 이쁘지 않다. 하지만 계집이 낯짝이 이뻐 맛이냐. 제기랄, 황소 같은 아들만 줄대 잘 빠쳐놓으면 고만이지. 사실 우리 같은 놈은 늙어서 자식까지 없다면 꼭 굶어 죽을밖에 별도리 없다. 가진 땅 없어, 몸 못 써 일 못 하여, 이걸 누가 열쳤다고 그냥 먹여줄 테냐. 하니까 내 말이 이왕 젊어서 되는 대로 자꾸 자식이나 쌓아두자 하는 것이지.

그리고 어미가 낯짝 글렀다고 그 자식까지 더러운 법은 없으렷다. 아, 바로 우리 똘똘이를 보아도 알겠지만 제 어미년은 쥐었다 논 개떡 같아도 좀 똑똑하고 깨끗이 생겼느냐. 비록 먹고도 대구 또 달라고 불아귀처럼 덤비기는 할망정. 참 이놈이야말로 나에게는 아버지보담도 할아버지보담도 아주 말할 수 없이 끔찍한 보물이다. 넌이 나에게 되지 않은 큰 체

124

를 하게 된 것도 결국 이 자식을 낳았기 때문이다. 전에야 그 상판대길 가지고 어딜 끽소리나 제법 했으랴. 흔히 말하길 계집의 얼굴이란 눈의 안경이라 한다. 마는 제아무리 물커진 눈깔이라도 이 얼굴만은 어째볼 도리가 없을 게다.

이마가 홀떡 까지고 양미간이 벌면 소견이 탁 틔었다지 않나. 그럼 좋기는 하다마는 아기자기한 맛이 없고 이조로 둥글넓적이 내려온 하관에 멋없이 쑥 내민 것이 입이다. 두 툼은 하나 건순 입술, 말 좀 하려면 그리 정하지 못한 윗니가 부질없이 뻔질 드러난다. 설혹 그렇다 치고 한복판에 달린 코나 좀 똑똑히 생겼다면 얼마큼 낫겠다. 첫째 눈에 띄는 것이 그 코인데, 이렇게 말하면 년의 흉을 보는 것 같지만, 썩 잘 보자 해도 먼산 바라보는 돼지의 코가 자꾸만 생각이 난다.

꼴이 이러니까 밤이면 내 눈치만 스을슬 살피는 것이 아니냐. 오늘은 구박이나 안 할까, 하고 은근히 애를 태우는 맥이렷다. 이게 가여워서 피곤한 몸을 무릅쓰고 대개 내가 먼저 말을 걸게 된다. 온종일 뭘 했느냐는 둥 싸리문을 좀 고쳐놓으라 했더니 어떻게 했느냐는 둥, 혹은 오늘밤에는 웬일인지 훨씬 코가 좋아 보인다는 둥 하고. 그러면 년이 금세 헤에벌어지고 횡허케 내 곁에 와 앉아서는 어깨를 비벼대고 슬근슬근 비빈다.

그리고 코가 좋아 보인다니 정말 그러냐고 몸이 달아서 묻고 또 묻고 한다. 저로도 믿지 못할 그 사실을 한때의 위안이나마 또 한 번 들어보자는 심정이렷다. 그 속을 알고 짜장 콧날이 서나보다고 하면 년의 대답이 뒷간엘 갈 적마다 잡아당기고 했더니 혹 나왔을지 모른다나, 그리고 아주 좋아한다.

그러나 어느 때에는 한나절 밭고랑에서 시달린 몸이 고만 축 늘어지는구나. 물론 말 한 마디 붙일 새 없이 방바닥에 그대로 누워버리지. 하면 년이 제 얼굴 때문에 그런 줄 알고 한 구석에 가 시무룩해서 앉았다. 얼굴을 모로 돌리어 턱을 삐쭘 쳐들고 있는 걸 보면 필경 제간엔 옆얼굴이나 한번 봐달라는 속이겠지. 경칠년. 옆얼굴이라고 뭐 깨묵셍이나 좀 난 줄 알구——.

이러던 년이 똘똘이를 내놓고는 갑자기 세도가 댕댕해졌다. 내가 들어가도 네놈 언제 봤난 듯이 좀체 들떠 보는 법 없지. 눈을 스르르 내려깔고는 잠자코 아이에게 젖만 먹이겠다. 내가 좀 아이의 머리라도 쓰담으며,

"이 자식, 밤낮 잠만 자나?"

"가만둬, 왜 깨놓고 싶은감."

하고 사정없이 내 손등을 주먹으로 갈긴다. 나는 처음에 어떻게 되는 셈인지 몰라서 멀거니 천장만 한참 쳐다보았다. 내 자식 내가 만지는데 주먹으로 때리는 건 무슨 경우야. 하지만 잘 따져보니까 조금도 내가 억울한 것은 없다. 년이 나에게 큰 체를 해야 할 권리가 있는 것을 차차 알았다.

그래서 그때부터 내가 이년, 하면 저는 이놈, 하고 대들기로 무언중 계약되었지.

동리에서는 남의 속도 모르고 우리를 깍다귀들이라고 별명을 지었다. 툭하면 서로 대들려고 노리고만 있으니까 말이지. 하긴 요즘에 하루라도 조용한 날이 있을까봐서 만나기만 하면 이놈, 저년, 하고 먼저 대들기로 위주다. 다른 사람들은

밤에 만나면,

"마누라 밥 먹었수?"

"아니요, 당신 오면 같이 먹을랴구 ──."

하고 일어나 반색을 하겠지만 우리는 안 그러기다. 누가 그렇게 괭이 소리로 달라붙느냐. 방에 떡 들어서는 길로 우선 넓적한 년의 궁둥이를 발길로 퍽 들이지른다.

"이년아! 일어나서 밥 차려!"

"이놈이 왜 이래, 다릴 꺾어놀라!"

하고 년이 고개를 겨우 돌리면,

"나무 판 돈 뭐했어, 또 술 처먹었지?"

이렇게 제법 탕탕 호령하였다. 사실이지 우리는 이래야 정이 보째 쏟아지고 또한 계집을 데리고 사는 멋이 있다. 손자새끼 낯을 해가지고 마누라 어쩌고 하고, 어리광으로 덤비는 건 보기만 해도 눈어리가 시질 않겠나. 계집 좋다는 건 욕하고 치고 차고, 다 이러는 멋에 그렇게 치고 보면 혹 궁한 살림에 쪼들리어 악에 받친 놈의 말일지는 모른다. 마는 누구나 다 일반이겠지. 가다가 속이 맥맥하고 부아가 끓어오를 적이 있지 않냐. 농사는 지어도 남는 것이 없고, 빚에는 몰리고, 게다가 집에 들어서면 자식놈 킹킹거려, 년은 옷이 없으니 떨고 있어, 이러한 때 그냥 배길 수야 있느냐. 트죽태죽 꼬집어가지고 년의 비녀쪽을 턱 잡고는 한바탕 홀두들겨대는구나. 한참 그 지랄을 하고 나면 등줄기에 땀이 뿍 흐르고 한숨까지 후, 돈다면 웬만치 속이 가라앉을 때였다. 담에는 년을 도로 밀쳐버리고 담배 한 대만 피워 물면 된다.

이 멋에 계집이 고마운 물건이라 하는 것이고 내가 또 년을 못 잊어 하는 까닭이 거기 있지 않냐. 그렇지 않다면야 저를 계집이라고 등을 뚜덕여주고 그 못난 코를 좋아 보인다고 가끔 추어줄 맛이 뭐야. 하지만 년이 훌쩍거리고 앉아서 우는 걸 보면 이건 좀 재미 적다. 제가 주먹힘으로든 입심으로든 나에게 덤비려면 어림도 없다. 쌈의 시초는 누가 먼저 걸었던간 언제든지 경을 팥다발같이 치고 나앉는 것은 년의 차지렸다.

"이리 와 자빠져 자——."

"곤두어, 너나 자빠져 자렴——."

하고 년이 독이 올라서 돌아다도 안 보고 비쌘다. 마는 한 서너 번 내려오라고 권하면 나중에는 저절로 내 옆으로 스스로 기어들게 된다. 그리고 눈물 흐르는 장반을 빙긋이 흘겨보이는 것이 아니냐. 하니까 년으로 보면 두들겨맞고 비쌔는 멋에 나하고 사는지도 모른다.

그러나 우리가 원수같이 늘 싸운다고 정이 없느냐 하면 그건 잘못이다. 말이 났으니 말이지 정분치고 우리 것만치 찰떡처럼 끈적한 놈은 다시 없으리라. 미우면 미울수록, 싸우면 싸울수록 잠시를 떨어지기가 아깝도록 정이 착착 붙는다. 부부의 정이란 이런 겐지 모르나 하여튼 영문 모를 찰거머리 정이다. 나뿐 아니라 년도 매를 한참 두들겨맞고 나서 같이 자리에 누우면,

"내 얼굴이 그래두 그렇게 숭업진 않지?"

하고 정말 잘난 듯이 바짝바짝 대든다. 그러면 나는 이때 뭐라고 대답해야 옳겠느냐. 하 기가 막혀서 천장을 쳐다보고 피익 내어버린다.

"이년아, 그게 얼굴이야?"

"얼굴 아니면 가주 다닐까?"

"내니깐 이년아! 데리구 살지, 누가 건드리니 그 낯짝을?"

"뭐, 네 얼굴은 얼굴인 줄 아니? 불밤송이 같은 거, 참 내니깐 데리구 살지 ──."

이러면 또 일어나서 땀을 한번 흘리고 다시 드러눌 수밖에 없다. 내 얼굴이 불밤송이 같다니, 이래도 우리 어머니가 나를 낳고서 나중 땅마지기나 만져볼 놈이라고 좋아하던 이 얼굴인데. 하지만 다시 일어나고 손짓 발짓을 하고 하는 게 성이 가서서 대개는 그대로 눙쳐둔다.

"그래, 내 너 이뻐할게 자식이나 대구 내놔라."

"먹이지도 못할 걸 자꾸 나 뭘 하게, 굶겨 죽일랴구?"

"아 이년아! 뭐다 먹이진 못하니?"

하고 소리는 빽 지르나 딴은 뒤가 켕긴다. 더끔더끔 모아두었다가 먹이지도 못하면 그걸 어떻게 하랴. 죄다 버리지도 못하고 떼송장이 난다면, 이런 걸 보면 년이 나보담 훨씬 소견이 튄 것을 알 수 있겠다. 물론 십 리만큼 벌어진 양미간을 보아도 나와는 턱이 다르지만.

우리가 요즘 먹는 것은 내가 나무 장사를 해서 벌어들인다. 여름 같으면 품이나 판다 하지만 눈이 척척 쌓였으니 얼음을 깨 먹느냐. 하기야 산골에서 어느 놈치고 별수 있겠냐마는 하루는 산에 가서 나무를 해들이고 그 담날엔 읍에 갖다가 판다. 나니깐 참 쌍지게질도 할 근력이 되겠지만. 잔뜩 나무 두 지게를 혼자서 번차례로 이놈 져다놓고 쉬고 저놈 져다놓고 쉬고, 이렇게 해서 장찬 삼십 리 길을 한나절에 들어가는구나. 그렇지 않으면 언제 한 지게 한 지게씩 팔아서 목구멍을 축일 수 있겠느냐. 잘 받으면 두 지게에 팔십 전, 운이 나쁘면 육십 전, 육십오 전, 그걸로 좁쌀, 콩, 미역, 무엇 사들고 찾아오겠다. 죽을 쑤었으면 좀 느루 가겠지만 우리는 더럽게 그런 것은 안 한다. 먹다 못 먹어서 뱃가죽을 움켜쥐고 나설지언정 으레 밥이지. 똘똘이는 네 살짜리 어린애니깐 한 보시기, 나는 제 어버지니까 한 사발에다 또 반 사발을 더 먹고, 그런데 년은 유독히 두 사발을 처먹지 않나. 그러고도 나보다 먼저 홀딱 집어세고는 내 사발의 밥을 한 구덩이 더 떠먹는 버릇이 있다.

계집이 좋다 했더니 밥벌레가 아닌가 하고 한때는 가슴이 선뜩할 만치 겁이 났다. 없는 놈이 양이나 좀 적어야지 이렇게 대고 처먹으면, 너 웬 밥을 이렇게 처먹니, 하고 눈을 크게 뜨니까 년의 대답이 애 난 배가 그렇지 그럼, 저도 앨 나 보지, 하고 샐쭉 토라진다.

아따 그래, 대구 처먹어라.

나중 밥값은 그 배때기에 다 게 있고 게 있는 거니까.

어떤 때에는 내가 좀 덜 먹고라도 그대로 내주고 말겠다. 경을 칠 년. 하지만 너무 처먹는다.

그러나 년이 떡국이 농간을 해서 나보담 한결 의뭉스럽다. 이깐 농사를 지어 뭘 하느냐? 우리 들병이로 나가자고. 딴은 내 주변으로 생각도 못 했던 일이지만 참 훌륭한 생각이다. 밑지는 농사보다는 이밥에 고기에 옷, 마음대로 입고 좀 호강이냐. 마는 년 얼굴을 이윽히 뜯어보다간 고만 풀이 죽는구나. 들병이에게 술 먹으러 오는 건 계집의 얼굴 보자

하는 걸 어떤 밸 없는 놈이 저 낯짝엔 몸살날 것 같지 않다. 알고 보니 참 분하다. 년이 좀만 똑똑히 나왔더면 수가 나는 걸. 멀뚱히 쳐다보고 쓴 입맛만 다시니까 년이 그 눈치를 채었는지,

"들병이가 얼굴만 이뻐서 되는 게 아니라던데, 얼굴은 박색이라도 수단이 있어야지 ——."

"그래 너는 그거 할 수단 있겠니?"

"그럼 하면 하지 못할 게 뭐야?"

년이 이렇게 아주 번죽 좋게 장담을 하는 것이 아니냐. 들병이로 나가서 식성대로 밥 좀 한바탕 먹어보자는 속이겠지. 몇 번 다져 물어도 제가 꼭 될 수 있다니까 아따 그러면 한번 해보자꾸나. 밑천이 뭐 드는 것도 아니고 소리나 몇 마디 반반히 가르쳐서 데리고 나서면 고만이니까.

내가 밤에 집에 돌아오면 년을 앞에 앉히고 소리를 가르치렸다. 우선 내가 무릎 장단을 치며 아리랑타령을 한번 부르는구나. 아리랑 아리랑 아라리요, 춘천아 봄의 산아 잘 있거라, 신연강 배 타면 하직이라. 산골의 계집이면 강원도 아리랑쯤은 곧잘 하련만 년은 그것도 못 배웠다. 그러니 쉬운 아리랑부터 시작할밖에. 그러면 년은 도사리고 앉아서 두 손으로 엉덩이를 치며 흉내를 낸다. 목구멍에서 질그릇 물러앉는 소리가 나니까 나중에 목이 트이면 노래는 잘할 게다마는 가락이 딱딱 들어맞아야 할 텐데 이게 세상에 돼먹어야지.

나는 노래를 가르치는데 이 망할 년은 소설책을 읽고 앉았으니 어떡하나. 이걸 데리고 앉으면 흔히 닭이 울고 때로는 날도 밝는다. 년이 하도 못 하니까 본보기로 나만 하고 또 하

고, 그러니 저를 들병이를 가르친다는 게 결국 내가 배우는 폭이 되지 않나.

망할 년, 저도 손으로 가리고 하품을 줄대 하며 졸리어 죽겠지.

하지만 내가 먼저 자자 하기 전에는 제가 차마 졸립다진 못할라.

애초에 들병이로 나가자 말을 낸 것이 누군데 그래, 이렇게 생각하면 울화가 울컥 올라서 주먹이 가끔 들어간다.

"이년아, 정신을 좀 채려, 나만 밤낮 하래니?"

"이놈이, 팔때길 꺾어놀라."

"이거 잘 배면 너 잘되지 이년아! 날 주는 게냐, 큰 체게?"

이번엔 손가락으로 이마빼길 꾹 찍어서 뒤로 넘긴다. 여느 때 같으면 년이 독살이 나서 저리로 내뺄 게다. 제가 한 죄가 있으니까 다시 일어나서 소리를 가르쳐주기만 기다리는 게 아니냐.

하니 딱한 일이다. 될지 안 될지는 의문이거니와 서로 하품은 뻔질 터지고 이왕 내친 걸음이니 그렇다고 안 할 수도 없고, 에라 빌어먹을 것, 너나 내가 얼른 팔자를 고쳐야지 늘 이러다 말 테냐. 이렇게 기를 한 번 쓰는구나. 그리고 밤의 산천이 울리도록 소리를 빽빽 질러가며 년하고 또다시 흥타령을 부르겠다.

그래도 하나 기특한 것은 년이 성의는 있단 말이지. 하기는 그나마도 없다면야 들병이커녕 깻묵도 그르지만. 낮이라도 틈만 있으면 저 혼자서 노래를 연습하는구나. 빨래를 할 적이면 빨랫방망이로 가락을 맞추어가며 이팔 청춘을 부른다. 혹은 방 한구석에 죽치고 앉아서 어깻짓으로 버선을 꿰매며 노랫가락도 부른다. 노래 한 장단에 바늘 한 꿰엄씩이니 버선 한 짝 길려면 열 나절은 걸리지. 하지만 아따 버선으로 먹고 사느냐. 노래만 잘 배워라. 년도 나만치나 이밥에 고기가 얼른 먹고 싶어서 몸살도 나는지 어떤 때에는 바깥 밭둑을 지나가려면 뒷간 속에서 콧노래가 흥이 겨울 적도 있겠다.

그러나 인제 노랫가락에 흥타령쯤 겨우 배웠으니 그 담 건 어느 하가에 배우느냐. 망할 년두 참. 게다가 년이 시큰둥해서 날더러 신식 창가를 가르쳐달라구, 들병이는 구식 소리도 잘해야 하겠지만 첫째 시체 창가를 알아야 불러먹는다 한다. 말은 그럴 법하나 내가 어디 시체 창가를 알 수 있냐. 땅이나 파먹던 놈이 나는 그런 거 모른다, 하고 좀 무색했더니 며칠 후에는 년이 시체 창가 하나를 배가져 왔다. 화로를 끼고 앉아서 그 전을 두드리며 너 보란 듯이 자랑스럽게 하는 것이 아닌가. 피었네, 피었네, 연꽃이 피었네. 피었다고 하였더니 볼 동안에 옴쳤네. 대체 이걸 어디서 배웠을까. 얘 이년, 참 나보담 수단이 좋구나, 하고 나는 퍽 감탄하였다.

그랬더니 나중 알고 보니까 년이 어느 틈에 야학에 가서 배우질 않았겠나. 야학이란 요 산 뒤에 있는 조그만 움인데 농군 아이에게 한겨울 동안 국문을 가르친다. 창가를 할 때쯤 해서 년이 추운 줄도 모르고 거길 찾아간다. 아이를 업고 문 밖에 서서 귀를 기울이고 엿듣다가 저도 가만가만히 흉내를 내보고 내보고 하는 것이다. 그래 가지고 집에 와서는 희짜를 뽑고 야단이지. 신식 창가는 며칠만 좀더 배우면 아주 능통하겠다.

　그러나 아무리 생각해봐도 년의 낯짝만은 걱정이다. 소리는 차차 어지간히 돼 들어가는데 이놈의 얼굴이 암만 봐도 영 글렀구나. 경칠 년, 좀만 얌전히 나왔더면 이판에 돈 한몫 크게 잡는걸. 간혹 가다 제물에 화가 뻗치면 아무 소리 않고 년의 배때기를 한두어 번 안 줴박을 수 없다. 웬 영문인지 몰라서 년도 눈깔을 크게 굴리고 벙벙히 쳐다보지. 땀을 낼 년, 그 낯짝을 하고 나한테로 시집을 온담, 뻔뻔하게. 하나 년도 말은 안 하지만 제 얼굴 때문에 가끔 성화이지. 쪽 떨어진 손거울을 들고 앉아서 이리 뜯어보고 저리 뜯어보고 하지만 눈깔이야 일반이겠지. 저라고 나 뵐 리가 있겠나. 하니까 오장 썩는 한숨이 연방 터지고 한풀 죽는구나. 그러나 요행히 내가 방에 있으면 돌아보고,

　"이봐! 내 얼굴이 요즘 좀 나가지 않어?"

　"그래, 좀 난 것 같다."

　"아니 정말 해봐——."

하고 이년이 팔때기를 꼬집고 바싹바싹 들이덤빈다. 년이 능글차서 나쯤은 좋도록 대답해주려니, 하고 아주 탁 믿고 묻는 게렷다. 정말 본 대로 말할 사람이면 제가 겁이 나서 감히 묻지도 못한다. 짐짓 이뻐졌다, 하고 나도 능청을 좀 부리면 년이 좋아서 요새 분때를 자주 밀었으니까 좀 나졌겠지, 하고 들병이는 뭐 그렇게까지 이쁘지 않아도 된다고 또 구구히 설명을 늘어놓는다. 경을 칠 년, 계집은 얼굴 밉다는 말이 칼로 찌르는 것보다도 더 무서운 모양이다. 별 욕을 다하고 개 잡듯 막 뚜드려도 조금 뒤에는 헤, 하고 앞으로 겨드는 이년

이다. 마는 어쩌다 제 얼굴의 흉이나 좀 본다면 사흘이고 나흘이고 년이 나를 스을슬 피하며 은근히 곯리려고 든다. 망할 년, 밉다는 게 그렇게 진저리가 나면 아주 면사포를 쓰고 다니지 그래. 년이 능청스러워서 조금만 이뻤더라면 나는 얼렁얼렁 해내버리고 돈 있는 놈 군서방해 갔으렷다. 계집이 얼굴이 이쁘면 제값 다하니까. 그렇게 생각하면 년의 낯짝 더러운 것이 나에게는 불행중 다행이라 안 할 수 없으리라.

계집은 아마 남편을 속여먹는 맛에 깨가 쏟아지나보다. 년이 들병이 노릇을 할 수단이 있다고 감히 장담한 것도 저의 이 행실을 믿고 그랬는지도 모른다. 새벽 일찍이 뒤를 보려니까 어디서 창가를 부른다. 거적 틈으로 내다보니 년이 밥을 끓이면서 연습을 하지 않나. 눈보라는 생생 소리를 치는데 보강지에 쪼그리고 앉아서 부지깽이로 솥뚜껑을 툭툭 두드리겠다. 그리고 거기 맞추어 신식 창가를 청승맞게 부르는구나. 그러다 밥이 우루루 끓으니까 뛰를 빗겨놓고 다시 시작한다. 젊어서도 할미꽃 늙어서도 할미꽃, 아하하 우습다, 꼬부라진 할미꽃. 망할 년, 창가는 경치게도 좋아하지. 방아타령 좀 부지런히 공부해두라니까 그건 안 하고. 아따 아무거라도 많이 하니 좋다. 마는 이번엔 저고리섶이 들먹들먹하더니 아 웬 곰방 담뱃대가 나오지 않냐. 사방을 흘끔흘끔 다시 살핀다. 아무도 없으니까 보강지에다 들이대고 한 모금 뿌욱 빠는구나. 그리고 냅대 재채기를 줄대 뽑고 코를 풀고 이 지랄이다. 그저께도 들켜서 경을 쳤더니 년이 또 내 담배를 훔쳐가지고 나온 것이다. 돈 안 드는 소리나 배웠겠지. 망할 년, 아까운 담배를, 곧 뛰어나가려다 뒤도 급하거니와 요즘 똘똘이가 감기로 앓는다. 년이 밤낮 들쳐업고 야학으로 돌아다니더니 그예 그 꼴을 만들었다. 오라질 년. 남의 아들을 중한 줄 모르고 들병이 하다가 이것 행실 버리겠다. 망할 년이 하는 소리가 들병이가 되려면 소리도 소리려니와 담배도 먹을 줄 알고 술도 마실 줄 알고 사람도 주무를 줄 알고 이래야 쓴다나. 이게 다 요전에 동리에 들어왔던 들병이에게 들은 풍월이렷다. 그래서 저도 연습 겸 골고루 다 한 번씩 해보고 싶어서 아주 안달이 났다. 방아타령 하나 변변히 못 하는 년이 소리는 저절로 될 듯싶은지!

이런 기맥을 알고 년을 농락해먹은 놈이 요 아래 사는 뭉태놈이다. 놈도 더러운 놈이다. 우리 마누라의 이 낯짝에 몸이 달았으면 그만하면 알조지. 어디 계집이 없어서 그걸 손을 대고, 망할 자식도. 놈이 와서 섣달 대목이니 술 얻어먹으러 가자고 년을 꾀었구나. 조금 있으면 내가 올 테니까 안 된다. 해 지기 전에 잠깐만, 하고 손을 내끌었다. 들병이로 나가려면 우선 술 파는 경험도 해봐야 하니까, 하는 바람에 년이 솔깃해서 덜렁덜렁 따라섰겠지. 집안을 망칠 년. 남편이 나무를 팔러 갔다 늦으면 밥 먹을 준비를 하고 기다려야 옳지 않느냐? 남은 밤길을 삼십 리나 허덕지덕 걸어오는데. 눈이 푹푹 쌓여서 발모가지는 떨어져나가는 듯이 저리고. 마을에 들어왔을 때는 짜장 곧 쓰러질 듯이 허기가 졌다. 얼른 가서 밥 한 그릇을 때려뉘고 년을 데리고 앉아서 또 소리를 가르쳐야지. 이런 생각을 하고 술집 옆을 지나다가 뜻밖에 깜짝 놀란 것은 그 바깥방에서 년의 너털웃음이 들린다. 얼른 다가서서 문틈으로 들여다보니까 아, 이 망할 년이 뭉태하고 술을 먹는구나.

입때까지 하도 우스워서 꼴들만 보고 있었지만 더는 못 참는다. 지게를 벗어던지고 방문을 홱 열어젖히자 우선 놈부터 방바닥에 메다꽂았다. 물론 술상은 발길로 찼으니까 벽에 가 부서졌지. 담에는 년의 비녀쪽을 지르르 끌고 밖으로 나왔다. 술 취한 년은 정신이 번쩍 들도록 흠뻑 경을 쳐놔야 할 터이니까 눈에다 틀어박았다. 그리고 깔고 올라앉아서 망할 년, 등줄기를 두 주먹으로 대고 우렸다. 때리면 때릴수록 점점 눈 속으로 들어갈 뿐, 발악을 하기에는 너무 취했다. 때리는 것도 년이 대들어야 멋이 있지 이러면 아주 싱겁다. 년은 그대로 내버리고 방으로 들어가서 놈을 찾으니까 이 빌어먹을 자식이 생쥐새끼처럼 어디로 벌써 내빼지 않았나. 참말이지 이런 자식 때문에 우리 동리는 망한다. 남의 계집을 보았으면 마땅히 남편 앞에 나와서 대강이가 깨져야 옳지 그래 달아난담. 못생긴 자식도 다 많지. 할 수 없이 척 늘어진 이년을 등에다 업고 비척비척 집으로 올라오자니까 죽겠구나.

날은 몹시 차지, 배는 쑤시도록 고프지, 좀 노할래야 더 노할 근력이 없다. 게다 우리 집 앞 언덕을 올라가다 엎어져서 무르팍을 크게 깠지. 그리고 집엘 들어가니까 빈방에는 똘똘이가 혼자 어미를 부르고 울고 된통 법석이다. 망한 잡년두, 남의 자식을 그래 이렇게 길러주면 어떡할 작정이람. 년의 꼴 봐하니 행실은 예전에 글렀다. 이년하고 들병이로 나갔다가는 넉넉히 나는 한옆에 재워놓고 딴 서방 차고 달아날 년이다. 너는 들병이로 돈 벌 생각도 말고 그저 집안에 가만히 앉았는 것이 옳겠다. 구구로 주는 밥이나 얻어먹고 몸 성히 있다가 연해 자식이나 쏟아라. 뭐 많이도 말고 굴대 같은 아들로만 한 열다섯이면 족하지. 가만 있자, 한 놈이 일 년에 벼 열 섬씩만 번다면 열다섯 놈이니까 일백오십 섬. 한 섬에 더도 말고 십 원 한 장씩만 받는다면 죄다 일천오백 원이지. 일천오백 원, 일천오백 원, 사실 일천오백 원이면 어이구 이건 참 너무 많구나. 그런 줄 몰랐더니 이년이 뱃속에 일천오백 원을 지니고 있으니까 아무렇게 따져도 나보담은 낫지 않은가.

1935년

# 슬픈 이야기

암만 때렸단대도 내 계집을 내가 쳤는데야 네가 하고 덤비면 나는 참으로 할말이 없다. 하지만 아무리 제 계집이기로 개 잡는 소리를 가끔 치게 해가지고 옆집 사람까지 불안스럽게 구는 이것은 넉넉히 내가 꾸짖을 수 있다는 말이다. 그것도 일테면 내가 아내를 가졌다 하고 그리고 나도 저와 같이 아내를 툭축거릴 수 있다면 혹 모르겠다. 장가를 들었어도 얼마든지 좋을 수 있을 만치 나이가 그토록 지났는데도 어찌는 수 없이 사글셋방에서 이렇게 홀로 둥글둥글 지내는 놈을 옆방에다 두고 저희끼리만 내외가 투닥투닥하고 또 끼익끼익하고 이러는 것은 썩 잘못된 생각이다. 요즈음 같은 쓸쓸한 가을철에는 웬 셈인지 자꾸만 슬퍼지고 외로워지고 이래서 밤잠이 제대로 와주지 않는 것이 결코 나의 죄는 아니다. 자정을 넘어서 새로 두 점이나 바라보련만도 그대로 고생고생하다가 이제야 겨우 눈꺼풀이 어지간히 맞아들어오려 하는데다 갑작스레 쿵 하고 방이 울리는 서슬에 잠을 고만 놓치고 마는 것이다. 이것은 재론할 필요 없이 요 뒷집의 건넌 방과 세들어 있는 이 내 방과를 구분하기 위하여 떡 막아논 벽이라기보다는 차라리 울섶으로 보아 좋을 듯싶은 그 벽에 필연 육중한 몸이 되는 대로 들이받고 나가떨어지는 소릴 것이 분명하다. 이렇게 벽을 들이받고 떨어지고 하는 건 일상 맡아놓고 그 아내가 해주므로 이번에도 그랬었음에 별로 틀리지 않을 것이다. 그러기에 들릴까말까한 나직한, 그러면서도 잡아먹을 듯이 앙크러뜨는 소리로 그 남편이 중얼거리다 퍽 하는 이것은 발길이 허구리로 들어온 게고, 그래 아내가 어구구 하니까 그 바람에 옆에서 자던 세 살짜리 아들이 어아 하고 놀라 깨는 것이 두루 불안스럽다. 허 이놈 또 했구나 싶어서 나는 약이 안 오를 수 없으니까 벌떡 일어나서 큰일을 칠 거라도같이 제법 눈을 부라린 것만은 됐으나, 그렇다고 벽 너머 저쪽을 향하여 꾸중을 한다든가 하는 것이 점잖은 나의 체면을 상하는 것쯤은 모를 리 없을 것이다. 이렇게 되면 잠자기는 영 그른 공사인 고로 궐련 하나를 피워 물었던 것이나, 아무리 생각하여도 놈의 소행이 괘씸하여 그냥 배기기 어려우므로 캐액, 하고 요강 뚜껑을 괜스레 열었다가 깨지지 않을 만큼 아무렇게나 내리닫으며 역정을 내본단대도 저놈이 이것쯤으로 끄떡할 놈이 아닌 것은 전에 여러 번 겪었으니 소용없다. 마땅치 않게 골피를 접고 혼자서 끙끙거리고 앉아 있자니까 아이놈이 깬 듯싶어서 점점 더하는 것이 급기야엔 아내가 아마 옷궤짝에나 혹은 책상 모서리에나 그런 데다 머리를 부딪는 것 같더니 얼마든지 마냥 울 수 있는 그 설움이 남의 이목에 걸리어 겨우 목젖 밑에서만 끅끅 하도록 만들어놓았다. 이놈이 사람을 잡을 작정인가, 하고 그대로 있기가 안심치가 않아서 내가 역정난 몸을 불쑥 일으키어가지고 벽과 기둥이 맞붙은 쪽으로 한 지 오래된 도배지가 너털너털 쪼개지고, 그래서 어쩌다 뻥 뚫린 하잘것없는 구멍으로 내외간의 싸움을 들여다보는 건 좀 내 실수도 되겠지만, 이놈과 나와 예의니 뭐니 하고 찾기에는 제가 다 치신은 잃어놨거니와 그건 말고라도 이렇게 남 자는 걸 깨놓았으니까 나 좀 보는데 누가 뭐랄 테냐. 너털대는 벽지를 가만히 떠들고 들여다보니까 외양이 불밤송이같이 단작맞게 생긴 놈이 전기회사의 양복을 입은 채 또는 모자도 벗는 법 없이 그대로 쪼그리고 앉아서 저보담 엄장도 훨씬 크고 투실투실히 벌은 아내의 머리를 어떻게 하다 그리도 묘하게스리 좁은 책상 밑구멍에다 틀어박았는지 궁둥이만이 위로 불끈 솟은 이걸 노리고 미리 쥐고 있던 황밤주먹으로 한 번 콕 쥐어박고는 이년아, 네가 어쩌구 중얼거리다 또 한 번 콕 쥐어박고 하는 것이다. 아내로 논지면 울려들었다면 벌써도 꽤 많이 울어두었겠지만 아마 시골서 조촐히 자란 계집인 듯싶어 여필종부의 매운 절개를 변치 않으려고 애초부터 남편 노는 대로만 맡겨두고 다만 가끔 가다 조금씩 끽, 끽, 할 뿐이었으나 한편에 울룽이 놀라 앉았는 어린 아들은 저의 아버지가 어머니를 잡는 줄 알고 때릴 때마다 빽빽 질러 우는 것이다. 그러면 놈은 송구스러운 그 악정에 다른 사람들이 깰까봐 겁 집어먹은 눈을 이리로 돌리어 아들을 된통 쏘아보고는, 이 자식 울면 죽인다 하고 제깐에는 위협을 하는 것이나 그래도 조금 있으면 또 끼익 하는 데는 어쩔 수 없이 일을 막고서 따귀 한 개를 먹여놓았던 것이 그 반대로 더욱 난장판이 되니까 저도 어처구니없는지 멀거니 바라보며 뒤통수를 긁는다. 놈이 워낙 대담치가 못해서 낮 같은 때 여러 사람이 있는 앞에서는 제가 감히 아내를 치기는커녕 외출에서 들어올 적마다 가장 금실이나 두터운 듯이 애기 엄마 저녁 자셨소 어쩌오 하고 낯간지러운 소리를 해두었다가, 다들 자고 만 뒤 잠잠한 꼭 요맘때 야근에서 돌아와서는 무슨 대천지 원수나 품은 듯이 울지 못하도록 미리 위협해놓고는 은근히 치고 차고 이러는 이놈이다. 하기야 제 아내 제가 잡아먹는데 그야 뭐랄 게 아니겠지. 그렇지만 놈이 주먹으로 얼마고 콕콕 쥐어박아도 아내의 살 잘찐 투실투실한 궁둥이에는 좀처럼 아플 성싶지 않으니까 이번에는 두 손가락을 집게같이 꼬부려가지고 그 허구리를 꼬집기 시작하는 것인데, 아픈 것은 참아왔더라도 치신이 없이 요렇게 꼬집어뜯는 데 있어서야 제아무리 춘향이기로 간지럼을 아니 타는 법은 없을 게다. 손가락이 들어올 적마다 구부려 있던 커단 몸집이 우지끈 하고 노는 바람에 머리 위에 거반 얹히다시피 된 조그만 책상마저 들먹들먹하는 걸 보면 저 괴로워도 요만조만한 괴롬이 아닐 텐데 저런 저런. 계집을 친다기로 숫제 뺨 한 번을 보기 좋게 쩔걱 하고 치면 쳤지 난 참으로 저럴 수는 없으리라고, 아아 나쁜 놈, 하고 남의 일 같지 않게 울화가 터지려고 하였던 것이다. 그보다도 우선 아무리 남편이란대도 이토록 되면 그 뭐 낼쯤 두고 보아 괜찮으니까 그까짓 거 실팍한 살집에다 근력 좋겠다 달랑 들고 나와서 뒷간 같은 데다 틀어박고는 되는 대로 두드려주어도 아내가 두려워서 제가 감히 찍소리

한 번 못 할 텐데 그걸 못 하고 저런 저런, 에이 분하다. 그럼 그것은 내외간의 찌든 정이 막는다 하기로니 당장 그 무서운 궁둥이만 위로 번쩍 들 지경이면 그 통에 놈의 턱주가리가 치받쳐서 뒤로 벌렁 나가떨어지는 꼴이 그런 대로 해롭지 않을 텐데 글쎄 어쩌자고, 그러나 좀더 분을 돋워놓으면 혹 그럴는지도 모를 듯해서 놈의 무참한 꼴을 상상하며 이제나저제나 하고 은근히 조를 비볐던 것이 이내 경만 치고 말므로 저런, 저런 하다가 부지중 주먹이 불끈 쥐어졌던 것이나, 놈이 휘둥그런 눈을 들어 이쪽을 바라볼 때에 비로소 내 주먹이 벽을 올려친 걸 알고 깜짝 놀랐다. 허물 벗겨진 주먹을 황망히 입에 들이대고 엉거주춤히 입김을 쐬고 섰노라니까 잠안 자고 게 서서 뭘 하오, 하고 변소에를 다녀가는 듯싶은 심술궂은 쥔 노파가 긴치 않게 바라보더니 내 방 앞으로 주춤주춤 다가와서 눈을 찌긋하고 하는 소리가, 왜 남의 계집을 자꾸 들여다보고 그류, 괜히 맘이 동하면 잠도 못 자고, 하고 거지반 비웃는 것이 아닌가. 내가 나이 찬 홀몸이고 또 저쪽이 남편에게 소박받는 계집이고 하니까 이런 경우에는 남모르게 이러구저러구 하는 것이 사차불피의 일이라고 제멋대로 이렇게 생각한 그는 요즘으로 들어서 나의 일거일동, 일테면 뒷간에서 뒤를 보고 나온다든가 하는 쓸데적은 행동에나마 유난히 주목하는 버릇이 생겨 가끔 내가 어마어마하게 눈총을 겨누는 것도 무서운 줄 모르고 나중엔 심지어 저놈이 계집을 떼던지려고 지금 저렇게 못살게 구는 거라우, 이혼만 하면 그저 두말 말고 떼꺽 꿰차면 고만 아니오, 하며 그러니 얼마나 좋으냐고 난 별로 좋을 게 없는 것 같은데 아주 좋다고 깔깔 웃는 게다. 이 노파의 말을 들어보면 저놈이 십삼 년 간이나 전차 운전수로 있다가 올에야 겨우 감독이 된 것이라 는데 그까짓 걸 바로 무슨 정승 판서나 한 것같이 곤댓짓을 하며 동리로 돌아치는 건 그런 대로 봐준다 하더라도 갑작스 레 무슨 지랄병이 났는지 여학생 장가 좀 들겠다고 아내보고 너 같은 시골뜨기하고 살면 내 낯이 깎인다, 하며 친정으로 가라고 줄창같이 들볶는 모양이니 이건 짜장 괘씸하다. 제가 시골서 처음 올라와서 전차 운전수가 되어가지고, 지금 사람 이 원체 착실해서 돈도 무던히 모였다고 요 통안서 소문이 자자하게 난 그 저금 팔백 원이라나 얼마나를 모으기 시작할 때 어떻게 생각하면 밤일에서 늦게 돌아오다가 속이 후줄하 여 다른 동무들은 냉면을 먹고, 설렁탕을 먹고 하는 것을 놈 은 홀로 집으로 돌아와 이불 속에서 언제나 잊지 않고 꼭 대 추 두 개로만 요기를 하고는 그대로 자고 자고 한 그 덕도 있 거니와 엄동에 목도리, 장갑 하나 없이 그리고 겹저고리로 떨면서 아침 저녁 겨끔내기로 벤또를 붙이러 다니던 그 아내 의 피땀이 안 들고야 그 칠팔백 원 돈이 어디서 떨어지는가. 그런 공로를 모르고 똥깨 떨 거 다 떨고 나니까 놈이 계집을 차내는 것이지만 그렇게 되면 제놈 신세는 볼일 다 볼 게라 고 입을 삐쭉이다가 아무튼 이혼만 하였다면야 내가 새에서 중신을 서주기라도 할 게니 어디 한번 데리구 살아보구려, 하며 그 아내의 얼마큼이든지 남편에게 충실할 수 있는 미점 을 들기에 야윈 손가락이 부질없이 폈다 접었다, 이리 수선 이다. 이 신당리라는 데는 본시가 푼푼치 못한 잡동사니만이 옹기종기 몰린 곳으로 점잖은 짓이라고는 전에 한 번도 해본

일 없이 오직 저 잘난 놈이 태반일진댄 감독 됐으니까 여학생 장가 좀 들어보자고 본처더러 물러서 달라는 것이 이상할 게 없고, 또 한편 거리에서 말뚱만 굴러도 동리로 돌아다니며 말을 만드는 수다쟁이들이매 밤마다 내가 벽 틈으로 눈을 들여놓고 정신없이 서 있어서 저 남의 계집보고 조갈이 나서 저런다는 것쯤 노해서는 아니 되겠지만 그래도 조금 심한 것 같다. 이놈의 늙은이가 남 곧잘 있는 놈 바람맞히지 않나 싶어서 할머니나 그리루 장가가시구려, 하고 소리를 빽 질렀던 것이나 실상은 밤낮 남편에게 주리경을 치는 그 아내가 가엾은 생각이 들길래 그럴 양이면 애초에 갈라서는 것이 좋지 않을까보냐. 마는 부부간의 정이란 그 뭔지 짧지 않은 세월에 찔기둥찔기둥이 맺어진 정은 일조일석에는 못 끊는 듯싶어 저러고 있는 것을 요즈음에는 그 동생으로 말미암아 더 매를 맞는다는 소문이었다. 한편에다 여학생 신가정을 꿈꾸는 놈에게 본처라는 것이 눈의 가시만치나 미운 데다가 한 열흘 전에는 시골 처가에서 처남이 올라와 농사 못 짓겠으니 나 월급자리에 좀 넣어달라고 언내, 알라 세 사람을 재우기에도 옹색한 셋방에 깍짓동 같은 커단 몸집이 널찍하게 터를 잡고는 늘큰히 목새기고 있다면 그야 화도 조금 나겠지. 하지만 놈에게는 그게 아니라 하루에 세 그릇씩 없어지는 그 밥쌀에 필연 겁이 버럭 났을 것이다. 그렇다고 처남을 면대 놓고 밥쌀이 아까우니 너 갈 데로 가라고 내쫓을 수 없을 만큼 놈도 소견이 되었던 것이다. 이것은 적실히 놈의 불행이라 안 할 수 없는 것으로 상 앞에서는 아 여보게, 고만 자시나, 물에 말아서 찬찬히 더 들어봐, 하고 겉면을 꾸리다가 밤에 들어와서는 이러면 저두 생각이 있으려니, 확신하고 아내를 생트집으로 두들겨패자니 몇 푼어치 못 되는 근력에 허덕허덕 고만 지고 마는 것이다. 그러면 처남은 누이 맞는 것이 가엾기는 하나 그렇다고 어쩌는 수는 없는 고로 무색하여 밖으로 비슬비슬 피해 나가는 것이다. 이래도 맞고 저래도 맞는 그 아내의 처지는 실로 딱한 것으로 이대로 내가 두고 보는 것은 인륜에 벗어나는 일이라 생각하고, 그 담날 부리나케 찾아가 놈을 꾸짖었단대도 그리 어줍잖은 일은 아닐 것이다. 내가 대문간에 가 서서 그 집 아이에게 건넌방에 세든 키 쪼꼬만 감독 좀 나오래라, 해가지고 그 동안 곁방에서 살았고 또 전자부터 잘났다는 성식은 익히 들었건만 내가 못나서 인사가 이렇게 늦었다고 나의 이름을 대니까 놈도 좋은 낯으로 피차 없노라고 달랑달랑 쏠며 멋없이 빙긋 웃는 양이 내 무슨 저에게 소청이라도 있어 간 것같이 생각하는 듯하여 불쾌한 마음으로 나는 뭐 전기회사에서 오란대두 안 갈 사람이라고 오해를 풀어주고는 그 면상판을 이윽히 들여다보며, 오 네가 매밤의 대추 두 개로 돈 팔백 원을 모은 놈이냐 하고는 그 지극한 정성에 다시금 감탄하지 않을 수가 없었다. 비록 낯짝이 쪼그라들어 코, 눈, 입이 번뜻하게 제자리에 못 뇌고는 넝마전 물건같이 시들번히 게 붙고 게 붙고 하였을망정 제법 총기 있어 보이는 맑은 두 눈이며 깝신깝신 굴러나오는 쇠명된 그 음성, 아하 돈은 결국 이런 사람이 갖는 게로구나, 하고 고개를 끄덕거리다, 그럼 무슨 일로 오셨습니까 하는 바람에 그제서야 나의 이 심방의 목적을 다시금 깨닫게 되었다. 하나 그대로 네 계집 치지 말라고 할 수는 없는 게니까

146

아 참, 전기회사의 감독 되기가 무척 힘드나보던데, 하며 그걸 어떻게 그다지도 쉽사리 네가 영예를 얻었느냐고 놈을 한참 구슬리다가, 뭐 그야 노력하면 될 수 있겠지요, 하며 흥청흥청 뻐기는 이때가 좋을 듯싶어서, 그렇지만 그런 감독님의 체면으로 부인을 콕콕 쥐어박는 것은 좀 덜된 생각이니까 아예 그러지 마슈, 하니까 놈이 남의 충고는 듣는 법 없이 대번에 낯을 붉히더니 댁이 누굴 교훈하는 거요, 하고 볼멘소리를 치며 나를 얼만간 노리다가 남의 내간사에 웬 참견이오, 하는 데는 고만 어이가 없어서 벙벙히 서 있었던 것이나, 암만해도 놈에게 호령을 당한 것은 분한 듯싶어 그럼 계집을 쳐서 개잡는 소리를 끼익끼익 내게 해가지고 옆집 사람도 못 자게 하는 것이 잘했소, 하고 놈보다 좀더 크게 질렀다. 그랬더니 놈이 빠안히 쳐다보다가 이건 또 무슨 의미인지 잠자코 한옆으로 침을 탁 뱉어던지기가 무섭게, 이것이 필연 즈 여편네의 신이겠지, 커다란 고무신을 짤짤 끌며 안으로 들어갔으니 놈이 나를 모욕했는가 혹은 내가 무서워서 피했는가, 그걸 알 수가 없으니까 옆에서 구경하고 서 있던 아이에게 다시 한번 그 감독을 나오라고 시키어보았던 것이나 인젠 안 나온대요, 하고 전갈만 해오는 데야 난들 어떻게 하겠는가. 망할 놈, 아주 겁쟁이로구나 하고 입 속으로 중얼거리며 좀더 행위가 방정토록 꾸짖어주지 못한 게 유한이 되는 그대로 별수 없이 집으로 돌아왔던 것이나 밤이 으슥하여 잠결에 두 내외의 소곤소곤하는 소리가 벽 너머로 들려올 적에는 아하 그래도 나의 꾸중이 제법 컸구나 싶어 맘으로 흡족했던 것이 웬일인가, 차츰차츰 어세가 돋아져서 결국에는 이년 하는 엄

포와 아울러 제걱 하고 김치 항아리라도 깨지는 소리가 요란
히 나는 것이 아닌가. 이놈이 또 무슨 방정이 나 이러나 싶어
성가스레 눈을 비비고 일어나서 벽 틈으로 조사해보았더니
놈이 방바닥에다 아내를 엎어놓고 그리고 그 허리를 깡충 타
고 올라앉아서 이년아 말해, 바른대로 말해 이년아, 하며 그
팔 한짝을 뒤로 꺾어 올리는 그런 기술이었으나 어쩌면 제
다리보다도 더 굵은지 모르는 그 팔목이 호락호락이 꺾일 것
도 아니거니와, 또 거기에 열을 내가지고 목침으로 뒤통수를
콕콕 쥐어박다가 그것도 힘에 부치어 결국에는 양 옆구리를
두 손으로 꼬집는다 하더라도 그것쯤에 뭣할 아내가 아닐 텐
데 오늘은 목을 놓아 울 수 있었던 만큼 남다른 벅찬 설움이
있는 모양이다. 그렇게 들을 만큼 타일렀건만 이놈이 또 초
라니 방정을 떠는 것이 괘씸도 하고 일방 뭘 대라 하고 또 울
고 하는 것이 심상치 않은 일인 듯도 하고 이래서 괜스레 언
짢은 생각을 하느라고 새로 넉 점에서야 눈을 좀 붙인 것이
한나절쯤 일어났을 때에는 얻어맞은 몸같이 휘휘 둘리어 얼
떨김에 세수를 하고 있노라니까 쾬 노파가 부리나케 다가와
서 내 귀에 입을 들이대고는, 글쎄 어쩌자고 남 매를 맞히우.
무슨 매를 맞혀요, 하고 고개를 돌리니까 당신이 어제 감독
보고 뭐래지 않았소. 그래 저의 아내 역성을 들 때에는 필시
무슨 관계가 있을 게니 이년 서방질한 거 냉큼 대라고 어젯
밤은 매로 밝혔다는 것인데, 아까 아침에 그 처남이 와서 몇
번이나 당부하기를 내가 찾아와 그런 짓을 하면 저 누님의
신세는 영영 망쳐놓는 것이니 앞으론 아예 그러한 일이 없도
록 삼가달라고 하였으니, 글쎄 반했으면 속으로나 반했지 제

남편보고 때리지 말라는 법이 어디 있소, 하고 매우 딱하게 눈살을 접는 것이다. 그러고 보니 그 아내를 동정한 것이 도리어 매를 맞기에 똑 알맞도록 만들어논 폭이라 미안도 하려니와, 한편 모든 걸 그렇게도 알알이 아내에게로만 들씌려드는 놈의 소행에는 참으로 의분심이 안 일 수 없으니까, 수건으로 낯도 씻을 줄 모르고 두 주먹만 불끈 쥐고는 그냥 뛰어나갔다. 가로지든 세로지든 이놈과 단판 씨름을 하리라고 결을 하고는 대문간에 가 서서 커다랗게 박 감독, 하고 한 서너 번 불렀던 것이나 놈은 아니 나오고, 한 삼십여 세 가량의 가슴이 떡 벌어지고 우람스런 것이 필연 이것이 그 처남일 듯싶은 시골 친구가 나와서 뻔히 쳐다보더니 마침내 말없이도 제대로 알아차렸는지 어리눅는 어조로, 아 이거 글쎄 왜 이러십니까, 하며 답답한 상을 지어보이는 것이 아닌가. 그리고 넌지시 하는 사정의 말이, 이러시면 우리 누님의 전정은 아주 망쳐놓으시는 겝니다. 그러니 아무쪼록 생각을 고치라고 촌뜨기의 분수로는 너무 능숙하게 넓적한 손뼉을 펴들고 안 간다고 뻗디디는 나의 어깨를 왜 이러십니까, 하고 골문 밖으로 슬근슬근 밀어내오는 것이었으나 주춤주춤 밀려나오며 가만히 생각해보니 변변히 초면 인사도 없는 이놈에게마저 내가 어린애로 대접을 받는 것은 참 너무도 슬픈 일이었다. 나중에는 약이 바짝 올라서 어깨로 그 손을 뿌리치며 홱 돌아선 것만은 썩 잘된 것 같은데, 시꺼먼 낯판대기와 떡 벌은 그 엄장에 이건 나하고 맞투드릴 자리가 아님을 깨닫고는 어째보는 수 없이 그대로 돌아서고 마는 자신이 너무도 야속할 뿐으로, 이렇게 밀려오느니 차라리 내 발로 걷는 것이 나을 듯싶어 집을 향하여 삐잉 오는 것이다. 내가 아내를 갖든지 그렇지 않으면 이놈의 신당리를 떠나든지 이러는 수밖에 별도리가 없으리라고 마음을 먹고는 내 방으로 부루루 들어와 이부자리며 옷가지를 거듬거듬 뭉치고 있는 것을 한옆에서 수상히 보고 서 있던 주인 노파가 눈을 찌긋이 그 왜 짐을 묶소, 하고 묻는 것까지도 내 맘을 제대로 몰라주는 듯하여 오직 야속한 생각만이 들 뿐으로, 난 오늘 떠납니다, 하고 투박한 한 마디로 끊어버렸다.

1936년

# 봄과 따라지

    지루한 한겨울 동안 꼭 옴츠러졌던 몸뚱이가 이제야 좀 녹고 보니 여기가 근질근질, 저기가 근질근질. 등어리는 대구 군실거린다. 한길에 삐죽 섰는 전봇대에다 비스듬히 등을 비겨대고 쓰적쓰적 비벼도 좋고, 왼팔에 걸친 밥통을 땅에 내려논 다음 그 팔을 뒤로 젖혀 올리고 또 바른팔로 팔꿈치를 들어올리고 그리고 긁적긁적 긁어도 좋다. 뻔히는 이래야 원 격식은 격식이로되 그러나 하고 보자면 손톱 하나 놀리기가 성가신 노릇. 누가 일일이 그러고만 있는가. 장삼인지 저고린지 모를 앞자락이 척 나간 학생복 저고리. 하나 삼 년간을 내려입은 덕택에 속껍데기가 꺼칠하도록 때에 절었다. 그대로 선 채 어깨만 한 번 으쓱 올렸다 툭 내려치면 그뿐. 옷에 몽콜린 때꼽은 등어리를 스을쩍 긁어주고 내려가지 않는가. 한 번 해보니 재미가 있고 두 번을 하여도 또한 재미가 있다. 조그만 어깻죽지를 그는 기계같이 놀리며 올렸다 내렸다, 내렸다 올렸다 그럴 적마다 쿨렁쿨렁한 저고리는 공중에서 나

비춤, 지나가던 행인이 걸음을 멈추고 가만히 눈을 둥글린다. 한참 후에야 비로소 성한 놈으로 깨달았음인지 피익 웃어던지고 다시 내걷는다. 어깨가 느른하도록 수없이 그러고나니 나중에는 그것도 흥이 지인다. 그는 너털거리는 소맷등으로 코밑을 쓱 훔치고 고개를 돌리어 위아래로 야시를 훑어본다. 날이 풀리니 거리에 사람도 풀린다. 싸구려 싸구려 에잇 싸구려, 십오 전에 두 가지, 십오 전에 두 가지씩. 인두 비누를 한 손에 번쩍 쳐들고 젱그렁젱그렁 신이 올라 흔드는요령 소리. 땅바닥에 널따란 종잇장을 펼쳐놓고 안경쟁이는입에 게거품이 흐르도록 떠들어댄다. 일 전 한 푼을 내놓고일 년 동안의 운수를 보시오. 먹지를 던져서 칸에 들면 미루꾸 한 갑을 주고 금에 걸치면 운수가 나쁘니까 그냥 가라고. 저편 한구석에서는 코먹은 바이올린이 닐리리를 부른다. 신통방통 꼬부랑통 남대문통 쓰레기통, 자아 이리 오시오. 암사돈 수사돈 다 이리 오시오. 장기판을 에워싸고 다투는 무리. 그 사이로 일쩌운 사람들은 이리 몰리고 저리 몰리고 발가는 대로 서성거린다. 짝을 짓고 산보를 나온 젊은 남녀들, 구지레한 두루마기에 뒷짐 진 갓쟁이. 예제없이 가서 덤벙거리는 학생들도 있고 그리고 어린 아들이 손을 잡고 구경을나온 어머니의 치맛자락을 잡아채며 뭘 사내라고 부지런히보챈다. 배도 좋고 사과도 좋고 또 김이 무럭무럭 오르는 국화만두는 누가 싫다나. 그놈의 김을 이윽히 바라보다가 그는고만 하품인지 한숨인지 분간 못할 날숨이 길게 터져오른다. 아침에 찬밥덩이 좀 얻어먹고는 온종일 그대로 지친 몸. 군침을 꿀떡 삼키고 종로를 향하여 무거운 다리를 내어딛자니 앞에 몰려선 사람 떼를 비집고 한 양복이 튀어나온다. 얼굴에는 꽃이 잠뿍 피고 고개를 내흔들며 이리 비틀 저리 비틀. 목로에서 얻은 안주이겠지, 사과 하나를 입에 들이대고 어기어기 꾸겨넣는다. 이거나 좀 개평 뗄까. 세루바지에 바짝 붙어서서 같이 비틀거리며 나리 한 푼 줍쇼, 나리. 이 소리는 들은척만척 양복은 제멋대로 갈 길만 비틀거린다. 엣다, 이거나 먹어라 하고 선뜻 내주었으면 얼마나 좋으랴만, 에이 자식두. 사과는 쉬지 않고 점점 줄어든다. 턱살을 추켜대고 눈독을 잔뜩 들여가며 따르자니 나중에는 안달이 난다. 나리, 나리, 한 푼 주세요, 하고 거듭 재우치다 그래도 꽤가 그르매, 나리 그럼 사과나 좀. 무어 이 자식아, 남 먹는 사과를 좀. 혀꼬부라진 소리가 이렇게 중얼거리자 정작 사과는 땅으로 가고 긴치 않은 주먹이 뒤통수를 딱. 금세 땅에 엎뎌질 듯이 정신이 고만 아찔했으나 그래도 사과, 사과다. 얼른 덤벼들어 집어 들고는 소맷자락에 흙을 쓱쓱 씻어서 한입 덥석 물어뗀다. 창자가 녹아내리는 듯 향긋하고도 보드라운 그 맛이야. 그러나 세 번을 물어뜯고 나니 딱딱한 씨만 남는다. 다시 고개를 들고 그 담 사람을 잡고자 눈을 희번덕인다. 큰길에는 동무 깍쟁이들이 가로 뛰며 세로 뛰며 낄낄거리고 한창 야단이다. 밥통들은 한 손에 든 채 달리는 전차 자동차를 이리저리 호아가며 저희깐에 술래잡기 봄이라고 맘껏 즐긴다. 이걸 멀거니 바라보고 그는 저절로 어깨가 실룩실룩하기는 하나 근력이 없다. 따스한 햇볕에서 낮잠을 잔 것도 좋기는 하다마는 그보담 밥을 좀 얻어먹었다면 지금쯤은 같이 뛰고 놀고 하련만. 큰길로 내려서서 이럴까저럴까 망설일 즈음 갑자기 따르르옹 이 자식아. 이크 쟁교로구나, 등줄기가 선뜩해서 기급으로 물러서다가 얼결에 또 하나 잡았다. 이번에는 트레머리에 얕은 향내가 말캉말캉나는 뾰족구두다. 얼뜬 봐한즉 하르르한 비단치마에 옆에 낀 몇 권의 책, 그리고 아리잠직한 그 얼굴. 외모로 따져보면 돈푼이나 좋이 던져줄 법한 고운 아씨다. 대뜸 물고나서며 아씨 한 푼 줍쇼, 아씨 한 푼 줍쇼. 가는 아씨는 암만 불러도 귀가 먹은 듯 혼자 풍월로 얼마를 따르다 보니 이제는 하릴없다. 그 다음 비상수단이 아니 나올 수 없는 노릇. 체면불구하고 그 까마귀발로다 신성한 치맛자락을 덥석 잡아챈다. 홀로 가는 계집쯤 어떻게 다루든 이쪽 생각. 한 번 더 채여라. 아씨 한 푼 줍쇼. 아씨도 여기에는 어이가 없는지 발을 멈추고 말똥히 바라본다. 한참 노려보고 그리고 생각을 돌렸는지 허리를 구부리어 친절히 달랜다. 내 지금 가진 돈이 없으니 집에 가 줄게 이거 놓고 따라오너라. 너무나 뜻밖의 일이다. 기쁠 뿐더러 놀라운 은혜다. 따라만 가면 밥이 나올지 모르고 혹은 먹다 남은 빵조각이 나올지도 모른다. 이건 아마 보통 갈보와는 다른 예수를 믿는 착한 아씬가 보다.

치마를 놓고 좀 떨어져서 이번에는 점잖이 따라간다. 우미관 옆골목으로 들어서서 몇 번이나 좌우로 꼬불꼬불 돌았다. 아씨가 들어간 집은 새로 지은, 그리고 전등 달린 번듯한 기와집이다. 잠깐만 기다려라, 하고 아씨가 들어갈 제 그는 눈을 똥그랗게 뜨고 기대가 컸다. 밥이냐, 빵이냐, 잔치를 지내고 나서 먹다 남은 떡부스러기를 처치 못 하여 데리고 왔을지도 모른다. 떡고물도 좋고 시크무레 쉰 콩나물, 무나물, 아무거나 되는 대로. 설마 예까지 데리고 와서 돈 한 푼 주고 가라진 않겠지.

　허기와 기대가 갈증이 나서 은근히 침을 삼키고 있을 때 대문이 다시 삐꺽 열린다. 아마 주인 서방님이리라. 조선옷에 말쑥한 얼굴로 한 사나이가 나타났다. 네가 따라온 놈이냐, 하고 한 손으로 목덜미를 꼭 붙들고 그러더니 벌써 어느 틈에 네 번이나 머리를 주먹이 우렸다. 그러면 아가파 소리를 지른 것은 다섯번째부터요, 눈물은 또 그 담에 나온 것이다. 악장을 너무 치니까 귀가 아팠음인지 요 자식 다시 그래봐라 다리를 꺾어놀 테니. 힘 약한 독사와 도야지는 맞대항은 안 된다. 비실비실 조 골목 어귀까지 와서 이제야 막 대문 안으로 들어가려는 서방님을 돌려대고, 요 자식아 네 다릴 꺾어놀 테야, 용용 죽겠지. 엄지가락으로 볼때기를 후벼보이곤 다리야 날 살리라고 그냥 뺑소니다. 다리가 짧은 것도 이런 때에는 한 욕일지도 모른다. 여남은 칸도 채 못 가서 벽돌 담에 가 잔뜩 엎눌렸다. 그리고 허구리, 등어리, 어깻죽지 할 것 없이 요모조모 골고루 주먹이 들어온다. 때려라, 그래도 네가 차마 죽이진 못하겠지. 주먹이 들어올 적마다 서방님의 처신으로 듣기 어려운 욕 한 마디씩 해가며 분통만 폭폭 찔러논다. 죽여봐 이 자식아. 요런 챌푼이 같으니, 네가 애편쟁이지 애편쟁이. 울고불고 요란한 소리에 근방에서는 쭉 구경을 나왔다. 입때까지는 서방님은 약이 올라서 죽을둥살둥 몰랐으나 이제 와서는 결국 저의 체면 손상임을 깨달은 모양이다. 등뒤에서 애편쟁이, 챌푼이 하는 욕이 빗발치듯 하련만 서방님은 돌아다도 안 보고 똥이 더러워 피하지 무섭지 않다는 증거로 침을 한 번 탁 뱉고는 제 집 골목으로 들어간다. 이렇게 되면 맡아놓고 깍쟁이의 승리다.

그는 담 밑에 쪼그리고 앉아서 울고 있으나 실상은 모욕당했던 깍쟁이의 자존심을 회복시킨 데 큰 우월감을 느낀다. 염병을 할 자식, 하고 눈물을 닦고 골목 밖으로 나왔을 때엔 얼굴엔 만족한 웃음이 떠오른다. 야시에는 여전히 뭇 사람이 흐르고 있다. 동무들은 큰길에서 밥통을 두드리며 날뛰고 있다. 우두커니 보고 섰다가 결리는 등어리도 잊고 배고픈 생각도 스르르 사라지니 예라 나두 한번 끼자. 불시로 건기운이 뻗치어 야시에서 큰길로 내려선다.

달음질을 쳐서 전찻길을 가로지르려 할 제 맞닥뜨린 것이 마주 건너오던 한 신여성이다. 한 손에 대여섯 살 된 계집애를 이끌고 야시로 나오는 모양. 이건 키가 후리후리하고 걸찍하게 생긴 것이 어디인가 맘새가 좋아 보인다. 대뜸 손을 내밀고 아씨 한 푼 줍쇼. 얘 지금 돈 한 푼 없다. 이렇게 한마디 하고는 이것도 돌아다보는 법이 없다. 야시에 물건을 흥정하며 태연히 저 할 노릇만 한다. 이내 치마까지 끄들리게 되니까 이제야 걸음을 딱 멈추고 눈을 똑바로 뜨고 노려본다. 그리고 소리를 지르되 옆의 사람이나 들으란 듯이 얘가 왜 이리 남의 옷을 잡아다녀. 오가던 사람들이 구경이나 난 듯이 모두 쳐다보고는 웃는다. 본 바와는 딴판. 돈푼커녕 코딱지도 글렀다. 눈꼴이 사나워서 그도 마주대고 벙벙히 쳐다보고 있노라니 웬 담배가 발 앞으로 툭 떨어진다. 매우 기름한 꽁초. 얼른 집어서 땅바닥에 쓱쓱 문대어 불을 끄고는 호주머니에 넣는다. 이따는 좁쌀 친구끼리 뒷골목 담 밑에 모여 앉아서 번갈아 한 모금씩 빨아가며 잡상스런 이야기로 즐길 걸 생각하니 미리 재미롭다. 적어도 여남은 개 주워야 할 텐데 인제서 겨우 꽁초 네 개니. 요즘에는 참 담배맛도 제법 늘어가고 재채기하던 괴로움도 훨씬 줄었다. 이만하면 영철이의 담배쯤은 감히 덤비지 못하리라. 제따위가 앉은 자리에 꽁초 일곱 개를 다 피울 텐가, 온 어림없지. 열 살밖에 안 되었건만 이만치도 담배를 잘 필 수 있도록 훌륭히 됨을 깨달으니 또한 기꺼운 현상. 호주머니에서 손을 빼고 고개를 들어보니 계집은 어느덧 멀리 앞섰다. 벌에 쐬었느냐, 왜 이리 달아나니. 이것은 암만 따라가야 돈 한 푼 막무가낼 줄은 번연히 알지만 소행이 밉다. 에라, 빌어먹을 거, 조금 느므러나 주어라. 횡허케 쫓아가서 팔꿈치로다 그 궁둥이를 퍽 한 번 지르고는 아씨 한 푼 주세요. 돌려대고 또 소리를 지를 줄 알았더니 고개만 흘낏 돌려보고는 잠자코 간다. 그럼 그렇지 네가 어디라구 깍쟁이에게 덤비리. 또 한 번 질러라. 바른편 어깨로다 이번엔 넙적한 궁둥이를 정면으로 들이받으며 아씨 한 푼 주세요. 그래도 아무 반응이 없다. 이 계집이 한길 바닥에 나자빠지면 그 꼴이 볼 만도 하련만 제아무리 들이받아도 힘을 들이면 들일수록 이쪽이 도리어 튕겨져 나올 뿐 좀체로 삐끗 없음에는 에라 빌어먹을 거. 치맛자락을 냉큼 집어다 입에 들이대고는 질겅질겅 씹는다. 으흐흥, 아씨 돈 한 푼. 그제야 독이 바짝 오른 법한 표독스러운 계집의 목소리가, 이 자식아 할 때는 온몸이 다 짜릿하고 좋았으나 난데없는 고라 소리가 벽력같이 들리는 데는 정신이 그만 아찔하다. 뿐만 아니라 그 순간 새삼스레 주림과 아울러 아픔이 눈을 뜬다. 머리를 얻어맞고 아이쿠 하고 몸이 비틀 할 제 집게 같은 손이 들어와 왼편 귓바퀴를 잔뜩 찝어든다. 이왕 이렇게 된 바에야 끌리는 대로 따라만 가면 고만이다. 붐비는 사람 틈으로 검불같이 힘없이 딸려가며 그러나 속으로는 하지만 뭐. 처음에는 꽤도 겁도 집어먹었으나 인제는 하도 여러 번 겪고 난 몸이라 두려움보다 오히려 실없는 우정까지 느끼게 된다. 이쪽이 저를 미워도 안 하련만 공연스레 제가 씹고 덤비는 걸 생각하면 짜장 밉기도 하려니와 그럴수록에 야릇한 정이 드는 것만은 사실이다.

오늘은 또 무슨 일을 시키려는가. 유리창을 닦느냐, 뒷간을 치느냐, 타구쯤 정하게 부셔주면 그대로 나가라 하겠지. 하여튼 가자는 건 좋으나 원체 잔뜩 찝어당기는 바람에 이건 너무 아프다. 구두보다 조금만 뒤졌다는 갈 데 없이 귀는 떨어질 형편. 구두가 한 발을 내걷는 동안 두 발 세 발 잽싸게 옮겨놓으며 통통걸음으로 아니 따라갈 수 없다. 발이 반밖에 안 차는 커다란 운동화를 칠떡칠떡 끌며 얼른얼른 앞에 나서거라. 재쳐라, 재쳐라, 얼른 재쳐라. 그러나 문득 기억나는 것이 있으니 그 언제인가 우미관 옆골목에서 몰래 들창으로 들여다보던 아슬아슬하고 인상 깊던 그 장면. 위험을 무릅쓰고 악한을 추격하되 텀블링도 잘하고 사람도 잘 집어세고 막 이러는 용감한 그 청년과 이때 청년이 하던 목 잠긴 그 해설. 그리고 땅땅 따아리 땅땅 따아리 떵떵 띠이 하던 멋있는 그 반주. 봄바람은 살랑살랑 불어오는 큰 거리, 이때 청년이 목숨을 무릅쓰고 구두를 재치는 광경이라 하고 보니 하면 할수록 무척 신이 난다.

158

아아 아구 아프다. 재쳐라, 재쳐라, 얼른 재쳐라, 이때 청
년이 땅땅 따아리 땅땅 따아리 떵떵 띠이 떵떵 띠이.

1936년

# 정 조(貞操)

주인 아씨는 행랑어멈 때문에 속이 썩을 대로 썩었다. 나가래자니 그것이 고분히 나갈 것도 아니거니와 그렇다고 두고 보자니 괘씸스러운 것이 하루가 다 민망하다.

어멈의 버릇은 서방님이 버려놓은 것이 분명하였다.

아씨는 아직 이불 속에 들어 있는 남편 앞에 도사리고 앉아서는 아침마다 졸랐다. 왜냐면 아침 때가 아니곤 늘 난봉 피러 쏘다니는 남편을 언제 한번 조용히 대해볼 기회가 없었다. 그나마도 어젯밤이 새도록 취한 술이 미처 깨질 못하여 얼굴이 벌거니 늘어진 사람을 흔들며,

"여보! 자우? 벌써 열 점 반이 넘었수. 기운 좀 채리우."

하고 말을 붙이는 것은 그리 정다운 일이 아니었다.

그러면 서방님은 그 속이 무엇임을 지레 채고 눈 하나 떠보려 하지 않았다. 물론 술에 곯아서 못 들은 적도 태반이지만 간혹 가다간 듣지 않을 수 없을 만한 그렇게 큰 음성에도 불구하고 역시 못 들은 척하였다.

이렇게 되면 아내는 제물에 더 약이 올라서 이번에도 설마 하고는,

"아니 여보! 일을 저질러놨으면 당신이 어떻게 처칠 하든지 해야지 않소."

"글쎄 관둬, 다 듣기 싫으니."

하고 그제서야 어리눅는 소리로 눈살을 찌푸리다가,

"듣기 싫으면 어떡허우? 그 꼴은 눈허리가 시어서 두고 볼 수가 없으니. 일이나 허면 했지 그래 쥔을 손아귀에 넣고 휘두르려는 이따위 행랑것두 있단 말이유?"

"글쎄 듣기 싫어."

이렇게 된통 호령은 하였으나 원체 뒤가 달리고 보니 슬쩍 돌리고,

"어서 나가 아침이나 채려오."

"난 세상 없어도 어떻게 할 수 없으니 당신이 내쫓든지 치갈하든지……."

하고 말끝이 고만 살며시 뒤둥그러지며,

"어쩌자구 글쎄 행랑걸!"

"주둥아리 좀 못 닦쳐?"

여기에서 드디어 남편은 열병 든 사람처럼 벌떡 일어나 앉지 않을 수가 없었다. 그와 동시에 놋재떨이가 공중을 날아와 벽에 부딪고 떨어지며 쟁그랑하고 요란스러운 소리를 낸다.

이렇게까지 하지 않으면 서방님은 머리에 떠오르는 그 징글징글한 기억을 어떻게 털어버릴 도리가 없는 것이다. 하기는 아내를 더 지꺌이게 하였다가는 그 입에서 무슨 소리가

나올지 모르니 겁도 나거니와, 만일에 행랑어멈이 미닫이 밖에서 엿듣고 섰다가 이 기맥을 눈치 챘다면 그는 더욱 우자스러운 저의 몸을 발견함에 틀림없을 것이다.

아내가 밖으로 나간 뒤 서방님은 멀뚱이 앉아서 쓴침을 삼키려 하였으나 그것도 잘 넘어가질 않는다. 수전증 들린 손으로 머리맡의 냉수를 쭈욱 켜고는 이불 속으로 들어가 다시 눈을 감아보려 한다. 잠이 들면 불쾌한 생각이 좀 덜어질 듯싶어서다.

그러나 눈만 뽀송뽀송할 뿐 아니라 감은 눈 속으로 온갖 잡귀가 다 나타난다. 머리를 풀어헤치고 손톱을 길게 늘인 거지 귀신, 뿔 돋친 사자 귀신, 치렁치렁한 꼬리를 휘저으며 낄낄거리는 여우 귀신, 그 중의 어떤 것은 한쪽 눈깔이 물커졌건만 그래도 좋다고 아양을 부리며 "아이 서방님" 하고 달려들면 이번에는 다리 팔 없는 오뚝 귀신이 저쪽에 올롱히 앉아서 "요녀석!" 하고 눈을 똑바로 뜬다. 이것들이 모양은 다르다 할지라도 원 바탕은 한바탕이리라.

'에이 망할 년들!'

서방님은 진저리를 치며 벌떡 일어나 앉아서는 궐련에 불을 붙인다. 등줄기가 선뜩하며 식은땀이 흥건히 내솟는다.

그것도 좋으련만 부엌에서는 그릇 깨지는 소리와 함께 아내가 악을 쓰는 걸 보면 행랑어멈과 또 말시단이 된 듯싶다. 무슨 일인지 자세히는 알 수 없으나,

"자넨 그래 기어다니나?"

하니까,

"전 빨리 다니진 못해요."

하고 행랑어멈의 데퉁스러운 그 대답…….

　서방님도 행랑어멈의 음성만 들어도 몸서리를 치며 사지가 졸아드는 듯하였다. 그리고,

　'아 아! 내 뭘 보구 그랬던가? 검붉은 그 얼굴, 푸르뎅뎅하고 꺼칠한 그 입술, 그건 그렇다 하고 찝찔한 짠지 냄새가 확 끼치는, 그리고 생후 목물 한 번도 못해봤을 듯싶은 때꼽낀 그 몸뚱어리는? 에잇 추해! 추해, 내 뭘 보구? 술이다. 술, 분명히 술의 작용이었다' 하고 또다시 애꿎은 술만 탓하지 않을 수 없다. 아무리 생각을 안 하려 하여도 그날 밤 지냈던 일이, 추악한 그 일이 저절로 머릿속에서 빙글빙글 도는 것이다.

　과연 새벽녘 집에 다다랐을 때쯤 하여서는 하늘 땅이 움직이도록 술이 잔뜩 올랐다. 택시에서 내리어 엎으러지고 다시 일어나다가 옆집 돌담에 부딪치어 면상을 깐 것만 보아도 취한 것이 확실하였다. 그러나 대문을 열어주고 눈을 비비고 섰는 어멈더러,

　"왔나?"

하다가,

　"아직 안 왔어요. 아마 며칠 묵어서 올 모양인가봐요."

　그제야 안심하고 그 허리를 콱 부둥켜안고 행랑방으로 들어간 걸 보면 전혀 정신이 없던 것도 아니었다. 왜냐하면 아침 나절 아범이 들어와 저 살던 고향에 좀 다녀오겠다고 인사를 하고 나간 것을 정말 취한 사람이면 생각해냈을 리가 있겠는가.

　허나 년의 행실이 더 고약했는지도 모른다. 전일부터 맥없

이 빙글빙글 웃으며 눈을 째긋이 꼬리를 치던 것은 그만두고라도 방에서 그 알량한 낯판대기를 갖다 비비며,

"전 서방님하구 살구 싶어요. 웬일인지 전 서방님만 뵈면 괜스리 좋아요."

"그래그래 살아보자꾸나!"

"전 뭐 많이도 바라지 않아요. 그저 집 한 채만 사주시면 얼마든지 살림하겠어요."

그리고 가장 이쁜 듯이 팔로 그 목을 얽어들이며,

"그렇지 않아요? 서방님! 제가 뭐 기생 첩인가요, 색시 첩인가요, 더 바라게?"

더욱이 앙큼스러운 것은 나중에 발뺌하는 그 태도이었다. 안에서 이 눈치를 채고 아내가 기겁을 하여 뛰어나와서 그를 끌어낼 때 어멈은 뭐랬던가. 아내보다도 더 분한 듯이 쌔근거리고 서서는 그리고 눈을 사박스레 흡뜨고는,

"행랑어멈은 일 시키자는 행랑어멈이지 이러래는 거예요?"

이렇게 바로 호령하지 않았던가. 뿐만 아니라 고대 자기를 보면 괜스리 좋아서 죽겠다는 년이 딴통같이,

"아범이 없길래 망정이지 이걸 아범이 안다면 그냥 안 있어요. 없는 사람이라구 너무 업신여기진 마셔요."

물론 이것이 쥔 아씨에게 대하여 저의 면목을 세우려는 뜻도 되려니와 하여튼 년도 무던히 앙큼스러운 계집이었다. 그러고 나서도 그 다음날 밤중에는 자기가 대문을 들어서자마자 술 취한 사람을 되는 대로 잡아끌고서 행랑방으로 들어간 것도 역시 그년이 아니었던가. 하지만 잘 따져보면 모두가

자기의 불건실한 탓으로 돌릴밖에 없고.

'문지방 하나만 더 넘어서면 곱고 깨끗한 아내가 있으련만 그걸 뭘 보구?'

이렇게 생각해보니 곧 창자가 뒤집힐 듯이 속이 아니꼽다. 그러나 이미 엎친 물이니 주워담을 수도 없는 노릇이고 어째볼래야 어째볼 엄두조차 나질 않는다.

서방님은 생각다 못하여 하릴없이 궁한 음성으로 아씨를 넌지시 도로 불러들였다. 그리고 거의 울퉁한 표정으로,

"여보, 설혹 내가 잘못했다 합시다. 이왕 이렇게 되고 난 걸 노하면 뭘 하오?"

하고 속 썩는 한숨을 휘돌리고는,

"그렇다고 내가 나서서 나가라 마라 할 면목은 없고 허니 당신이 날 살리는 셈치고 그걸 조용히 불러서는 돈 십 원이나 주어서 나가게 하도록 해보우."

"당신이 못 내보내는 걸 내 말은 듣겠소?"

아씨는 아까 윽박질렀던 앙갚음으로 이렇게 툭 쏘아붙이긴 했으나,

"만일 친구들에게 이런 걸 발설한다면 내가 이 낯을 들고 문 밖엘 못 나설 터이니 당신이 잘 생각해서 해주."

하고 풀이 죽어서 빌붙는 이 마당에는,

"그년에게 그래 괜히 돈을 준담!"

하고 혼잣소리로 쫑알거리고는 밖으로 나오지 않을 수 없다.

더 비위를 긁었다가는 다시 재떨이가 공중을 날 것이고 그러면 집안만 소란할 뿐 외려 더욱 창피한 일이었다.

아씨는 마루 끝에 와 웅크리고 앉아서 심부름하는 계집애

를 시키어 어멈을 부르게 하고 그리고 다시 생각해보니 어멈도 물론 괘씸하거니와 계집이면 덮어놓고 맥을 못 쓰는 남편도 남편이었다. 그의 본처라는 자기 말고도 수하동에 기생 첩을 치가하였고, 또는 청진동에 쌀, 나무만 대고 드나드는 여학생 첩도 있는 것이다.

꽃 같은 계집들이 이렇게 앞에 놓였으련만 무슨 까닭에 행랑어멈은 그랬는지 그 속을 모르겠고,

'그것두 외양이나 잘났음 몰라두 그 상판대기를 뭘 보구? 에, 추해!'

하고 아씨는 자기가 치른 것같이 메스꺼운 생각이 안 날 수 없었다.

그러나 이런 일이란 언제든지 계집이 먼저 꼬리를 치는 법이었다. 그렇게 생각하면 우선 행랑어멈 이년이 더욱 흉측스러운 굴치라 안 할 수 없다. 처음 올 적만 해도 시골서 살다 쫓겨 올라온 지 며칠 안 되는데 방이 없어서 이러고 다닌다고 하며 궁상을 떤 것이 좀 측은히 본 것이 아니었던가. 한편 시골 거라 부려먹기에 힘이 덜 드나 하고 둔 것이 단 열흘도 못 되어 까만 낯판대기에 분배기를 칠한다, 머리에 기름을 바른다, 치마를 외로 돌려 입는다 하며 휘두르고 다니는 걸 보니 서울서 자라도 어지간히 닳아먹은 계집이었다. 그렇다 치더라도 일을 시켜보면 뒷간까지도 죽어가는 시늉으로 하고 하던 것이 행실을 버려논 다음부터는 제가 마땅히 해야 할 걸레질까지도 순순히 하려 하질 않는다.

그리고 고기 한 메를 사러 보내도 일부러 주인이 안을 치기 위하여 열 나절이나 있다 오는 년이 아니었던가.

"자네 대리는 오곰이 붙었나?"

아씨가 하 기가 막혀서 이렇게 꾸중을 하면,

"저는 세상 없는 일이라도 빨리는 못 다녀요!"

하고 시퉁그러진 소리로 눈귀가 실룩이 올라가는 이년이 아니었던가. 그나 그뿐이랴. 아씨가 서방님과 어쩌다 같이 자게 되면 시키지도 않으련만 아닌 밤중에 슬며시 들어와서 끓는 고래에다 불을 처지펴서 요를 태우고 알몸을 구워놓은 이년이었다.

그러나 이렇게 생각하면 막벌이를 한다는 그 남편놈이 더 흉악할는지 모른다.

이년의 소견으로는 도저히 애 뱄다는 자세로 며칠씩 그대로 자빠져서 내다주는 밥이나 먹고 누웠을 그런 배짱이 못 될 것이다.

아씨가 화가 치밀어서 어멈을 불러들이어,

"자네는 어떻게 된 사람이길래 그리 도도한가, 아프다고 누웠고, 애 뱄다고 누웠고, 졸립다고 누웠고, 이러니 대체 일은 누가 할 겐가?"

이렇게 눈이 빠지라고 톡톡히 역정을 내었을 제,

"애 밴 사람이 어떻게 일을 해요? 아이 별일두! 아씨는 홑몸으로도 일 안 하시지 않아요?"

하고 저도 마주대고 눈을 똑바로 뜬 걸 보더라도 제 속에서 우러나온 소리는 아닐 듯싶다. 순사가 인구 조사를 나왔다가 제 성명을 물어도 벌벌 떨며 더듬거리는 이년이 아니었던가. 이렇게 생각하면 아씨는 두 연놈에게 쥐어 그 농간에 노는 것이 고만 절통하여,

"그럼 자네가 쥔 아씨 대우로 받쳐달란 말인가?"

"온 별말씀을 다하셔요, 누가 아씨로 받쳐달랬어요?"

어멈은 저로도 엄청나게 기가 막힌지 콧등을 한 번 찡긋하다가,

"애 밴 사람이 어떻게 몸을 움직이란 말씀이야요? 아씨두 원 심하시지!"

"애 애 허니 뉘눔의 앨 뱄길래 밤낮 그렇게 우자스리 대드나?"

하고 불같이 골을 팩 내니까,

"뉘눔의 애라니요? 아씨두! 그렇게 막 말씀할 게 아니야요. 애가 커서 이 담에 도련님이 될지 서방님이 될지 사람의 일을 누가 알아요?"

하고 저도 모욕이나 당한 듯이 아씨 못지않게 큰소리로 대들었다.

아씨는 이 말에 가슴뿐만 아니라 온 전신이 그만 뜨끔하였다. 터놓고 말은 없어도 년의 어투가 서방님의 앨지도 모른다는 음흉이리라. 마는 설혹 그렇다면 실지 지금쯤은 만삭이 되어 배가 태독 같아야 될 것이다. 부른 배를 보면 댓 달밖에 안 되는 쥐새끼를 가지고 틀림없이 서방님 애인 듯이 흥증을 떠는 것을 생각하니 곧 달려들어 뺨 한 대를 갈기고도 싶고 그러면서도 일변 후환될까 하여 가슴이 죄여지지 않을 수도 없는 노릇이었다.

'오늘은 이년을 대뜸……'

아씨는 이렇게 맘을 다부지게 먹고 중문을 들어서는 어멈에게 매서운 시선을 보내었다. 그러나 그렇다고 얼러 딱딱거

168

렸다는 더욱 내보낼 가망이 없을 터이므로 결국 좋은 소리
로,

"여보게, 자네에게 이런 소리를 하는 것은 좀 뭣하나."
하고 점잖이 기침을 한 번 하고는,

"자네더러 나가라는 건 나부터 좀 섭섭한데 말이야, 자네
가 뭐 밉다든가 해서 내쫓는 게 아닐세. 그러면 자네 대신 딴
사람을 들여야 할 게 아닌가? 그런 게 아니라 자네도 알다시
피 저 마당에 쌓인 저 세간을 보지? 인제 눈은 내릴 터이고
저걸 어떻게 주체하나? 그래 생각다 못해 행랑방으로 척척
들여쌓려고 하니까 미안하지만 자네더러 방을 내달라는 말
일세."

"그러나 차차 추워질 텐데 갑작스리 나가요?"

행랑어멈은 짐작지 않았던 그 명령에 얼떨떨하여 질척한
두 눈이 휘둥그랬으나,

"그래서 말이지, 이런 일은 번이 없는 법이지만 내가 돈
십 원을 줄 테니 이걸로 앞다리를 구해 나가게."
하고 큰 지전장을 생색 있게 내줌에는,

"글쎄요, 그렇지만 그렇게 곧 나갈 수는 없는걸요."
하고 주밋주밋 돈을 받아들고는 좋아서 행랑방으로 삥 나가
지 않을 수 없었다.

아씨도 이만하면 네년이 떨어졌구나 하고 비로소 안심이
되었다. 마는 단 오 분이 못 되어 어멈이 부리나케 들어오더
니 그 돈을 내놓으며,

"다시 생각해보니까 못 떠나겠어요. 어떻게 몸이나 풀구
한둬 달 지나야 움직일 게 아녀요? 이 몸으로 어떻게 이사를

해요."

하고 또라지게 딴청을 부리는 데는 아씨는 고만 가슴이 다시 달랑하였다. 이년이 필연코 행랑방에 나갔다가 서방놈의 훈수를 듣고 들어와서 이러는 것이 분명하였다. 아씨는 더 말할 형편이 아님을 알고 돈을 받아든 채 그대로 벙벙히 섰지 않을 수 없었다.

그러나 한참 지난 뒤에야 안방으로 들어가서 서방님에게 일일이 고해 바치고,

"나는 더 할 수 없소. 당신이 내쫓든지 어떡허든지 해보우!"

하고 속 썩는 한숨을 쉬니까,

"오죽 뱅충맞게 해야 돈을 주고도 못 내보낸담? 쩨! 쩨! 쩨!"

하고 서방님은 도끼눈으로 혀를 찬다. 어멈을 못 보내는 것이 마치 아씨의 말주변이 부족해 그런 듯싶어서다. 그는 무언으로 아씨를 이윽히 노려보다가,

"나가. 보기 싫어!"

하고 공연스레 역정을 벌컥 내었다. 마는 역정이로되 그나마 행랑방에 들릴까봐 겁을 집어먹은 소리로 큰소리의 행세를 하려니까 서방님은 자기 속만 부쩍부쩍 탈 뿐이었다.

그것도 그럴 것이 서방님은 이걸로 말미암아 사날 동안이나 밖으로 낯을 들고 나오지 못하였다.

자기를 보고 실적게 씽긋씽긋 웃는 년도 년이려니와 자기의 앞에 나서서 멋없이 굽신굽신하는 그 서방놈이 더 능글맞고 흉악한 것이 보기조차 두려웠다. 서방님은 이불을 머리까

지 들쓰고는 여러 가지 귀신을 손으로 털어가며,

"끙! 끙!"

하고 앓는 소리를 치고 하였다. 그리고 밥도 잘 안 자시고는 무턱대고 죄없는 아씨만 들볶아대었다.

"물이 왜 이렇게 차? 아주 얼음을 떠오지 그래."

어떤 때에는,

"방에 누가 불을 때랬어? 끓여 죽일 터이야?"

이렇게 까닭 모를 불평이 자꾸만 나오기 시작하였다.

아씨는 전에도 서방님이 이렇게 앓은 경험이 여러 번 있으므로 이번에는 며칠 밤을 새우고 술을 먹더니 주체가 났나보다고 생각할 것이 도리였다. 부모가 물려준 재산을 잘 온전히 못 쓰고 저러나 싶어서 딱한 생각을 먹었으나 그래도 서방님의 몸이 축갈까 염려가 되어 풍로에 으이를 쑤고 있노라니까,

"아씨, 전 오늘 이사를 가겠어요."

하고 어멈이 앞으로 다가선다. 아씨는 어떻게 되는 속인지 몰라서 떨떠름한 낯으로,

"어떻게 그렇게 곧 떠나게 됐나?"

"네! 앞다리도 다 정하고 해서 지금 이삿짐을 옮기려구 그래요."

하고 어멈은 안마당에 놓였던 새끼뭉텅이를 가지고 나간다. 그 모양이 어떻게 신이 났는지 치마 뒤도 여밀 줄 모르고 미친년같이 허벙거리고 나간 것이었다.

아씨는 이 꼴을 가만히 보고 하여튼 앓던 이 빠진 것처럼 시원하긴 하나 그러나 년이 갑자기 떠난다고 서두는 속이 한

편 이상도스러웠다.

좀체로 해서 앉은 방석을 아니 털던 이년이 제법 훌훌히 털고 일어설 적에는 여기에 딴 속이 있지 않으면 안 될 것이다.

얼마 후 아씨는 궁금한 생각을 먹고 문간까지 나와보니 어멈네 두 내외는 구루마에 짐을 다 실었다.

그리고 바구니에 잔 세간을 넣어 손에 들고는 작별까지 하고 가려는 어멈을 보고,

"자네 또 행랑살이로 가나?"

하고 물으니까,

"저는 뭐 행랑살이만 밤낮 하는 줄 아세요?"

하고 그전부터 눌려왔던 그 아씨에게 희짜를 뽑는 것이다.

"그럼 사글세루?"

"사글세는 왜 사글세야요? 장사하러 가는데요!"

하고 나도 인제는 너만 하단 듯이 비웃는 눈치다.

"장사라니 밑천이 있어야 하지 않나!"

"고뿌술집 할 테니까 한 이백 원이면 되겠지요. 더는 해 뭘 하게요?"

하고 네 보란 듯 토심스리 내뱉고는 구루마의 뒤를 따라 골목 밖으로 나간다.

아씨는 가만히 눈치를 봐 하니 저년이 정녕코 이백 원쯤은 수중에 가지고 희짜를 빼는 모양이었다. 그렇다면 어제 저녁 자기가 뒤란에서 한창 바쁘게 약을 끓이고 있을 제 년이 안방을 친다고 들어가서 오래 있었는데 아마 그때 서방님과 수작이 되고 돈도 그때 주고받은 것이 확적하였다. 그렇지 않

172

으면 고분고분히 떠날 리도 없거니와 그년이 생파같이 돈 이백 원이 어디서 생기겠는가.

그렇게 따지고 보면 벌써부터 칠팔십 원이면 사줄 그 신식 의걸이 하나 사달라고 그리 졸랐건만도 못 들은 척하던 그가 어멈은 하상 뭐길래 이백 원씩 희떱게 내주나 싶어서 곧 분하고 원통하였다.

아씨는 새빨간 눈을 뜨고 안방으로 부르르 들어와서,

"그년에게 돈 이백 원 주었수?"

하고 날카로운 소리를 내었다. 그러나 서방님은 암말 없이 드러누워서 입맛만 다시니 아씨는 더욱더 열에 떠어,

"글쎄 이백 원이 얼마란 말이오? 그년에게 왜 주는 거요? 그런 돈 나에겐 못 주?"

이렇게 포악을 쏟아놓다가 급기야는 눈에 눈물이 맺힌다.

그래도 서방님은 입을 꽉 다물고는 대답 대신,

"끙! 끙!"

하고 신음하는 소리만 낼 뿐이다.

1936년

# 가 을

내가 주재소에까지 가게 될 때에는 나에게도 다소 책임이 있을는지 모른다. 그러나 사실 아무리 고쳐 생각해봐도 나는 조금치도 책임이 느껴지지 않는다. 복만이는 제 아내를(여기가 퍽 중요하다) 제 손으로 직접 소장수에게 판 것이다. 내가 그 아내를 유인해다 팔았거나 혹은 내가 복만이를 꼬여서 서로 공모하고 팔아먹은 것은 절대로 아니었다.

우리 동리에서 일반이 다 알다시피 복만이는 뭐 남의 꾐에 떨어지거나 할 놈이 아니다. 나와 저와 비록 격장에 살고 흉허물없이 지내는 이런 터이지만 한 번도 저의 속을 터 말해본 적이 없다. 하기야 나뿐이랴, 어느 동무고 간 무슨 말을 좀 묻는다면 잘해야 세 마디쯤 대답하고 마는 그놈이다. 이렇게 귀찮은 얼굴에 내천(川)자를 그리고 세상이 늘 마땅치 않은 놈이다. 오죽하여 요전에는 즈 아내가 우리게 와서 울며불며 하소를 다 하였으랴. 그 망할 건 먹을 게 없으면 변통을 할 생각은 않고 부처님같이 방구석에 우두커니 앉았기만

한다고. 우두커니 앉아 있는 것보다 실은 말 한 마디 속시원
히 안 하는 그 뚱보가 미웠다. 마는 그러면서도 아내는 돌아
다니며 양식을 꾸어다 여일히 남편을 공경하고 하는 것이다.

이런 복만이를 내가 꾀었다 하는 것은 본시가 말이 안 된
다. 다만 한 가지 나에게 죄가 있다면 그날 매매계약서를 내
가 대서로 써준 그것뿐이다.

점심을 먹고 내가 봉당에 앉아서 새끼를 꼬고 있으려니까
복만이가 찾아왔다. 한 손에 바람에 나부끼는 인찰지 한 장
을 들고 내 앞에 와 딱 서더니,

"여보게, 자네 기약서 쓸 줄 아나?"

"기약서는 왜?"

"아니 글쎄 말이야!"

하고 놈이 어색한 낯으로 대답을 주저하는 것이 아니냐. 아
마 곁에 다른 사람이 여럿이 있으니까 말하기가 거북했을지
도 모른다.

그러나 나는 사날 전에 놈에게 조용히 들은 말이 있어서
아내의 일인가보다 하고 얼른 눈치 채었다. 싸리문 밖으로
놈을 끌고 나와서 그 귀밑에다,

"자네 여편네 어떻게 됐나?"

"응."

놈이 한 마디 이렇게만 대답하고는 두레두레한 눈을 굴리
며 잠깐 생각하는 듯하더니,

"저 물 건너 사는 소장수에게 팔기로 됐네. 재순네(술집)
가 소개를 해서 지금 주막에 와 있는데 자꾸만 기약서를 써
야 한다구 그래. 그러나 누구 하나 쓸 줄 아는 사람이 있어야

지, 그래 자네게 써가주 올 테니 잠깐 기다리라고 하고 왔어.
자넨 학교 좀 다녔으니까 쓸 줄 알겠지?"

"그렇지만 우리 집에 먹이 있나 붓이 있나?"

"그럼 하여튼 나하고 같이 가세."

맑은 시내에 붉은 잎을 담그며 일쩌운 바람이 오르내리는
늦은 가을이 다 시든 언덕 위를 복만이는 묵묵히 걸었고 나
는 팔짱을 끼고 그 뒤를 따랐다. 이때 적으나마 내가 제 친구
니까 되든 안 되든 한번 말려보고도 싶었다. 다른 짓은 다 할
지라도 영득이(다섯 살 된 아들이다)를 생각하여 아내만은 팔
지 말라고 사실 말려보고 싶지 않은 것은 아니다. 그러나 내
가 저를 먹여주지 못하는 이상 남의 일이라고 말하기 좋아
이러쿵저러쿵 지껄이기도 어려운 일이다. 맞붙잡고 굶느니
아내는 다른 데 가서 잘 먹고 또 남편은 남편대로 그 돈으로
잘 먹고 이렇게 일이 필 수도 있지 않느냐. 복만이의 뒤를 따
라가며 나는 도리어 나의 걱정이 더 큰 것을 알았다. 기껏 한
해 동안 농사를 지었다는 것이 털어서 쪼개보니까 내 몫으로
겨우 벼 두 말 가웃이 남았다. 물론 털어서 빚도 다 못 가린
복만이에게 대면 좀 날는지 모르지만, 이걸로 우리 식구가
한겨울을 날 생각을 하니 눈앞이 고대로 캄캄하다. 나두 올
겨울에는 금점이나 좀 해볼까, 그렇지 않으면 투전을 좀 배
워서 노름판으로 쫓아다닐까, 그런대로 밑천이 들 터인데 돈
은 없고 복만이같이 내다 팔 아내도 없다. 우리 집에는 여편
네라군 병든 어머니밖에 없으나 나이도 늙었지만(좀 부끄럽
다) 우리 아버지가 있으니까 내 맘대론 못 하고 ──.

이런 생각에 잠기어 짜장 나는 복만이더러 네 아내를 팔지

마라 어째라 할 여지가 없었다. 나도 일찍이 장가나 들어두 었더라면 이런 때 팔아먹을 걸 하고 부질없는 후회뿐으로 큰 길로 빠져 나와서,

"그럼 자네 먼저 가 있게. 내 먹 붓을 빌려가지구 곧 갈게."

"벼루서껀 있어야 할 걸 ――."

나 혼자 밤나무 밑 술집으로 터덜터덜 찾아갔다. 닭의 똥 들이 한산히 늘려놓인 뒷마루로 조심스레 올라서며 소장수 란 놈이 대체 어떻게 생긴 놈인가 하고 퍽 궁금하였다. 소도 사고 계집도 사고 이럴 때에는 필연 돈도 상당히 많은 놈이 리라. 지게문을 열고 들어서니 첫째 눈에 띈 것이 밤불이 지 도록 살이 디룩디룩한, 그리고 험상궂게 생긴 한 애꾸눈이 다. 이놈이 아랫목에 술상을 놓고 앉아서 냉수 마신 상으로 나를 쓰윽 쳐다보는 것이다. 바지 저고리에는 때가 주루룩 묻은 것이 게다 제딴에는 모양을 낸답시고 누런 병정 각반을 치올려 쳤다.

이놈과 그 옆 한구석에 쪼그리고 앉았는 영득 어머니와 부부가 되는 것은 아무리 봐도 좀 덜 맞는 듯싶다. 마는 영득 어머니는 어떻게 되든지간 그 처분만 기다린다는 듯이 잠자 코 아이에게 젖이나 먹일 뿐이다. 나를 쳐다보고 자칫 낯이 붉는 듯하더니,

"아재, 내려오슈!"

하고는 도로 고개를 파묻는다.

이때 소장수에게 인사를 붙여준 것이 술집 할머니다. 사흘 이 모자라서 여우가 못 됐다니만큼 수단이 능글차서,

"둘이 인사하게. 이게 내 먼 조칸데 소장수구 돈 잘 쓰구."

하다가 뼈만 남은 손으로 내 등을 뚜덕이며,

"이 사람이 아까 그 기약서 잘 쓴다는 재봉이야."

"거 뉘댁인지 우리 인사합시다. 이 사람은 물 건너 사는 황거풍이라 부루."

이놈이 바로 우자스럽게 큰소리로 인사를 거는 것이다. 나는 저 못지않게 떡 버티고 앉아서 이 사람은 하고 이름을 댔다. 그리고 울 아버지도 십 년 전에는 땅마지기나 좋이 있었던 것을 명백히 일러주니까 그건 안 듣고 하는 수작이,

"기약서를 써달라고 불렀는데 수고스러우나 하나 잘 써주시유."

망할 자식, 이건 아주 딴 소리다. 내가 친구 복만이를 위해서 왔지, 그래 제깐놈의 명령에 왔다갔다할 겐가. 이 자식 무척 시큰둥하구나 생각하고 낯을 찌푸려 모로 돌렸으나,

"우선 한 잔 하시유."

함에는 두 손으로 얼른 안 받지도 못할 노릇이었다. 복만이가 그 웃음 잊은 얼굴로 씨근거리며 달려들 때에는 벌써 나는 석 잔이나 얻어먹었다. 얼근한 속에 다 모지라진 붓을 잡고 소장수의 요구대로 그려놓았다.


**매매계약서**


일금 오십 원야라
위 금액을 내 아내의 대금으로 정히 영수합니다.
갑술년 시월 이십일                    조복만
          황거풍 전

여기에 복만이의 지장을 찍어주니까 어디 한번 읽어보오
한다. 그리고 한참 의심스레 바라보며 뭘 생각하더니,
"그거면 고만이유. 만일 나중에 조상이 돈을 해가주 와서
물러달라면 어떡허우?"
하고 눈이 둥그래서 나를 책망을 하는 것이다. 이놈이 소장
에서 하던 버릇을 여기서도 하는 것이 아닌가. 하도 어이가
없어서 나도 벙벙히 쳐다만 보았으나 옆에서 복만이가 그대
루 써주라 하니까,
　── 어떠한 일이 있더라도 내 아내는 물러달라지 않기로
맹세합니다.
　그제서야 조끼 단춧구멍에 굵은 쌈지끈으로 목을 매달린
커단 지갑이 비로소 움직인다. 일 원짜리 때문은 지전 뭉치
를 꺼내들더니 손가락에 연신 침을 발라가며 앞으로 세어보
고 뒤로 세어보고 그리고 이번엔 거꾸로 들고 또 침을 발라
가며 공손히 세어본다. 이렇게 후줄근히 침을 발라 세었건만
복만이가 또다시 공손히 바르기 시작하니 아마 지전은 침을
발라야 장수를 하나보다. 내가 여기서 구문을 한 푼이나마
얻어먹었다면 참이지 성을 갈겠다. 오 원씩 안팎 구문으로
십 원을 잡순 것은 술집 할머니요, 나는 술 몇 잔 얻어먹었
다. 뿐만 아니라 소장수를, 아니 영득 어머니를 오리 밖 공동
묘지 고개까지 전송을 나간 것도 즉 내다. 고갯마루에서 꼬
불꼬불 돌아내린 산길을 굽어보고 나는 마음이 적이 언짢았
다. 한마을에 같이 살다가 팔려 가는 걸 생각하니 도시 남의
일같지 않다. 게다 바람은 매우 차건만 입때 홑적삼으로 떨
고 섰는 그 꼴이 가엾고!

"영득 어머니, 잘 가게유."

"아재, 잘 기슈."

이 말 한 마디만 남길 뿐 그는 앞장을 서서 사탯길을 살랑 살랑 달아난다. 마땅히 갈 길을 떠나는 듯이 서둘며 조금도 섭섭한 빛이 없다. 그리고 내 등뒤에 섰는 복만이조차 잘 가라는 말 한 마디 없는 데는 실로 놀라지 않을 수 없다. 장승 같이 뻐쩍 서서는 눈만 끔벅끔벅하는 것이 아닌가. 개자식. 하루를 살아도 제 계집이련만 근 십 년이나 소같이 부려먹던 이 아내다. 사실 말이지 제가 여지껏 굶어죽지 않은 것은 상냥하고 돌림성 있는 이 아내의 덕택이었다. 그런데 인사 한 마디가 없다니 개자식, 하고 여간 밉지가 않았다.

영득이는 즈 아버지 품에 잔뜩 붙들리어 기가 올라서 운다. 멀리 간 어머니를 부르고 두 주먹으로 아버지 복장을 들이 두드리다간 한 번 쥐어박히고 멈씰한다. 그리고 조금 있으면 다시 시작한다. 소장수는 얼굴에 술이 잠뿍 올라서 제멋대로 한참 지껄이더니,

"친구! 신세 많이 졌수, 이 담 갚으리다."

하고 썩 멋들어지게 인사를 한다. 그리고 뒤툭뒤툭 고개를 내리다가 돌부리에 재키어 뚱뚱한 몸뚱어리가 그대로 떼굴 떼굴 굴러버렸다. 중턱에 내뻗은 소나무에 가지가 없었더면 낭떠러지로 떨어져 고만 터져버릴 걸 요행히 툭툭 털고 일어나서 입맛을 다신다. 놈이 좀 무색한지 우리를 돌아보고 한 번 빙긋 웃고 다시 내걸을 때에는 영득 어머니는 벌써 산 하나를 꼽들었다.

이렇게 가던 소장수 이놈이 닷새 후에는 날더러 주재소로

가자고 내끄는 것이 아닌가. 사기는 복만이한테 사고 내게 지다위를 붙는다. 그것도 한가로운 때면 혹 모르지만 남 한창 거름 쳐내는 놈을. 좋도록 말을 해서 듣지 않으니까 나도 약이 안 오를 수 없고 꼴김에 놈의 복장을 그대로 떼다밀어 버렸다. 풀밭에 가 털벅 주저앉았다 일어나더니 이번에는 내 멱살을 바짝 죄어잡고 소 다루듯 잡아끈다.

내가 구문을 받아먹었다든가 또는 복만이를 내가 소개했다든가 하면 혹 모르겠다. 계약서 써주고 술 몇 잔 얻어먹은 것밖에 나에게 무슨 죄가 있느냐. 놈의 말을 들어보면 영득 어머니가 간 지 나흘 되는 날, 즉 그저껫밤에 자다가 어디로 없어졌다. 밝은 날에는 들어올까 하고 눈이 빠지도록 기다렸으나 영 들어오지 않는다. 오늘은 꼭두새벽부터 사방으로 찾아다니다 비로소 우리들이 짜고 사기를 해먹은 것을 깨닫고 지금 찾아왔다는 것이다. 제 아내 간 곳을 알려주어야지 그렇지 않으면 너와 죽는다고 애꾸 낯짝을 들이대고 이를 북 갈아 토인다.

"내가 팔았단 말이유? 날 붙잡고 이러면 어떡헐 작정이지요?"

"복만이는 달아났으니까 너는 간 곳을 알겠지? 느들이 짜고 날 고량때를 먹었어. 이놈의 새끼들!"

"아니 복만이가 달아났는지 혹은 볼일이 있어서 다니러 갔는지 지금 어떻게 안단 말이유?"

"말 마라, 술집 아주머니에게 다 들었다. 또 속이려고 요 자식!"

그리고 나를 논둑에다 한 번 메다꽂고서는 흙도 털 새 없이 다시 끌고 간다. 술집 아주머니가 복만이 간 곳은 내가 알 게니 가보라 했다나. 구문 먹은 걸 도로 돌려놓기가 아까워서 제 책임을 내게로 떠민 것이 분명하다. 이렇게 되면 소장수 듣기에는 내가 마치 복만이를 꾀어서 아내를 팔게 하고 뒤로 은근히 구문을 뗀 폭이 되고 만다.

하기는 복만이도 그 아내가 없어졌다는 날 그저께 어디로인지 없어졌다. 짜장 도망을 갔는지 혹은 볼일이 있어서 일가집 같은 데 다니러 갔는지 그건 자세히 모른다. 그러나 동리로 돌아다니며 아내가 꾸어온 양식, 돈푼, 이런 자지레한 빚냥을 다 돈으로 갚아준 그다. 달아나기에 충분할 아무 죄도 그는 갖지 않았다. 영득이가 밤마다 엄마를 부르며 악장을 치더니 보기 딱하여 즈 큰집으로 맡기러 갔는지도 모른다.

복만이가 저녁에 우리 집에 왔을 때에는 어서 먹었는지 술이 거나하게 취했다. 안뜰로 들어오더니 막걸리를 한 병 내놓으며,

"이거 자네 먹게."

"이건 왜 사와, 하여튼 출출한데 고마우이."

하고 나는 부엌에 나가 술잔과 짠지 쪼가리를 가져왔다. 그리고 둘이 봉당에 걸터앉아 마시기 시작하였다. 술 한 병을 다 치고 나서 그는 이런 이야기 저런 이야기를 지껄이더니 내 앞에 돈 일 원을 꺼내놓는다.

"저번 수굴 끼쳐서 그 옐세."

"예라니?"

나는 눈을 둥그렇게 뜨고 그 얼굴을 이윽히 들여다보았다. 마는 속으로 요건 대서료로 주는구나, 하고 이쯤 못 깨달은

바도 아니었다. 남의 아내를 판 돈에서 대서료를 받는 것이 너무 무례한 일인 것쯤은 나도 잘 안다. 술을 먹었으니까 그만해도 좋다 하여도,

"두구 술 사먹게, 난 이거 말구도 또 있으니까!"

하고 굳이 주머니에까지 넣어주므로 궁하기도 하고 그대로 받아두었다. 그리고 그 담부터는 복만이도 영득이도 우리 동리에서 볼 수가 없고 그뿐 아니라 어디로 가는 걸 본 사람조차 하나도 없다. 이런 복만이를 소장수 이놈이 날더러 찾아놓으라고 명령을 하는 것이다. 멱살을 숨이 갑갑하도록 바짝 매달려서 끌려가자니, 마을 사람들은 몰려서서 구경을 하고 없는 죄가 있는 듯이 얼굴이 확확 단다. 큰 개울께까지 나왔을 적에는 놈도 좀 열적은지 슬며시 놓고 그냥 걸어간다. 내가 반항을 하든지 해야 저도 독을 올려서 욕설을 하고 겯고틀고 할 텐데 내가 고분히 달려가니까 그럴 필요가 없다. 저의 원대로 주재소까지 가기만 하면 그만이니까.

우리는 아무 말 없이 앞서고 뒤서고 십릿길이나 걸었다. 깊은 산길이라 사람은 없고 앞뒤 산들은 울긋불긋 물들어 가끔 쏴 하고 낙엽이 날린다. 뉘엿뉘엿 넘어가는 석양에 먼 봉우리는 자줏빛이 되어가고 그 반영에 하늘까지 불그레하다. 험한 바위에서 이따금 돌은 굴러내려 웅덩이의 맑은 물을 휘저어놓고 풍 하는 그 소리는 실로 쓸쓸하다. 이 산서 수꿩이 푸드득, 암꿩이 푸드득. 그리고 그 사이로 소장수 이놈과 나와 노량으로 허우적허우적. 또한 고개를 놈이 뚱뚱한 몸짓으로 숨이 차서 씨근씨근 올라오니 그때는 노기는 완전히 사라졌다. 풀밭에 펄썩 주저앉아서는 숨을 돌리고 담배를 꺼내고

그리고 무슨 마음이 내켰는지 날더러,

"다리 아프겠수, 우리 앉아서 쉽시다."

하고 친절히 말을 붙인다. 나도 그 옆에 앉아서 주는 궐련을 피워 물었다. 인제도 주재소까지 시오 리가 남았으니 어둡기 전에는 못 갈 것이다.

"아까는 내 퍽 잘못했수."

"별말 다 하우."

"그런데 참 복만이 간 데 짐작도 못하겠수?"

"아마 모름 몰라도 덕냉이 즈 큰집에 갔기가 쉽지유."

이 말에 놈이 경풍을 하도록 반색하여 애꾸눈을 바짝 들이대고 끔벅거린다. 그리고 우는 소리가 잃어버린 돈이 아까운 게 아니라 그런 계집을 다시 만나기가 어려워서 그런다. 번히 홀아비의 몸으로 얼굴 똑똑한 아내를 맞아다가 술장사를 시켜보자고 벼르는 중이었다. 그래 이번에 해보니까 장사도 잘할 뿐더러 아내로서 훌륭한 계집이다. 참이지 며칠 살아봤지만 남편에게 그렇게 착착 부닐고 정이 붙는 계집은 여지껏 내 보지 못했다. 그러기에 나두 저를 위해서 인조견으로 옷을 해 입힌다, 갈비를 들여다 구워 먹인다, 이렇게 기뻐하지 않았겠느냐. 덧돈을 들여가면서라도 찾으려 하는 것은 저를 보고 싶어서 그럼이지 내가 결코 복만이에게 돈으로 물러달랄 의사는 없다. 그러니 아무 염려 말고,

"복만이 간 듯한 곳은 다 좀 알으켜주."

놈의 말투가 또 이상스레 꾀는 걸 알고 불쾌하기 짝이 없다. 아무 대답도 않고 묵묵히 앉아서 담배만 빠니까,

"같은 날 같이 없어진 걸 보면 둘이 짜구서 도망간 게 아

니유?"

"사십 리씩 떨어져 있는 사람이 어떻게 짜구 말구 한단 말이오?"

내가 이렇게 펄쩍 뛰며 핀잔을 줌에는 그도 잠시 낙망하는 빛을 보이며,

"아니 일템 말이지, 내가 복만이면 즈 아내가 어디 갈 것쯤 알게 아니유?"

하고 꾸중 만난 어린애처럼 어리광조로 빌붙는다. 이것도 사랑병인지 아까는 큰 체를 하던 놈이 이제 와서는 나에게 끽소리도 못 한다. 행여나 여망 있는 소리를 들을까 하여 속달게 나의 눈치만 그리다가,

"덕냉이 큰집이 어딘지 아우?"

"우리 삼촌댁도 덕냉이에 있지유."

"그럼 우리 오늘은 도루 내려가 술이나 먹고 낼 일찍이 같이 떠납시다."

"그러지유."

더 말하기가 싫어서 나는 코대답으로 치우고 먼 서쪽 하늘을 바라보았다. 해가 마악 떨어지니 산골은 오색 영롱한 저녁노을로 덮인다. 산봉우리는 숫제 이글이글 끓는 불덩어리가 되고 노기 가득 찬 위엄을 나타낸다. 그리고 나직이 들리느니 우리 머리 위에 지는 낙엽 소리.

소장수는 쭈그리고 눈을 감고 앉았는 양이 내일의 계획을 세우는 모양이다. 마는 나는 아무리 생각하여도 복만이는 덕냉이 즈 큰집에 있을 것 같지 않다.

1936년

# 따라지

쪽대문을 열어놓으니 사직 공원이 환히 내려다보인다. 인
제는 봄도 늦었나보다. 저 건너 돌담 안에는 사쿠라꽃이 벌
겋게 벌어졌다. 가지가지 나무에는 싱싱한 싹이 돋고, 새침
히 옷깃을 핥고 드는 요놈이 꽃샘이겠지. 까치들은 새끼 칠
집을 장만하느라고 가지를 입에 물고 날아들고…….

이런 제기랄, 우리 집은 언제나 수리를 하는 겐가. 해마다
고친다, 벼르기는 연실 벼르면서. 그렇다고 사직골 꼭대기에
올라붙은 깨끗한 초가집이라서 싫은 것도 아니다. 납작한 처
마 밑에 비록 묵은 이엉이 무더기 무더기 흘러내리건 말건
대문짝 한 짝이 삐뚜루 박이건 말건 뒤의 판장이 아주 벌컥
나자빠져도 좋다. 참말이지 그놈의 부엌 옆의 뒷간만 좀 고
쳤으면 원이 없겠다. 밑둥의 벽이 확 나가서 어떤 게 부엌이
고 뒷간인지 분간을 모르니. 게다가 여름이 되면 부엌 바닥
으로 구더기가 슬슬 기어들질 않나. 이걸 보면 고대 먹었던
밥풀이 그만 곤두서고 만다. 에이 추해, 추해, 망할 녀석의

영감쟁이 그것 좀 고쳐달라고 그렇게 성화를 해도…….

쪽대문이 도로 닫혀지며 소리를 요란히 낸다. 아침 설거지에 젖은 손을 치마로 닦으며 주인 마누라는 오만상이 찌푸려진다.

그러나 실상은 사글세를 못 받아서 약이 오른 것이다. 영감더러 받아달라면 마누라에게 밀고 마누라가 받자니 고분히 내질 않는다. 여태껏 미뤄왔지만 느들 오늘은 안 될라, 마음을 아주 다부지게 먹고 건넌방 문을 홱 열어젖힌다.

"여보! 어떻게 됐소?"

"아 이거 참 미안합니다. 오늘두……."

덥수룩한 칼라머리를 이렇게 긁으며 역시 우물쭈물이다.

"오늘두라니 그럼 어떡할 작정이오?"

하고 눈을 한 번 크게 떠보였다. 마는 이 위인은 암만 얼러도 노할 주변도 못 된다.

나이가 새파랗게 젊은 녀석이 왜 이리 할 일이 없는지 밤낮 방구석에 팔짱을 지르고 멍하니 앉아서는 얼이 빠졌다. 그렇지 않으면 이불을 뒤쓰고는 줄창같이 낮잠이 아닌가. 햇빛을 못 봐서 얼굴이 찌들었다. 경무과 제복공장의 직공으로 다니는 제 누이의 월급으로 둘이 먹고 지낸다. 누이가 과부기에 망정이지 서방이라도 해가면 이건 어떡하려구 이러는지 모른다. 제 신세 딱한 줄은 모르고 만날,

"돈은 우리 누님이 쓰는데요…… 누님 나오거든 말씀 하십시오."

"당신 누님은 밤낮 사날만 참아달라는 게 한 아니오. 사날 사날 허니 그래 언제가 돼야 사날이란 말이오?"

"미안스럽습니다. 그러나 이번엔 사날 후에 꼭 드리겠습니다. 이왕 참아주시던 길이니."

"글쎄 언제가 사날이란 말이오."

하고 주름잡힌 이맛살에 화가 다시 치밀지 않을 수가 없다. 이놈의 사날이란 석 달인지 삼 년인지 영문을 모른다. 그러나 저쪽도 쾌쾌히 들이덤벼야 말하기가 좋을 텐데, 울가망으로 한풀 꺾이어 들옴에는 더 지껄일 맛도 없는 것이다.

"돈두 다 싫소. 오늘은 방을 내주."

그는 말 한 마디 또렷이 남기고 방문을 탁 닫아버렸다. 그리고 서너 발 뚜덜거리며 물러서자 다시 가서 문을 열어 잡고,

"오늘 우리 조카가 이리 온다니까 어차피 방은 있어야 하겠소."

장독 옆으로 빠진 수채를 건너서면 바로 아랫방이다. 본시는 광이었으나 셋방 놓으려고 싱둥겅둥 방을 들인 것이다. 흙칠한 것도 위채보다는 아직 성하고 신문지로 처덕이었을망정 제법 벽도 번뜻하다.

비바람이 들이치어 누렇게 들뜬 미닫이었다. 살며시 열고 노려보니 망할 노랑퉁이가 여전히 이불을 쓰고 끙끙 누웠다. 노란 낯짝이 광대뼈가 툭 불거진 게 어제만도 더 못한 것 같다. 어쩌자구 저걸 들였는지 제 생각을 해도 소갈찌는 없었다. 돈도 좋거니와 팔자에 없는 송장을 칠까봐 애간장이 다 졸아든다. 하기야 처음 올 때에 저 병색을 모른 것도 아니고,

"영감님! 무슨 병환이슈?"

하고 겁을 먹으니까,

"감기를 좀 들렸더니 이러우."

이런 굴치 같은 영감쟁이가 또 있으랴. 그리고 그날부터 뒷간에다 피똥을 내깔기며 이 앓는 소리로 쩔쩔매는 것이다. 보기에 추하기도 할 뿐더러 그 신음 소리를 들을 적마다 사지가 으스러지는 것 같다.

그러나 더 얄미운 것은 이걸 데리고 온 그 딸이었다. 버스걸 다니니까 아마 거짓말이 심한 모양이다. 부족증이라고 한마디만 했으면 속이나 시원할 걸 여태도 감기가 쇄서 그렇다고 빠득빠득 우긴다. 방을 안 줄까봐 속인 그 행실을 생각하면 곧 눈에 불이 올라서,

"영감님! 오늘은 방셀 주셔야지요?"

"시방 내 몸이 아파 죽겠소."

영감님은 괜한 소리를 한단 듯이 썩 귀찮게 벽 쪽으로 돌아눕는다. 그리고 어구머니 끙, 움츠러드는 소리를 친다.

"아니, 영 방세는 안 내실 테요?"

하고 소리를 빽 지르지 않을래야 않을 수 없다.

"내 시방 죽는 몸이오. 가만 있수."

"글쎄 죽는 건 죽는 거고 방세는 방세가 아니오. 영감님 죽기로서 어째 내 방세를 못 받는단 말이오?"

"내가 죽는데 어째 방세는 또 낸단 말이오."

영감님은 고개를 돌리어 눈을 부릅뜨고 마나님 못지않게 호령이었다. 죽을 때가 가까워오니까 악이 받칠 대로 송두리 받친 모양이다.

"정 그렇거든 내 딸 오거든 받아가구려."

"이건 누구에게 지다윈가 원, 별일두 다 많으이."

하고 홀로 입 속으로 중얼거리며 물러가는 것도 상책일는지 모른다. 괜스레 병든 것과 겯고 틀고 이러단 결국 이쪽이 한 굽 죄인다. 그보다는 딸이나 오거든 톡톡히 따져서 내쫓는 것이 일이 쉬우리라.

그 옆으로 좀 사이를 두고 나란히 붙은 미닫이가 또 하나 있다. 열고자 문설주에 손을 대다가 잠깐 멈칫하였다. 툇마루 위에 무람없이 올려놓인 이 구두는 분명히 아끼꼬의 구두일 게다. 문 열어볼 용기를 잃고 그는 부엌 쪽으로 돌아가며 쓴 입맛을 다시었다.

카펜가 뭔가 다니는 계집애들은 죄다 그렇게 망골들인지 모른다. 영애하고 아끼꼬는 아무리 잘 봐도 씨알이 사람될 것 같지 않다. 아래위턱도 몰라보는 애들이 난봉질에 향수만 찾고 그래도 영애란 계집애는 비록 심술은 내고 내댈망정 뭘 물으면 대답이나 한다. 요 아끼꼬는 방세를 내래도 입을 꼭 다물고는 안차게도 대꾸 한 마디 없다. 여러 번 듣기 싫게 조르면 그제서는 이쪽이 낼 성을 제가 내가지고,

"누가 있구두 안 내요! 좀 편히 계셔요. 어련히 낼라구, 그런 극성 첨 보겠네."

이렇게 쥐어박는 소리를 하는 것이 아닌가. 좀 편히 계시라는 이 말에는 하 어이가 없어서도 고만 찔끔 못 한다.

"망할 년! 언제 병이 들었었나?"

쓸 방을 못 쓰고 사글세를 논 것은 돈이 아쉬웠던 까닭이었다. 두 영감 마누라가 산다고 호젓해서 동무로 모은 것도 아니다. 한데 팔자가 사나운지 모두 우거지상, 노랑퉁이, 말괄량이, 이런 몹쓸 것들뿐이다. 이 망할 것들이 방세를 내는

셈도 아니요. 그렇다고 아주 안 내는 것도 아니다. 한 달치를 비록 석 달에 별러 내는 한이 있더라도 역 내는 건 내는 거였다. 저들끼리 짜기나 한 듯이 팔십 전, 칠십 전, 그저 일 원 요렇게 짤끔짤끔거리고 만다.

오늘은 크게 얼를 줄 알았더니 하고 보니까 역시 어저께나 다름이 없다. 방의 세간을 마루로 내놔가며 세를 들인 보람이 무엇인지. 그는 마루 끝에 걸터앉아서 화풀이로 담배 한 대를 피워 문다.

그러나 아무리 생각해도 내 방 빌려주고 내가 말 못 하는 것은 병신스러운 짓임에 틀림이 없다. 담뱃대를 마루에 내던지고 약을 좀 올려가지고 다시 아래채로 내려간다. 기세 좋게 방문이 홱 열리었다.

"아끼꼬! 이봐! 자?"

아끼꼬는 네 활개를 벌리고 아끼꼬답게 무사태평히 코를 골아올린다. 젖통이를 풀어헤친 채 부끄럼 없고, 두 다리는 이불 싼 위로 번쩍 들어올렸다. 담배 연기 가득 찬 방안에는 분내가 홱 끼치고⋯⋯.

"이봐! 아끼꼬! 자?"

이번에는 대문 밖에서도 잘 들릴 만큼 목청을 돋웠다. 그러나 생시에도 대답 없는 아끼꼬가 꿈속에서 대답할 리 없음을 알았다. 그저 겨우 입 속으로,

"망할 계집애두, 가랑머릴 쩍 벌리고 저게 원, 쩨쩨."

미닫이가 딱 닫혀지는 서슬에 문틀 위의 안약병이 떨어진다.

그제야 아끼꼬는 조심히 눈을 떠보고 일어나 앉았다. 망할

년, 저보고 누가 보랬나, 하고 한옆에 놓인 손거울을 집어든다. 어젯밤 잠을 설친 바람에 얼굴이 부석부석하였다. 궐련에 불이 붙는다.

그는 천장을 향하여 연기를 내뿜으며 가만히 바라본다. 뾰족한 입에서 연기는 고리가 되어 한 둘레 두 둘레 새어나온다. 고놈을 하나씩 손가락으로 꼭 찔러서 터치고 터치고 한다.

아까부터 영애를 기다렸으나 오정이 가까워도 오질 않는다. 단성사엘 갔는지 창경원엘 갔는지, 그래도 저 혼자는 안 갈걸. 이런 때이면 방 좁은 것이 새삼스레 불편하였다. 햇빛이 안 들고 늘 습한 건 말고, 조금만 더 넓었으면 좋겠다. 영애나 아끼꼬나 둘 중의 누가 밤의 손님이 있으면 하나는 나가 잘 수밖에 없다. 둘이 자도 어깨가 맞부딪는데, 그런데 셋이 자기에는 너무 창피하였다. 나가서 자면 숙박료는 오십 전씩 받기로 하였으니까 못 잘 것도 아니다. 마는 그 담날 밝은 낮에 여기까지 허덕허덕 찾아오는 것은 어째 좀 어색한 일이었다. 어제도 카페서 나오다가 골목에서 영애를 꾹 찌르고,

"애! 너 오늘 어디서 자구 오너라."

하고 귓속말을 하니까,

"또? 애 너는 좋구나!"

"좋긴 뭐가 좋아! 애두!"

아끼꼬는 좀 수줍은 생각이 들어 쭈뼛쭈뼛 그 손에 돈 팔십 전을 쥐어주었다. 여느 때 같으면 오십 전이지만 그만치 미안하였다. 마는 영애는 지루퉁한 낯으로 돈을 받아넣으며

하는 소리가,

"애! 인젠 종로 근처로 우리 큰 방을 얻어 오자."

"그래 가만 있어…… 잘 가거라, 그리고 내일 일찍 와!"

남 인사하는 데는 대답 없고,

"나만 밤낮 나와 자는구나!"

이것은 필시 아끼꼬에게 엇먹는 조롱이겠지. 망할 애두 저더러 누가 뚱뚱하고 못생기게 나랬나, 그렇게 뻬지게 하지만 영애가 설마 아끼꼬에게 뻬지거나 엇먹지는 않았으리라.

아끼꼬는 베개로 허리를 펴며 손목시계를 다시 본다. 오정하고 십오 분 또 삼 분, 영애가 올 때가 되었는데, 망할 거 누가 채갔나. 기지개를 한번 늘이고 드러누우며 미닫이께로 고개를 가져간다. 문 아랫도리에 손가락 하나 드나들 만한 구멍이 뚫리었다. 주인 마누라가 그제야 좀 화가 식었는지 안방으로 휘젓고 들어가는 치마꼬리가 보인다. 그리고 마루 뒤주 위에는 언제 꺾어다 꽂았는지 정종병에 엉성히 뻗은 꽃가지. 붉게 핀 것은 복숭아꽃일 게고, 노랗게 척척 늘어진 저건 개나리다. 건넌방 문은 여전히 꼭 닫혔고, 뒷간에 가는 기색도 없다. 저 속에는 지금 제가 별명진 톨스토이가 책상 앞에 웅크리고 앉아서 눈을 감고 있으리라. 올라가서 이야기 좀 하고 싶어도 구렁이 같은 주인 마누라가 지키고 앉아서 감히 나오지를 못한다.

이것은 아끼꼬가 안채의 기맥을 정탐하는 썩 필요한 구멍이었다. 뿐만 아니라 저녁 나절에는 재미스러운 연극을 보는 한 요지경도 된다. 어느 때에는 영애와 같이 나란히 누워서 베개를 베고 하나 한 구멍씩 맡아가지고 구경을 한다. 왜냐면 다섯 점 반쯤 되면 완전히 히스테리인 톨스토이의 누님이 공장에서 나오는 까닭이었다.

그 누님은 성질이 어찌 괄괄한지 대문간에서부터 들어오는 기색이 난다. 입을 다물고 눈살을 접은 그 얼굴을 보면 일상 마땅치 않은, 그리고 세상의 낙을 모르는 사람 같다. 어깨는 축 늘어지고 풀없이 보이면서 게다 걸음만 빠르다. 들어오면 우선 건넌방 툇마루에다 빈 벤또를 쟁그랑, 하고 내다붙인다. 이것은 아우에게 시위도 되거니와 이래야 또 직성도 풀린다.

그리고 그는 눈을 휘둥그렇게 뜨고 사면의 불평을 찾기 시작한다. 마는 아우는 마당도 쓸어놓고 부뚜막의 그릇도 치고 물독의 뚜껑도 잘 덮어놓았다. 신발장이라도 잘못 놓여야 트집을 걸 텐데 아주 말쑥하니까 물바가지를 땅으로 동댕이친다. 이렇게 불평을 찾다가 불평이 없어도 또한 불평이었다.

"마당을 쓸면 잘 쓸던지 그릇에다 흙칠을 온통 해놨으니 이게 다 뭐냐?"

끝이 꼬부라진 그 책망, 아우는 속에서 끽소리 없다.

"밥을 얻어먹으면 밥값을 해야지, 늘 부처님같이 방구석에 꽉 앉았기만 하면 고만이냐?"

이것이 하루 몇 번씩 귀아프게 듣는 인사였다. 눈을 홉뜨고 서서 문 닫힌 건넌방을 향하여 퍼붓는 포악이었다. 그런 때이면 야윈 목에 굵은 핏대가 불끈 솟고, 구부정한 허리로 게거품까지 흐른다. 그러나 이건 보통 때의 말이다. 어쩌다 공장에서 뒤를 늦게 본다고 감독에게 쥐어박히거나 혹은 재봉침에 엄지손톱을 박아서 반쯤 죽어오는 적도 있다. 그러면

가뜩이나 급한 그 행동이 더 불이야 불이야 한다. 손에 잡히는 대로 그릇을 내던져 깨치며,

"왜 내가 이 고생을 해가며 널 먹이니 응 이놈아?"

헐없이 미친 사람이 된다. 아우는 마당에 내려와서 누님의 어깨를 두 손으로 붙잡고,

"누님, 다 내가 잘못했수 그만두."

하고 달래지 않을 수 없다.

"네가 이놈아, 내 살을 뜯어먹는 거야."

"그래 알았수, 내가 다 잘못했으니 그만둡시다."

"듣기 싫어, 물러나."

하고 벌떡 떠다밀면 땅에 펄썩 주저앉는 아우다. 열적은 듯 죄송한 듯 얼굴이 벌개서 털고 일어나는 그 아우를 보면 우습고도 일변 가엾었다.

그러나 더 우스운 것은 마루에서 저녁을 먹을 때의 광경이다. 누님이 밥을 퍼가지고 올라와서는 암말 없이 아우 앞으로 한 그릇을 쭉 밀어놓는다. 그리고 자기는 자기대로 외면하여 푹푹 퍼먹고 일어선다. 물론 반찬도 각각 먹는 것이다. 아우는 군말 없이 두 다리를 세우고 눈을 내리깔고는 그 밥을 떠먹는다. 방에 앉아서 주인 마누라는 업신여기는 눈으로 은근히 흘겨준다.

영애는 톨스토이가 너무 병신스러운 데 골을 낸다. 암만 얻어먹더라도 씩씩하게 대들질 못하고 저런, 저런. 그러나 아끼꼬는 바보가 아니라 사람이 너무 착해서 그렇다고 우긴다.

하긴 그렇다고 누님이 자기 밥을 얻어먹는 아우가 미워서

그런 것도 아니다. 나뭇잎이 등글등글 날리던 작년 가을이었다. 매일같이 하 들볶이니까 온다 간다 말 없이 하루는 아우가 없어졌다. 이틀이 되어도 없고 사흘이 되어도 없고 일주일이 썩 지나도 영 돌아오지를 않는다.

누님은 아우를 찾으러 다니기에 눈이 뒤집혔다. 그렇게 착실히 다니던 공장에도 며칠씩 빠지고 혹은 밥도 굶었다. 나중에는 아우가 한을 품고 죽었나보다고 집에 들어오면 마루에 주저앉아서 통곡이었다. 심지어 아끼꼬의 손목을 다 붙잡고,

"여보, 내 아우 좀 찾아주, 미치겠수."

"그렇지만 제가 어딜 간 줄 알아야지요."

"아니, 그런데 놀러가거든 좀 붙들어주, 부모 없이 불쌍히 자란 그놈이."

말끝도 다 못 마치고 이렇게 울던 누님이 아니었던가.

아흐레 만에야 아우를 남대문 밖 동무집에서 찾아왔다. 누님은 기뻐서 또 울었다. 그리고 그 다음날부터 다시 들볶기 시작하였다.

이 속은 참으로 알 수 없고, 여북해야 아끼꼬는 대문 소리만 좀 다르면,

"얘 영애야! 변덕쟁이 온다. 어서 이리 와."

하고 잇속 없이 신이 오른다.

아끼꼬는 남 모르게 톨스토이를 맘에 두었다. 꿈을 꾸어도 늘 울가망으로 톨스토이가 나타나곤 한다. 꼭 발렌티노같이 두 팔을 떡 벌리고 하는 소리가 오! 저는 당신을 사랑합니다. 이 가슴에 안겨주소서. 그러나 생시는 이놈의 톨스토이

가 아끼꼬의 애타는 속도 모르고 본 둥 만 둥이 아닌가. 손님에게 꼭 답장할 필요가 있어서,

"선생님! 저 연애 편지 하나만 써주셔요."

아끼꼬가 톨스토이를 찾아가면,

"저 그런 거 못 씁니다."

"소설 쓰시는 이가 그래 연애 편지를 못 써요?"

하고 어안이벙벙해서 한참 쳐다본다. 책상 앞에서 늘 쓰고 있는 것이 소설이란 말은 여러 번이나 들었다. 그래 존경해서 선생님이라고 톨스토이를 받치는데, 그래 연애 편지 하나 못 쓴다니 이게 말이 되느냐. 하도 기가 막혀서,

"선생님! 연애해보셨어요?"

하면 무안당한 계집애처럼 그만 얼굴이 뻘개진다.

"전 그런 거 모릅니다."

아끼꼬는 톨스토이가 저한테 흥미를 안 갖는 걸 알고 좀 샐쭉하였다. 카페서 구는 여급이라고 넘보는 맥인지 조선말로 부르면 숭해서 아끼꼬로 행세는 하지만 영영 아끼꼰 줄 아나보다. 어쩌면 톨스토이가 숭칙스럽게 아랫방 버스 걸과 눈이 맞았는지도 모른다. 왜냐하면 버스 걸이 나갈 때 고때쯤 해서 톨스토이가 세수를 하러 나오고 하는 것을 보았다. 그리고 옥생각인지 몰라도 버스 걸도 요즘엔 버쩍 모양을 내기에 몸이 달았다. 며칠 전에는 버스 걸이 거울과 가위를 손에 들고서 아끼꼬의 방엘 찾아왔다.

"언니, 나 머리 좀 잘라주."

"건 왜 자를려구 그래? 그냥 두지."

"날마다 머리 빗기가 귀찮아서 그래."

하고 좀 거북한 표정을 하더니,

"난 언니 머리가 좋아, 뭉툭한 게!"

웃음으로 겨우 버무린다. 하 조르므로 아끼꼬도 그 좋은 머리를 아니 자를 수 없다. 가위에 힘을 주어 그 중턱을 툭 끊었다. 버스 걸은 손으로 만져보더니 재겹게 기쁜 모양이다. 확 돌아앉아서 납죽한 주둥이로 헤헤 웃으며,

"언니 머리같이 더 좀 디려 잘라주어요."

"더 자르면 못써. 이만하면 좋지 않어?"

대고 졸랐으나 아끼꼬는 머리를 버려놓을까봐 더 응칠 않았다. 여기에 성이 바르르 나서 버스 걸은 제 방으로 가서는 제 손으로 더 몽총히 잘라버렸다. 그 뜯어논 머리에다 분을 하얗게 바르고는 아주 좋다고 나다니는 계집애다. 양말 뒤축에 빵꾸가 좀 나도 제 방 들어갈 제 뒤로 기어든다.

아침에 나갈 제 보면 버스 걸은 커단 책보를 옆에 끼고 아주 버젓하다. 처음에 아끼꼬가 고등과에 다니는 학생인가, 한 것도 무리는 아니었다. 왜냐면 그 책보가 고등과에 다니는 책보같이 그렇게 탐스럽고 허울이 좋았다. 그러나 차차 알고 보니 보지도 않는 헌 잡지를 그렇게 포개고 사이에 벤또를 꼭 물려서 싼 책보이었다. 벤또 하나만 싸면 공장의 계집애나 버스 걸로 알까봐서 그 무거운 잡지책을 힘드는 줄도 모르고 들고 왔다갔다하는 것이 아니냐. 그래 놓고는 저녁에 돌아올 때면 웬 도둑놈 같은 무서운 중학생놈이 쫓아오고 한다고 늘 성화다.

"그놈 다리를 꺾어놓지."

이렇게 딸의 비위를 맞추어 병든 아버지는 이불 속에서 큰

소리다. 그리고 아침마다 딸 맘에 썩 들도록 그 책보를 싸는 것도 역시 그의 일이었다. 정성스레 귀를 내어 문 밖으로 두 손으로 내바치며,

"얘! 일찌거니 돌아오너라, 감기 들라."

이런 걸 보면 영애는 또 마음에 마뜩지 않았다. 딸에게 구리칙칙히 구는 아버지는 보기가 개만도 못하다 했다. 그래 아끼꼬와 쓸데 적게 주고받고 다툰 일까지 있다.

"그럼 딸의 거 얻어먹구 그렇지도 않어?"

"그러니 더 든적스럽지 뭐냐?"

"든적스럽긴 얻어먹는 게 든적스러, 몸에 병은 있구 그럼 어떡허니? 애두! 너무 빠강빠강 우기는구나!"

아끼꼬는 샐쭉 토라지다 고개를 다시 돌리어 웅크려 뜯는 소리로,

"너 느 아버지가 팔아먹었다지, 그래 네 맘에 좋냐?"

"애두! 절더러 누가 그런 소리 하라나?"

하고 영애는 더 덤비지 못하고 그제서는 눈으로 치마를 걷어 올린다. 이렇게까지 영애는 그 병쟁이가 몹시 싫었다.

누렇게 말라붙은 그 얼굴을 보고 김마까라는 별명을 지을 만치 그렇게 밉살스럽다. 왜냐면 어느 날 김마까가 영애를 방해하였다. 그날은 어쩐 일인지 김마까가 초저녁부터 딸과 싸운 모양이었다. 새로 두 점쯤 해서 영애가 들어오니까 둘이 소곤소곤하고 싸우는 맥이다. 가뜩이나 엄살을 부리는데다 더 흉측을 떨며,

"어이쿠! 어이쿠! 하느님 맙시사!"

그렇지 않으면,

"하느님! 날 잡아가지 왜 이리 남겨두슈."

아래윗간을 흙벽으로 막았으면 좋을 걸 얇은 빈지를 들이고 종이를 발랐다. 윗간에 부시럭 소리만 나도 아랫간까지 고대로 흘러든다. 그 벽에다 머리를 쾅쾅 부딪치며,

"어이구, 이놈의 팔자두!"

제깐에는 딸 앞에서 죽는다고 결기를 이는 꼴이다. 그러면 딸은 표독스러운 음성으로,

"누가 아버지보고 돌아가시랬어요? 괜히 남의 비위를 긁어놓구 그러시네!"

"늙은이보구 담밸 끊으라는 게 죽으라는 게지 뭐야!"

"그게 죽으라는 거야요? 남 들으면 정말로 알겠네."

딸이 좀더 볼멘 소리로 쏘아박으니 또다시,

"아이구, 이놈의 팔자두!"

벽에 머리를 부딪치며 어린애같이 깩깩 울고 앉았다. 질긴 귀로도 못 들을 징그러운 그 울음소리가……

가물에 빗방울같이 모처럼 끌고 왔던 영애의 손님이 이마를 접는다. 그리고 아무 말 없이 취한 걸음으로 비틀비틀 쪽마루로 내걷는다. 되는 대로 구두짝이 끌린다.

"왜 가셔요?"

"요 담 또 오지."

"여보세요! 이 밤중에 어딜 간다구 그러셔요?"

하고 대문간서 그 양복을 잡아챈다. 마는 허황한 손이 올라와 툭툭 털어버리고,

"요 담 또 오지."

그리고 천변을 끼고 비틀거리는 술 취한 걸음이다. 영애는

눈에 독이 잔뜩 올라서 한 전등이 두셋씩 보인다. 빈방 안에 홀로 누워서 입 속으로 김마까를 악담하며 눈물이 핑 돈다.

벌써 한 점 사십오 분. 영애는 디툭디툭 들어오며 살집 좋은 얼굴이 싱글벙글이다. 손에는 통통한 과자봉지, 미닫이를 여니 윗목 구석에 쓸어박은 헌 양말짝, 때 전 속옷, 보기에 어수선 산란하다.

"벌써 오니? 좀더 있지."

"애두! 목욕허구 온단다."

"목욕은 혼자 가니?"

하고 좀 삐지려 한다.

"그래 너 주려구 과자 사왔어요."

"그럼 그렇지, 우리 영애가!"

요강에서 손을 뽑으며 긴히 달려든다. 아끼꼬는 오줌을 눌 적마다 요강에 받아서는 이 손을 담그고 한참 있고 저 손을 담그고. 그러나 석 달이나 넘어 그랬건만 손결이 별로 고와진 것 같지 않다. 그 손을 수건에 닦고 나서,

"모두 나마까시만 사왔구나."

우선 하나를 덥석 물어뗀다.

"그 손으로 그냥 먹니? 얘! 난 싫단다!"

"뭬 더러워? 저도 오줌을 누면서 그래."

"그래두 먹는 것허구 같으냐?"

하지만 영애는 아끼꼬보다 마음이 훨씬 눅었다. 더 화내지 않고 그런 양으로 앉아서 같이 집어먹는다. 그의 마음에는 아끼꼬의 생활이 몹시 부러웠다. 여러 손님의 사랑에 고이며

예쁜 얼굴을 자랑하는 아끼꼬. 영애 자신도 꼭 껴안아주고
싶은 아담스러운 그런 얼굴이다.

"그인 언제 갔니?"

"새벽녘에 내뺐단다. 아주 숫보기야."

"넌 참 좋겠다. 나두 연애 좀 해봤으면!"

"허려무나, 누가 허지 말라니!"

"아니 너 같은 연앤 싫어, 정신으로만 허는 연애 말이지."
하고 어딘가 좀 뒤둥그러진 소리.

"오! 보구만 속 태우는 연애 말이지?"
하긴 했으나 아끼꼬는 어쩐지 영애에게 너무 심하게 한 듯싶
었다. 가뜩이나 제 몸 못난 것을 은근히 슬퍼하는 애를…….

"애! 별소리 말아요. 연애두 몇 번 해보면 다 시들해지는
걸 모르니? 난 일상 맘 편히 혼자 지내는 네가 부럽더라."
하고 슬그머니 한번 문질러주면,

"뭬가 부러워? 애두 괜히 저러지."

영애는 이렇게 부인은 하면서도 벙싯 하고 짜장 우월감을
느껴보려 한다. 영애도 한때에는 주체궂은 살을 말리고자 아
편도 먹어봤다. 남의 말대로 듬뿍 먹었다가 꼬박이 이틀 동
안을 일어나지도 못하고 고생하던 생각을 하면 시방도 등허
리가 선뜩하다. 그러나 영애에게도 어쩌다 엽서가 오는 것은
참 신통한 일이라 아니할 수 없다.

"또 뭐 뒤져갔니?"
하고 영애는 의심이 나서 제 경대 서랍을 뒤져본다. 과연 며
칠 전 어떤 전문학교 학생에게서 받은, 끔찍히 귀한 연애 편
지가 또 없어졌다. 사내들은 어쩌다 남의 계집애 세간을 뒤

져가기 좋아하는지 그 심사는 참으로 알 수 없다.

"또 집어갔구나, 이럼 난 모른단다!"

영애는 그만 울상이 된다.

"뭐?"

"편지 말이야!"

"무슨 편지를?"

"왜 요전에 받은 그 연애 편지 말이야."

"저런! 그 망할 자식이 그건 뭘 하러 집어가, 난 통히 보덜 못 했는데, 수줍은 척하더니 아주 숭악한 자식이로군!"

아끼꼬는 가는 눈썹을 더욱이 잰다. 그리고 무색한 듯 영애의 눈치만 한참 바라보더니,

"내 톨스토이보고 하나 써 달라마. 그럼 이 담 연애 편지 쓸 때 그거 보구 쓰면 고만 아냐."

하고 곱게 달랜다.

그러나 과연 톨스토이가 하나 써줄는지 그것도 의문이다. 영애가 벌써 전부터 여기를 떠나자고 졸라도 좀 좀, 하고 망설이고 있는 아끼꼬! 그런 성의를 모르고 톨스토이는 아끼꼬를 보아도 늘 한 양으로 대단치 않게 지나간다. 그렇다고 한때는 버스 걸에게 맘을 두었나, 하고 의심을 해봤으나 실상은 그런 것도 아닐 것이다. 낮에 사직동 공원으로 올라가면 아끼꼬는 가끔 톨스토이를 만난다. 굵은 소나무 줄기에 등을 비껴대고 먼 하늘만 정신없이 바라보고 섰는 톨스토이다. 아끼꼬가 그 앞을 지나가도 못 본 척하고 거들떠보지도 않는다. 약이 올라서 속으로 망할 자식, 하고 욕도 하여본다. 그러나 나중 알고 보면 못 본 척이 아니라 사실은 뜨고 못 보

는 것이다. 그렇게 등신같이 한눈을 팔고 섰는 톨스토이다. 이걸 보면 아끼꼬는 여자고보를 중도에 퇴학하던 저의 과거를 연상하고 가엾은 생각이 든다. 누님에게 얻어먹고 저러고 있는 것이 오죽 고생이랴. 그러고 학교 때 수신 선생님이 이야기하던 착하고 바보 같다던 그 톨스토이가 과연 저런 건지, 하고 객쩍은 조바심도 든다. 아끼꼬는 기침을 캑, 하고 그 앞으로 다가선다. 눈을 깜박깜박하며,

"선생님! 뭘 그렇게 생각하셔요?"

하고 불쌍한 낯을 하면,

"아니오."

하고 어색한 듯이 어물어물하고 만다.

"그렇게 섰지 마시고 좀 운동을 해보셔요."

하도 딱하여 아끼꼬는 이렇게 권고도 하여본다.


"오늘은 방을 좀 치워야 하겠소. 여기 내 조카도 지금 오고 했으니까."

주인 마누라는 약이 바짝 올라서 매섭게 쏘아본다. 방안에서만 꾸물꾸물 방패막이를 하고 있는 톨스토이가 여간 밉지 않다.

"아, 여보! 방의 세간을 좀 치워줘요. 그래야 오는 사람이 들어가질 않소?"

"사날만 더 참아줍쇼. 이번엔 꼭 내겠습니다."

"아니 뭐 사글세를 안 낸대서 그런 게 아니오. 내가 오늘부터 잘 데가 없고 이 방을 꼭 써야 하겠기에 그래서 방을 내달라는 것이지."

양복바지를 거반 엉덩이에 걸친 버드렁니가 이렇게 허리를 쓱 편다. 주인 마누라가 툭하면 불러온다던 즈 조카라는 놈이 필연 이걸 게다. 혼자 독학으로 부청에까지 출세를 한 굉장한 사람이라고 늘 입의 침이 말랐다. 그러나 귀쳐진 눈은 말고, 혜벌어진 입과 양복 입은 체격하고 별로 굉장한 것 같지 않다. 게다 얼자가 분수없이 뻐팅기려고,

"참아주시던 길이니 며칠만 더 참아주십시오."

이렇게 애걸하면,

"아! 여보! 당신도 그래 사람이오?"

하고 제법 삿대질까지 할 줄 안다.

"저런 자식두! 못두 생겼다. 저게 아마 경성부 고쓰까인 거지?"

"글쎄, 그래도 제법 넥타일 다 잡숫구."

하고 손가락이 들어가 문의 구멍을 좀더 후벼판다. 마는 아끼꼬는 구렁이(주인 마누라)의 속을 빠안히 다 안다. 인젠 방세도 싫고 셋방 사람을 다 내쫓으려 한다. 김마까나 아끼꼬는 겁이 나서 차마 못 건드리고 제일 만만한 톨스토이부터 우선 몰아내려는 연극이었다.

"저 구렁이 좀 봐라, 옆에 서서 눈짓을 쳐가며 자꾸 시키지."

"글쎄 자식도 얼간이가 아냐? 즈 아주멈 시키는 대로 놀구 셨게."

"어쭈, 얼자가 뻐팅긴다. 지가 우와기를 벗어놓면 어쩔 테야 그래? 자식두!"

"톨스토이가 잠자쿠 앉았으니까 약이 올라서 저래, 맛부

리는 게 밉살머리궂지? 자식 그저 한 대 앵겨줬으면."

"내가 한 대 먹이면 저거 고택골 간다. 그러니깐 아끼꼬한
테 감히 못 오지 않어."

주먹을 이렇게 들어뵈다가 고만 영애의 턱을 줴질렀다. 영
애는 고개를 저리 돌리어 삐쭉하고,

"얘, 이럼 난 싫단다!"

"누가 뭐 부러 그랬니, 또 삐쭉하게?"

하고 아끼꼬도 좀 삐쭉하다가 슬슬 눙치며,

"그래 잘못했다. 고만두자, 쓱 쓱!"

영애의 턱을 손등으로 문질러주고,

"쟤! 저것 봐라, 놈은 팔을 걷고 구렁이는 마루를 구르고
야단이다."

"얘 재밌다, 구렁이가 약이 바짝 올랐지?"

"저 자식 보게, 제 맘대로 남의 방엘 들어가지 않어?"

아끼꼬가 영애에게 눈을 크게 뜨니까,

"뭐 일을 칠 것 같지? 병신이 지랄한다더니 정말인가베!"

"저 자식이 남의 세간을 맘대로 내놓질 않나? 경을 칠 자
식!"

"그건 나무래 뭘 해, 그저 톨스토이가 바보야! 그래도 부
처같이 잠자코 있지 않어. 세상엔 별 바보두 보다 많으이!"

아끼꼬는 그건 들은 체도 안 하고 대뜸 일어선다. 미닫이
가 열리자 우람스러운 걸음. 한숨에 툇마루로 올라서며 볼멘
소리다.

"아니 여보슈! 남의 세간을 그래 맘대로 내놓는 법이 있
소?

"당신이 웬 참견이오?"

얼자는 톨스토이의 책상을 들고 나오다 방 문턱에 우뚝 멈춘다. 눈을 휘둥그렇게 뜨고 주저주저하는 양이 대담한 아끼꼬에 적이 놀란 모양.

"오늘부터 내가 여기서 자야 할 테니까. 그래서 방을 치는데……."

얼자는 주변성 없는 말로 이렇게 굴다가,

"당신 맘대로 방은 치는 거요?"

"그럼 내 방 내 맘대로 치지 누구에게 물어본단 말이유?"
하고 제법 을딱이긴 했으나 뒷갈망은 구렁이에게 눈짓을 슬슬 한다.

"그렇지, 내 방 내가 치는데 누가 뭐래나?"

"당신 맘대룬 안 되오, 그 책상 도루 저리 갖다놓우. 사글세를 내란다든지 하는 게 옳지, 등을 밀어 내쫓는 경우가 어디 있단 말이오?"

"아니, 아끼꼬는 제 거나 낼 생각하지 웬 걱정이야? 저리 비켜 서!"

구렁이는 문을 막고 섰는 아끼꼬의 팔을 잡아당긴다. 여편네는 찍소리 없이 눌려왔지만 오늘은 얼자를 잔뜩 믿는 모양이다. 이걸 보고 옆에 섰던 영애가 또 아니꼬워서,

"제 거라니? 누구 보고 저야. 이 늙은이가 눈깔이 삐었나?"
하고 그 팔을 뒤로 확 잡아챈다. 늙은 구렁이와 영애는 몸 중량의 비례가 안 된다. 제풀에 비틀비틀 돌더니 벽에 가 쿵 하고 쓰러진다. 그러나 눈을 감고 턱이 떨리는 아이고 소리는

엄살이다. 얼자가 문턱에 책상을 떨구더니 용감히 홱 넘어 나온다. 아끼꼬는 저 자식이 달마찌의 흉내를 내는구나 할 동안도 없이 영애의 뺨이 짤꺽…….

"이년아! 늙은이를 쳐?"

"아, 이 자식 보래! 누구 뺨을 때려?"

아끼꼬는 악을 지르자 그 혁대를 뒤로 잡아 나꿔친다. 마루 위에 놓였던 다듬잇돌에 걸리어 얼자는 엉덩방아를 쿵, 하고. 잡은참 날아드는 숯바구니는 독 오른 영애의 분풀이다.

그러자 또 아랫방 문이 확 열리고, 지팡이가 김마까를 끌고 나온다.

"이 자식이 웬 자식인데 남의 계집애 뺨을 때려? 원 이런 망하다 판이 날 자식이, 눈에 아무것두 뵈질 않나…… 세상이 망한다 망한다 한대두만 이런 자식은."

김마까는 뜰에서부터 사방이 들으라고 와짝 떠들며 올라온다. 구렁이한테 늘 죄어지내던 원한의 복수로 아끼꼬와 서로 멱살잡이로 섰는 얼자의 복창을 지팡이로 내지른다.

"이런 염병을 하다 땀통이 끊어질 자식이 있나!"

그와 동시에 김마까는 검불같이 뒤로 벌렁 나자빠졌다. 내댔던 지팡이가 도로 물러오며 바짝 마른 허리를 쳤던 것이다. 개신개신 몸을 일으집으며 김마까는 구시월 서리 맞은 독사가 된다.

"이 자식아! 너는 니 애비두 없니?"

대뜸 지팡이는 날아들어 얼자의 귓배기를 내려갈긴다. 딱 하고 뼈 닿는 무딘 소리. 얼자는 고개를 푹 꺾고 귀에 두 손을 들여대자 죽은 듯이 꼼짝 못 한다.

아끼꼬도 얼자에게 뺨 한 대를 얻어맞고 울고 있었다. 이 좋은 기회를 타서 얼자의 등뒤로 빨간 얼굴이 달려든다. 이건 권투식으로 집어실까 하다 그대로 그 어깻죽지를 뒤로 물고늘어진다. 아, 아, 이렇게 외마디 소리로 아가리를 딱딱 벌린다. 그리고 뒤통수로 암팡스레 날아든 것은 영애의 주먹이다. 톨스토이는 모두가 미안쩍고, 따라 제풀에 지질려서 어쩔 줄을 모른다. 옆에서 눈을 흘기는 영애도 모르고,

"놓세요, 고만 놓세요, 어떡헙니까?"

하며 아끼꼬의 등을 두 손으로 흔든다. 구렁이도 벌벌 떨어가며,

"이년이 사람을 뜯어먹을 텐가, 안 놓니, 이거 안 놔?"

아끼꼬를 대고 잡아당기며 얼른다. 그러나 잡아당기면 당길수록 얼자는 소리를 더 지른다. 이러다간 일만 더 크게 벌어질 걸 알고 구렁이는 간이 고만 달롱한다. 이 사품에 안방 미닫이는 설쭉이 부러지고 뒤주 위에 얹었던 대접이 둘이나 떨어져 깨졌다. 잔뜩 믿었던 조카는 저렇게 죽게 되고. 이러단 방은커녕 사람을 잡겠다, 생각하고 그는 온몸이 덜덜 떨리었다. 게다 모지게 내려치는 김마까의 지팡이…….

구렁이는 부리나케 대문 밖으로 나왔다. 골목길을 내려오며 뒤에 날리는 치맛자락에 바람이 났다.

"사글세를 내랬으면 좋지, 내쫓으려구 하니까 그렇게 분란이 일구 하는 게 아니야?"

"아닙니다. 누가 내쫓으려고 그래요. 세를 내라고 그러니깐 그렇게 아끼꼬란 년이 올라와서 온통 사람을 뜯어먹고 그러는군요!"

"말 말아. 내쫓으려구 한 걸 아는데 그래, 요전에도 또 한 번 그런 일이 있었지?"

순사는 노파의 뒤를 따라오며 나른한 하품을 주먹으로 끈다. 툭하면 와서 찐대를 붙는 노파의 행세가 여간 귀찮지 않다. 조그맣게 말라붙은 노파의 센 머리 쪽을 바라보며,

"올해 몇 살이야?"

"그년 열아홉이죠. 그런데 그렇게……."

"아니 노파 말이야?"

"네, 제 나이요? 왜 쉰일곱이라고 전번에 여쭈었지요. 그런데 이 고생을 하는군요."

하고 궁상스럽게 우는 소리다. 노파는 김마까보다도 톨스토이보다도 누구보다도 아끼꼬가 가장 미웠다. 방세를 받을래도 중뿔나게 가로맡아서 지랄하기가 일쑤요, 또 밤낮 듣기싫게 창가질이요, 게다 세숫물을 버려도 일부러 심술궂게 안마루 끝으로 홱 끼얹는 아끼꼬. 이년을 경을 흠씬 쳐놓고 말리라고 속이 간질대서 그는 총총걸음을 치다가 돌부리에 채여 고만 나가둥그러진다. 그 바람에 쓰레기통 한 귀에 내뻗은 못에 가서 치맛자락이 찌익 하고 찢어진다.

"망할 자식 같으니, 씨레기통의 못두 못 박았나!"

하고 흙을 털고 일어나며 역정이 난다. 그 꼴을 보고 순사는 손으로 웃음을 가린다.

"그봐! 이젠 다시 오지 말아, 이번엔 할 수 없지만 또다시 오면 그땐 노파를 잡아갈 테야."

"네에, 다시 갈 리 있겠습니까, 그저 이번에 그 아끼꼬란 년만 흠씬 버릇을 알으켜주십시오. 늙은이보구 욕을 않나요,

사람 치질 않나요! 그리고 아직 핏대도 다 안 마른 년이 서
방이 몇인지 수가 없어요."

순사는 코대답을 해가며 귓등으로 듣는다. 너무 많이 들어
서 인제는 흥미를 놓친 까닭이었다. 갈팡질팡 문지방을 넘다
또 고꾸라지려는 노파를 뒤로 부축하며 눈살을 찌푸린다. 알
고 보니 짐작대로 노파 허통에 또 속은 모양이었다.

살인이 났다고 짓떠들더니 임장하여보니까 조용한 집안에
웬 낯선 양복쟁이 하나만 마루 끝에서 천연스레 담배를 필
뿐이다. 그리고는 장독 사이에서 왔다갔다하며 뭘 주워먹는
생쥐가 있을 뿐 신발짝 하나 놓이지 않았다. 하 어처구니가
없어서,

"어서 죽었어?"

"어이구 분해! 이것들이 또 저를 고랑땡을 먹이는군요! 입
때까지 저 마루에서 치고 깨물고 했답니다."

노파는 이렇게 주먹으로 복장을 치며 원통한 사정을 하소
한다. 왜냐면 이것들이 이 기맥을 벌써 눈치 채고 제각기 헤
져서 아주 얌전히 박혀 있다. 아끼꼬는 문을 닫고 제 방에서
콧노래를 부르고, 지팡이를 들고 날뛰던 김마까는 언제 그랬
더냔 듯이 제 방에서 끙, 끙, 여전히 신음 소리. 이렇게 되면
이번에도 또 자기만 나무라게 될 것을 알고,

"아이구 분해! 아이구 분해!"

주먹으로 복장을 연방 두들기다 조카를 보고,

"애, 넌 어떻게 돼서 이렇게 혼자 앉았니?"

"뭘 어떻게 돼요, 돼긴?"

하고 지릅뜨는 그 대답은 썩 퉁명스럽고 걱세다. 이런 화중

으로 끌고 온 아주멈이 몹시도 밉고 원망스러운 눈치가 아닌 가. 이걸 보면 경은 무던히 치고 난 놈이다.

"아이구 분해! 너꺼정 이러니!"

"뭘 분해? 이 망할 것아!"

순사는 소리를 빽 지르고 도로 돌아서려 한다.

"나리! 저 좀 보세요. 문 부서진 것하구 대접 깨진 걸 보셔 두 알지 않어요?"

"어떤 조카가 죽었어 그래?"

"이것이 그렇게 죽도록 경을 치고도 바보가 돼서 이래요!"

"바보면 죽어두 사나?"

하고 순사는 고개를 디밀어 마루께를 살펴보니 딴은 그릇은 깨지고 문은 부서졌다. 능글맞은 노파가 일부러 그런 줄은 아나, 그리고 책임상 그냥 가기도 어렵다. 퍽도 극성스러운 늙은이라 생각하고,

"누가 그랬어 그래?"

"저 아끼꼬가 혼자 그랬어요!"

"아끼꼬! 고반소까지 같이 가."

"네! 그러세요."

하도 여러 번 겪은 일이라 이제는 익숙하다.

저고리를 갈아입으며 웃는 얼굴로 내려온다. 그러나 순사 를 따라 대문을 나설 적에는 고개를 모로 돌리어 구렁이에게 몹시 눈총을 준다.

순사는 아끼꼬를 데리고 느른한 걸음으로 골목을 꼽든다. 쪽다리를 건너니 화창한 사직원 마당, 봄이라고 땅의 잔디는 파릇파릇 돋았다. 저 위에선 투덕거리는 빨래 소리. 한옆에

선 풋볼을 차느라고 날뛰고 떠들고 법석이다. 부웅 하고 음충맞게 내대는 자동차의 사이렌.

남치마에 연분홍 저고리가 버젓이 활을 들고 나온다. 그리고 키 훌쩍 큰 놈팡이는 돈지갑을 내든다.

"너 왜 또 말썽이냐?"

하고 순사는 고개를 돌리어 아끼꼬를 씽끗이 흘겨본다. 그는 노파가 왜 그렇게 아끼꼬를 못 먹어서 기를 쓰는지 영문을 모른다.

노파의 눈에도 아끼꼬가 좀 귀여울 텐데, 그렇게 미울 때에는 아마 아끼꼬가 뭘 좀 먹이질 않아 그랬는지 모른다. 그렇지 않으면 다른 사람 다 제쳐놓고 아끼꼬만 씹을 리가 없다. 생각하다가,

"뭘 말썽이유, 내가?"

"네가 뭐 쥔 마누라를 깨물고 사람을 죽이고 그런다며? 그리구 요전에도 카페서 네가 손님을 쳤다는 소문도 들리지 않니?"

하고 눈살을 접고 웃어버린다. 얼굴 똑똑한 것이 아주 할 수 없는 계집애라고 돌릴 수밖에 없다.

"난 그런 거 몰루!"

아끼꼬는 땅에 침을 탁 뱉고 아주 천연스레 대답한다. 그리고 사직원의 문간쯤 와서는,

"이 담 또 만납시다."

제멋대로 작별을 남기고 저는 저대로 산 쪽으로 올라온다. 활텃길로 올라오다 아끼꼬는 궁금하여 뒤를 한 번 돌아본다. 너무 기가 막혀서 벙벙히 바라보고 있다가 다시 주먹으로 나

른한 하품을 끄는 순사.

　한편에선 날뛰고 자빠지고 쾌활히 공을 찬다.

　아끼꼬는 다시 올라가며 저도 남자가 됐더라면 풋볼을 차 볼걸 하고 후회가 막급이다. 그리고 산을 한 바퀴 돌아 내려 가서는 이번엔 장독대 위에 요강을 버리리라 결심을 한다. 구렁이는 장독대 위에 오줌을 버리면 그것처럼 질색이 없다.

　"망할 년! 이 담에 봐라! 내 장독 위에 오줌까지 깔길 테 니!"

　이렇게 아끼꼬는 몇 번 몇 번 결심을 한다.

1937년

# 노다지

그믐 칠야 캄캄한 밤이었다.

하늘에 별은 깨알같이 총총 박혔다. 그 덕으로 솔숲 속은 간신히 희미하였다. 험한 산중에도 우중충하고 구석배기 외딴 곳이다. 버석만 하여도 가슴이 덜렁한다.

호랑이, 산골 호 생원!

만귀는 잠잠하다. 가을은 이미 늦었다고 냉기는 모질다. 이슬을 품은 가랑잎은 바스락바스락 날아들며 얼굴을 축인다.

꽁보는 바랑을 모로 베고 풀 위에 꼬부리고 누웠다가 잠깐 깜빡하였다. 다시 눈이 뜨였을 적에는 몸서리가 몹시 나온다.

형은 맞은편에 그저 웅크리고 앉았는 모양이다.

"성님, 이제 시작해 볼라우?"

"아직 멀었네, 좀 칩드라도 참참이 해야지……."

어둠 속에서 그 음성만 우렁차게, 그러나 가만히 들릴 뿐

이다. 연모를 고치는지 마치 쇠 부딪는 소리와 아울러 부스
럭거린다. 꽁보는 다시 옹송그리고 새우잠으로 눈을 감았다.
야기에 옷은 젖어 후줄근하다. 아랫도리가 척 나간 듯이 감
촉을 잃고 대구 쑤실 따름이다. 그대로 버뜩 일어나 하품을
하고는 으드들 떨었다.

어디서인지 자박자박 사라지는 발자국 소리가 들린다. 꽁
보는 정신이 번쩍 나서 눈을 둥글린다.

"누가 오는 게 아뉴?"

"바람이겠지, 즈들이 설마 알라구!"

신청부 같은 그 대답에 저으기 맘이 놓인다. 곁에 형만 있
으면이야 몇 놈쯤 오기로서니 그리 쪼일 게 없다. 적삼의 깃
을 여미며 휘 돌아보았다.

감때사나운 큰 바위가 반득이는 하늘을 찌를 듯이, 삐 치
솟았다. 그 양 어깨로 자즈레한 바위는 뭉글뭉글한 놈이 검
은 구름같다. 그러면 이번에는 꿈인지 호랑인지 양문모를 그
런 험상궂은 대가리가 공중에 불끈 나타나 두리번거린다. 사
방은 모두 이 따위 산에 돌렸다. 바람은 뻔질 내려 구르며 습
기와 함께 낙엽을 풍긴다. 을씨년스레 샘물은 노량 쫄랑쫄
랑. 금시라도 시커먼 산중턱에서 호랑이 불이 보일 듯싶다.
꼼짝 못할 함정에 들은듯이 소름이 쭉 돋는다.

꽁보는 너무 서먹서먹하고 허전하여 어깨를 으쓱 올린다.
몹쓸 놈의 산골도 다 많어이. 산골마다 모조리 요지경이람.
이러고 보니 몹시 무서운데 기억이 눈앞으로 번쩍 지난다.

바로 작년 이맘때이다. 그 날도 오늘과 같이 밤을 도와 잠
채를 하러 갔던 것이다. 회양 근방에도 가장 험하다는 마치

이렇게 휘하고 낯설은 산골을 기어올랐다. 꽁보에 더펄이, 그리고 또 다른 동무 셋과. 초저녁부터 내리는 부슬비가 웬일인지 그칠 줄을 모른다. 붕, 하고 난데없이 이는 바람에 안기어 비는 낙엽과 함께 몸에 부딪고 또 부딪고 하였다. 모두들 입 벌릴 기력조차 잃고 부들부들 떨었다. 방금 넘어올 듯이 덩치 커다란 바위는 머리를 불쑥 내대고 길을 막고 막고 한다. 그놈을 끼고 캄캄한 절벽을 돌고 나니 땀이 등줄기로 쪽 내려흘렀다. 게다가 언제 호랑이가 내닫는지 알 수 없으매 가슴은 펄쩍 두근거린다.

그러나 하기는, 이제 말이지 용케도 해먹긴 하였다. 아무렇든지 다섯 놈이 서른 길이나 넘는 암굴에 들어가서 한 시간도 채 못 되자 감(광석)을 두 포대나 실히 따올렸다. 마는 문제는 논으맥이(나누어 먹기)에 있었다. 어떻게 이놈을 있느니만치 선뜻 맡았다. 부피를 대중하여 다섯 목에다 차례대로 메지메지 골고루 나눴던 것이다. 헌데, 이런 우스꽝스러운 놈이 또 있을까 ―.

"이게 이를테면 나눈 건가!"

어두운 구석에서 어떤 놈이 이렇게 쥐어박는 소리를 하는 것이다. 제딴은 욱기를 보이느라고 가래침을 뱉는다.

"그럼?"

꽁보는 하도 어이가 없어서 그쪽을 뻔히 바라보았다. 이건 우리가 늘 하는 식인데 이제와서 새삼스럽게 계정을 부릴 것이 아니다.

"아니, 요게 내 거야?"

"그럼, 누군 감벼락을 맞았단 말인가?"

"아니, 이 구덩이를 먼저 낸 것이 누군데 그래?"

"누구고 새고 알게 뭐 있나, 금 있으니 땄고, 땄으니 나눴지!"

"알게 없다? 내가 없어도 니가 왔니? 이 새끼야?"

"이런 쑥맥 보래, 꿀돼지 제 욕심 채우기로 너만 먹자는 거야?"

바로 이 말에 자식이 욱 하고 들이덤볐다. 무지한 두 손으로 꽁보의 멱살을 잔뜩 움켜쥐고 흔들고 지랄을 한다. 꽁보가 체수가 작고 처들고 좀팽이라 한창 얕본 모양이다.

비를 맞아 가며 숨이 콕 막히도록 시달리니 꽁보도 화가 안 날 수 없다. 저도 모르게 어느덧 감석을 손에 잡자 놈의 골통을 퍼트렸다. 하니까 이놈이 꼭 황소같이 씩, 하더니 꽁보를 피어한 돌 위에다 집어 때렸다. 그리고 깔고 앉더니 대뜸 벽채를 들어 곁 갈빗대를 헉, 하도록 아주 몹시 조겼다. 죽질 않으면 다행이지만 지금도 이게 가끔 도져 몸을 못 쓰는 것이다. 다음에는 왼편 어깨를 된통 맞았다. 정신이 다 아찔하였다. 험하고 깊은 산속이라 그대로 죽여 버릴 작정이 분명하다. 세 번째는 또다시 가슴을 겨누고 내려올 제 인제는 꼬박 죽었구나, 하였다. 참으로 지긋지긋하고 아슬아슬한 순간이었다. 그때 천행이랄까, 대문짝처럼 크고 억센 더펄이가 비호같이 날아들었다. 잡은 참 그놈의 허리를 뒤로 두 손에 꿰어 들더니 산비탈로 내던져 버렸다. 그놈은 그때 살았는지 죽었는지 이내 모른다. 꽁보는 곧바로 감석과 한꺼번에 더펄이 등에 업혀 마을로 내려왔던 것이다.

현재 꽁보가 갖고 다니는 그 목숨은, 즉 더펄이 손에서 명

줄을 받은 그때의 끄트머리다. 더펄이를 형이라 불렀고 형우
제공을 깍듯이 하는 것도 까닭 없는 일은 아니었다.

　이 산골도 그 녀석의 산골과 뚝 헐없는 흉칙스러운 낯짝을
가졌다. 한번 휘 돌아보니 몸서리치던 그 경상을 다시 생각
하지 않을 수 없다. 꽁보는 담배만 빡빡 피우며 시름 없이 앉
았다.

　"몸 좀 녹여서 인제 시적시적 해볼까?"

　더펄이도 추운지 떨리는 몸을 툭툭 털며 일어선다. 시작하
도록 연모는 채비가 다 된 모양. 저편으로 가서 훔척훔척하
더니 바랑에서 막걸리병과 돼지 다리를 꺼내 들고 이리로 온
다.

　"그래도 좀 거냉은 해야 할걸!"

하고 그는 병마개를 이로 뽑더니,

　"에이 그냥 먹세, 언제 데워 먹겠나?"

　"데웁시다."

　"글쎄 그것두 좋구, 근데 불을 놨다가 들키면 어쩌나?"

　"저 바위 틈에다 가리고 핍시다."

　아우는 일어서서 가랑잎을 긁어 모았다.

　형은 더듬어 가며 소나무 삭정이를 뚝뚝 꺾어서 한아름 안
았다. 병풍과 같이 바위와 바위 사이에 틈이 벌었다. 그 속으
로 들어가 그들은 불을 놓았다.

　"커―, 그어 맛 좋아이."

　형은 한 잔을 쪽 켜고 거나하였다. 칼로 돼지고기를 저며
들고 쩍쩍 씹는다.

　"아까 술집 계집 봤나?"

"왜 그루?"

어떻든가?"

"……."

"아주 똑 땄데, 고거 참!"

하고 그는 눈을 불빛에 끔벅거리며 싱글싱글 웃는다. 일 년
이면 열두 달, 줄창 돌아만 다니는 신세였다. 오늘은 서로,
내일은 동으로 조선 천지의 금점(금광)판치고 아니 찝쩍거린
데가 없었다. 언제나 나도 그런 계집 하나 만나 살림을 좀 해
보누, 하면 무거운 한숨이 절로 안 날 수 없다.

"거, 계집 있는 게 한결 낫겠더군!"

하고 저도 열적을 만큼 시풍스러운 소리를 하니까,

"글쎄요—."

하고 꽁보는 그 얼굴을 빤히 쳐다보았다. 이 날까지 같이 다
녀야 그런 법 없더니만 왜 별안간 계집 생각이 날까. 별일이
로군— 하긴 저도 요즘으로 부쩍 그런 생각이 무룩무룩 안
나는 것도 아니지만. 가을이 늦어서 그런지 두 홀애비 마주
앉기만 하면 나는 건 그 생각뿐.

"성님, 장가들라우?"

"어디 웬 계집이 있나?"

"글쎄?"

하고 꽁보는 그 말을 젖히다가 언뜻 이런 생각을 하였다. 제
누이를 주면 어떨까. 지금 그 누이가 충주 근방 어느 농군에
게 출가하여 자식을 둘씩이나 낳았다마는 매우 반반한 얼굴
을 가졌다. 이걸 준다면 형은 무척 반기겠고 또한 목숨을 구
해 준 그 은혜에 대하여 손 씻어도 되리라.

"성님, 내 누이를 주라우?"

"누이?"

"썩 이쁘우, 성님이 보면 아마 담박 반하리다."

더펄이는 다음 말을 기다리며 다만 벙벙하였다. 불빛에 이글이글하고 검붉은 그 얼굴에는 만족한 미소가 떠올랐다. 그 누이에 대하여 칭찬은 전일부터 많이 들었다. 그럴 적마다 속중으로는 슬며시 생각이 달랐으나 차마 이렇다 토설치는 못했던 터였다.

"어떻수?"

"글쎄, 그런데 살림하는 사람을 그리 되겠나?"

하여 뒷심은 두면서도 어정쩡하게 물어 보았다. 그러고 들껍쩍하고 술을 따라서 아우에게 권하다가 반이나 엎질렀다.

"그야, 돌려 빼면 고만이지, 누가 뭐랠 터유?"

꽁보는 자신이 있는 듯이 이렇게 선언하였다.

더펄이는 아주 좋았다. 팔짱을 딱 찌르고는 눈을 감았다. 나두 이젠 계집 하나 안아 보는구나! 아마 그 누이란 썩 이쁠 것이다. 오동통하고, 아양스럽고, 이런 계집에 틀림없으리라. 그럴 필요도 없건마는 그는 벌떡 일어서서 주춤주춤하다가 다시 펄썩 앉는다.

"언제 갈려나?"

"가만 있수, 이거 해 가지구 낼 갑시다."

오늘 일만 잘되면 내일로 곧 떠나도 좋다. 충청도라야 강원도 역경을 지나 칠팔십 리 걸으면 고만이다. 내일 해껏 걸으면 모레 아침에는 누이 집을 들러서 다른 금점으로 가리라 예정하였다. 그런데 이놈의 금을 언제나 좀 잡아 볼는지 아득한 일이었다.

"빌어먹을 거, 언제쯤 재수가 좀 터 보나!"

꽁보는 뜯고 있던 돼지 뼈다귀를 내던지며 이렇게 한탄하였다.

"염려 말게. 어떻게 되겠지. 오늘은 꼭 노다지가 터질테니 두고 볼려나?"

"작히 좋게수, 그렇거든 고만 들어앉읍시다."

"이를 말인가, 이게 참 할 노릇을 하나, 이제 말이지."

그들은 몇 번이나 이렇게 자위했는지 그 수를 모른다. 네가 노다지를 만나든 내가 만나든 둘이 똑같이 나눠 가지고 집을 사고 계집을 얻고 술도 먹고 편히 살자고, 그러나 여지껏 한 번이라도 그렇게 돼 본 적이 없으니 매양 헛소리가 되고 말았다.

"닭 울 때도 되었네. 인제 슬슬 가 볼려나?"

더펄이는 선뜻 일어서서 바랑을 짊어메다가 꽁보를 바라보았다. 몸이 또 도지는지 불 앞에서 오르르 떨고 있는 것이 퍽이나 측은하였다.

"여보게. 내 혼자 해 갖고 올게. 불이나 쬐고 거기 있을려나?"

"뭘, 갑시다."

꽁보는 꼬물꼬물 일어서며 바랑을 메었다.

그들은 발로다 불을 비벼 끄고는 거기를 떠났다.

산에, 골을 엇비슷이 돌아 오르는 샛길이 놓였다. 좌우로는 솔, 잣, 밤, 단풍 이런 나무들이 울창하게 꽉 들어박혔다. 그 밑으로 재갈, 아니면 불퉁바위는 예제 없이 마냥 뒹굴었다. 한갓 시커먼 그 암흑 속을 그 둘은 더듬고 기어오른다. 풀숲의 이슬로 말미암아 고의는 축축이 젖었다. 다리를 옮겨 놀 적마다 철떡철떡 살에 붙으며 찬 기운이 쭉 끼친다. 그리고 모진 바람은 뻔질 불어내린다. 붕하고 능글차게 낙엽을 불어내리다가는 뺑하고 되알지게 기를 복 쓴다.

꽁보는 더펄이 뒤를 따라오르며 달달 떨었다. 이게 지랄인지 난장인지. 세상에 짜장 못 해먹을 건 금점 빼고 다시 없으리라. 금이 다 무언지, 요 짓을 꼭 해야 한담. 게다가 건뜻하면 서로 두들겨 죽이는 것이 일. 참말이지 금쟁이치고 하나 순한 놈 못 봤다. 몸이 저릴 적마다 지겹던 과거를 또 연상하며 그는 다시금 몸에 소름이 돋았다. 그러자 맞은편 산 수풍에서 큰 불이 어른하였다. 호랑이! 이렇게 놀라고 더펄이 허리에 가 덥석 달리며,

"저게 뭐유?"

하고 다르르 떨었다.

"뭐?"

"저거, 아니 지금은 없어졌네."

더펄이는 심상히 대답하고 천연스레 올라간다. 다구진 그 태도에 좀 안심이 되는 듯싶으나 그래도 썩 편치는 못했다. 왜 이리 오늘은 자꾸 겁만 드는지 까닭을 모르겠다. 몸은 매시근하고 열로 인하여 입이 바짝바짝 탄다. 이것이 웬만하면 그럴 리 없으련마는…….

"자네, 안 되겠네, 내 등에 업히게!"

하고 더펄이는 등을 내대일 제 그는 잠자코 바랑 위로 넙쭉 업혔다. 그래도 끽소리 없이 덜렁덜렁 올라가는 더펄이를 굽

어보며 실팍한 그 몸이 여간 부러운 것이 아니었다.

불볕 내리는 복중처럼 씨근거리며 이마에 땀이 쫙 흘렀을 그때에야 비로소 더펄이는 산 마루턱까지 이르렀다. 꽁보를 내려놓고 땀을 씻으며 후 하고 숨을 돌린다. 이젠 얼마 안 남았겠지. 조금 내려가면 요 아래에 있을것이다.

그들이 이 마을에 들른 것은 바로 오늘 점심때이다. 지나서 그냥 가려 하다가 뜻하지 않은 주막 주인 말에 귀가 번쩍 띄었던 것이다. 저 산 너머 금점이 있는데 금이 푹푹 쏟아지는 화수분이라고. 요즘에는 화약 허가를 내가지고 완전히 일을 하고자 하여 부득이 잠시 휴광중이고 머지않아 다시 시작할 게다. 그리고 금 도적을 맞을까 하여 밤낮 구별 없이 감시하는 중이라 하는 것이다.

그러나 이 밤중에 누가 자지 않고 설마, 하고 더펄이는 덜렁덜렁 내려간다. 꽁보는 그 꽁무니를 쿡쿡 찔렀다. 그래도 사람의 일이니 물론 모른다. 좌우 곁으로 살펴보며 살금살금 사려 내려온다.

그들은 오 분쯤 내려왔다. 딴은 커다란 구덩이 하나가 딱 내달았다. 산중턱에 집더미 같은 바위가 놓였고 그 옆으로 또 하나가 놓여 가달이 졌다. 그 가운데에다 뻐듬한 돌 장벽을 끼고 구멍을 뚫은 것이다. 가루지는 한 발 좀 못 되고 길벅지는 약 세발 가량. 성냥을 그어 대보니 네 길이 넘었다. 함부로 쪼아먹은 구덩이라 꺼칠한 놈이 군 버럭도 똑똑히 못 치웠다. 잠채(몰래 들어가 채굴함)를 염려하여 그랬으리라, 사라리는 모조리 떼가고 밍숭밍숭한 돌벽이 있을 뿐이다.

그들은 다시 한 번 사방을 두레두레 돌아보았다. 지척을 분간키 어려우나 필경 사람은 없을 것이다. 마음을 놓고 바랑에서 관솔을 꺼내어 불을 당겼다. 더펄이가 먼저 장벽에 엎드려 뒤로 기어내린다. 꽁보는 불을 들고 조심성 있게 참참이 내려온다. 한 길쯤 남았을 때 고만 발이 찍, 하고 더펄이는 떨어졌다. 끙, 하고 무던히 골탕은 먹었으나 그대로 쓱싹 일어섰다. 동이 트기 전에 얼른 금을 따야 될 것이다.

"여보게 아우, 나는 어딜 따랴나?"

"글쎄유……, 가만이 계슈."

아우는 불을 들이대고 줄맥을 한번 쭉 훑었다.

금점일에는 난다 긴다 하는 아달맹이 금재이었다. 썩 보더니 복판에는 동이 먹어 들어가고 양편 가생이로 차차 줄이 생하는 것을 알았다.

"성님은 저편 구석을 따우."

아우는 이렇게 지시하고 저는 이쪽 구석으로 왔다. 그러나 차마 그 틈바귀로 들어갈 생각이 안 난다. 한 길이나 실히 되도록 쌓아 올린 동발이 금방 넘어올 듯이 위험하였다. 밑에는 좀 잘은 돌로 쌓았으나 그 위에는 제법 굵직굵직한 놈들이 얹혔다. 이것이 무너지면 깩 소리도 못 하고 치어 죽는다.

꽁보는 한참 생각했으되 별수없다. 낯을 찌푸려 가며 바랑에서 망치와 타래증을 꺼내들었다. 그런데 어떻게 파먹은 놈이기에 옴푹이 들어간 것이 일커녕 몸 하나 놓을 데가 없다. 마지못해 두 다리를 동발께로 쭉 뻗고 몸을 그 홈패기에 착 엎드려 망치질을 하기 시작하였다.

돌에 뚫린 석혈 구덩이라 공기는 더욱 퀭하였다. 정 때리는 소리만 양쪽 벽에 무겁게 부딪친다.

팡! 팡!

이렇게 몹시 귀를 울린다.

거의 한 시간이 넘었다. 그들은 버력 같은 만감 이외에 아무것도 얻지 못했다. 다시 오 분이 지난다. 십 분이 지난다. 딱 그때다.

꽁보는 땀을 철철 흘리며 좁다란 그 틈에서 감 하나를 손에 따들었다. 헐없이 작은 목침 같은 그런 돌팍을. 엎드린 그대로 불빛에 비쳐 가만이 뒤져 보았다. 번들번들한 놈이 그 광채가 매우 혼란스럽다. 혹시 연철이나 아닐까. 그는 돌 위에 눕혀 놓고 망치로 두드려 깨 보았다. 좀체 해서는 쪽이 잘 안 나갈 만큼 쭌둑쭌둑한 금돌! 그는 다시 집어들고 눈앞으로 바싹 가져오며 실눈을 떴다. 얼마를 뚫어지게 노려보았다. 무작정으로 가슴은 뚝딱거리고 마냥 들렌다. 이 돌에 박힌 금만으로도, 모름 몰라도 하치 열 냥중은 넘겠지. 천 원! 천 원!

"그 뭔가, 뭐야?"

더펄이는 이렇게 허둥지둥 달려들었다.

"노다지."

하고 풀죽은 대답.

"으—응, 노다지?"

하기 무섭게 더펄이는 우뻑지뻑 그 돌을 받아들고 눈에 들이댄다. 척척 휠 만큼 들이박힌 금. 우리도 이젠 팔짜를 고치누나! 그는 껍쩍껍쩍 엉덩춤이 절로 난다.

"이리 나오게, 내 땀세."

그는 아우의 몸을 번쩍 들어 내놓고 제가 대신 들어간다.

역시 동발께로 다리를 쭉 뻗고는 그 틈바귀에 덥썩 업드렸다. 몸이 워낙 커서 좀 둥개나 아무렇게도 아우보다 힘이 낫겠지. 그 좁은 틈에 타래증을 꽂아 박고 식, 식, 하고 망치로 때린다.

꽁보는 그 앞에 서서 시무룩하니 흥이 지었다. 금점일로 할지면 제가 선생이요, 형은 제 지휘를 받아왔던 것이다. 뭘 안다고 푸뚱이가 어줍대는가, 돌 쪽 하나 변변히 못 떼낼 것이……

그는 형의 태도가 심상치 않음을 얼핏 알았다. 금을 보더니 완연히 변한다.

"저 곡괭이 좀 집어 주게."

형은 고개도 아니 들고 소리를 빽 지른다.

아우는 잠자코 대꾸도 아니한다. 사람을 너무 얕보는 그 꼴이 썩 아니꼬왔다.

"아, 이 사람아, 곡괭이 좀 얼른 집어 줘, 왜 저리 정신없이 섰나?"

그리고 눈을 딱 부릅뜨고 쳐다본다. 아우는 암말 않고 저편 구석에 놓인 곡괭이를 집어다 주었다. 그리고 우두커니 다시 섰다. 형이 무람없이 굴면 굴수록 그것은 반드시 시위에 가까웠다. 힘이 좀 있다고 주제넘게 꺼떡이는 그 화상이야 눈허리가 시면 시었지 그냥은 못 볼 것이다.

"또 땄네. 내 기운이 어떤가?"

형은 이렇게 주적거리며 곡괭이를 연송 내리찍는다. 마치 죽통에 덤벼드는 돼지 모양이다. 억척스럽게도 손뼉만한 감을 두 쪽이나 따냈다. 인제는 악이 아니면 세상 없어도 더는 못 딸 것이다.

엑! 엑! 엑!

그래도 억센 주먹이 굳은 농이다. 벌컥벌컥 나간다.

제 힘을 되우 자랑하는 형을 이윽히 바라보니 또한 그 속이 보인다. 필연코 이 노다지를 혼자 먹으려고 하는 것이다. 하면 내가 있는 것을 몹시 꺼리겠지 하고 속을 태운다.

"이것 봐, 자네 같은 건 골백 와야 소용없네."

하고 또 뽐낼 제 가슴이 선뜩하였다. 앞서는 형의 손에 목숨을 구해 받았으나 이번에는 같은 산골에서 그 주먹에 명을 도로 끊을지도 모른다. 그는 형의 주먹을 가만히 내려보다가 가엾이도 앙상한 제 주먹을 대조하여 보지 않을 수 없다. 그러나 다만 속이 바르르 떨릴 뿐이다.

그러자 꿍보는 기겁을 하여 놀라며 뒤로 물러섰다. 어이쿠 하는 불시의 비명과 아울러 와그르하였다. 쌓아올린 동발이 어찌하다 중턱이 헐렸다. 모진 돌들은 더펄이의 장딴지며 넓적다리, 엉덩이까지 그대로 업눌렀다. 살은 물론 으스러졌으리라. 그는 엎드린 채 꼼짝 못 하고 아픈데 못 이겨 끙끙거린다. 허나 죽질 않기만 요행이다. 바로 그 위에 공중에는 징그럽게 커다란 돌이 내려 구르자 그 밑을 받친 불과 조그만 조각돌에 걸려 미처 못 굴러내리고 간댕거리는 길이었다. 이 돌만 내리치면 그 밑에 그는 목숨은 고사하고 육살이 될 것이다.

"여보게, 내 몸 좀 빼 주게."

형은 몸은 못 쓰고 죽어 가는 목소리로 애원한다. 그리고 또,

228

"아우, 나 죽네, 응?"

하고 거듭 애를 끊으며 빌붙는다. 고개만 겨우 들었을 따름, 그 외에는 손조차 자유를 잃은 모양 같다.

아우는 무너지려는 동발을 쳐다보며 얼른 그 머리맡으로 다가선다. 발 앞에 놓인 노다지 세 쪽을 날쌔게 손에 잡자 도로 얼른 물러섰다. 그리고 눈물이 흐른 형의 얼굴은 돌아도 안 보고 그 발로 허둥지둥 장벽을 기어오른다.

"이놈아!"

너무 기어올라 벼락같이 악을 쓰는 호통이 들렸다. 또 연하여 우지끈 뚝딱, 하는 무서운 폭성이 들렸다. 그것은 거의 동시의 일이었다. 그리고는 좀 와스스하다가 잠잠하였다.

그때는 벌써 두 길이나 넘어 아우는 기어올랐다. 굿문까지 다 나왔을 제 그는 머리만 내밀어 사방을 두릿거리다 그림자같이 사라진다.

더펄이의 형체는 보이지 않는다. 침침한 어둠 속에 단지 굵은 돌멩이만이 쫙 흩어졌다. 이쪽 마구리의 타다 남은 화롯불은 바야흐로 질듯 질듯 껌벅거린다. 그리고 된바람이 애, 하고는 굿문께서 모래를 쫘륵, 쫘륵, 드려 뿜는다.

# 솥

들고 나갈 거라곤 인제 매함지와 키 조각이 있을 뿐이다. 그 외에도 체랑 그릇이랑 있긴 좀 하나 깨어지고 헐고 하여 아무짝에도 못 쓸 것이다. 그나마도 들고 나서려면 아내의 눈을 기워야 할 터인데 맞은쪽에 빠안히 앉았으니 꼼짝할 수 없다. 하지만 오늘도 밸을 좀 긁어 놓으면 성이 뻗쳐서 제물로 부르르 나가 버리리라……. 아랫목에 근식이는 저녁상을 물린 뒤 두 다리를 세워 안고, 그리고 고래를 떨친 채 묵묵하였다. 왜냐하면 묘한 꼬투리가 있음직하면서도 선뜻 생각나지 않는 까닭이었다.

윗목에는 내려오는 냉기로 하여 아랫방까지 몹시 싸늘하다. 가을쯤 치받이를 해두었더라면 좋았으련만 천장에서는 흙방울이 똑똑 떨어지며 찬바람은 새어든다.

헌 옷때기를 들쓰고 앉아 어린 아들은 화롯전에서 칭얼거린다. 아내는 이 아이를 어르며 달래며 부지런히 감자를 구워 먹인다. 그러나 다리를 모로 늘이고 사지를 뒤트는 양이 온종일 방앗다리에 시달린 몸이라 매우 나른한 맥이었다. 손

230

으로 가끔 입을 막고 연달아 하품만 할 뿐이었다.

한참 지난 후 남편은 고개를 들고 아내의 눈치를 살펴보았다. 그리고 두터운 입술을 찌그리며 바로 데퉁스러이,

"아까 낮에 누가 왔다 갔어?"하고 한마디 얼른 내다붙였다. 그러나 아내는,

"면서기밖에 누가 왔다 갔지유……" 하고 심심히 받으며 거들떠보지도 않는다.

물론 전부터 미뤄오던 호포를 독촉하러 오늘 면서기가 왔던 것을 남편이라고 모르는 바도 아니었다. 자기는 거리에서 먼저 기수채고 그 때문에 붙잡히면 혼이 뜰까 봐 일부러 몸을 피하였다. 마는 어차피 말을 고쳐 하니까,

"볼 일이 있으면 날 불러대든지 할 게지 왜 그놈을 방으루 불러들이고 이 야단이야?" 하고 눈을 부릅뜨지 않을 수가 없었다.

아내는 이 말에 이마를 홱 들더니 눈꼴이 잔뜩 돌아간다. 하도 어이없는 일이라 기가 콱 막힌 모양이었다. 샐쭉해서 턱을 조금 솟치자 그대로 떨어지고 잠자코 아이에게 감자만 먹인다.

이만 하면, 하고 남편은 다시 한 번,

"헐 말이 있으면 문 밖에서 허든지, 방으로까지 끌어들이는 건 다 뭐야?"

분을 솟궜다. 그제서야,

"남의 속 모르는 소리 작작 하게유. 자기 때문에 말막음하느라구 욕본 생각은 못 하구."

아내는 가무잡잡한 얼굴에 핏대를 올렸으나, 그러나 표정

을 고르잡지 못한다. 얼마를 그렇게 앉았더니 이번에는 남편의 낯을 똑바로 쏘아보며,

"그러지 말구 밤마다 짚신짝이라두 삼어서 호포를 갖다 내게유" 하다가 좀 사이를 두고 들릴 듯 말 듯한 혼잣소리다.

"기집이 좋다기로 그래 집안 물건을 다 들어낸담!" 하고 야무지게 종알거린다.

"뭐, 집안 물건을 누가 들어내?"

그는 시치미를 딱 떼고 제법 천연스리 펄쩍 뛰었다. 그러나 속으로는 떡메로 복장이나 얻어맞은 듯 찌인하였다. 이제까지 까맣게 모르는 줄만 알았더니 아내는 귀신같이 옛날에다 안 눈치다. 어젯밤 아내의 속옷과 그젯밤 맷돌짝을 훔쳐낸 것이 죄다 탄로가 되었구나, 생각하니 불쾌하기가 짝이없다.

"누가 그런 소리를 해. 벼락을 맞을라구?"

그는 이렇게 큰소리를 해보았으나 한 팔로 아이를 끌어들여 젖만 먹일 뿐, 젊은 아내는 숫제 받아 주질 않았다.

아내는 샘과 분을 못 이겨 무슨 되알진 소리가 터질 듯하면서도 그냥 꾹 참는 모양이었다. 눈은 아래로 내리깔고 색색 숨소리만 내다가 남편이 또다시,

"누가 그 따위 소릴 해 그래?" 할 제에야 비로소 입을 여는 것이―.

"재숙 어머니지, 누군 누구야?"

"그래, 뭐라구?"

"들병이와 배 맞었다지 뭘 뭐래? 맷돌허구 내 속곳은 술

사먹으라는 거지유?"

남편은 더 빼치지를 못하고 그만 얼굴이 화끈 달았다. 아내는 좀 살자고 고생을 무릅쓰고 바둥거리는 이 판에 남편이란 궐자(그 사람)는 그 속곳을 술 사먹었다면 어느 모로 따져 보든 곱지 못한 행실이리라. 그는 아내의 시선을 피할 만큼 몹시 양심의 가책을 느꼈다. 마는 그렇다고 자기의 의지가 꺾인다면 또한 남편된 도리도 아니었다.

"보두 못 허구 앰한 소릴 해 그래, 눈깔들이 멀라구?"하고 변명삼아 목청을 꽉 돋웠다.

그러나 아무 효력도 보이지 않음에는 제대로 약만 점점 오를 뿐이다. 이러다간 본전도 못 건질 걸 알고 말끝을 얼른 돌려,

"자기는 뭔데 대낮에 사내놈을 방으로 불러들이구, 대관절 둘이 뭣 했더람!"

하여 아내를 되술래잡았다(사죄는커녕 되려 나무라는 것).

아내는 독살이 송곳 끝처럼 뾰로져서 젖 먹이던 아이를 방 바닥에 쓸어박고 발딱 일어섰다. 제 공을 모르고 게정(불평을 품고 떠드는 언행)만 부리니까 매우 야속한 모양 같다. 찬방에서 너 좀 자 보란 듯이 천연스레 뒤로 치마꼬리를 여미더니 그대로 살랑살랑 나가 버린다.

아이는 또 그대로 요란스레 울어댄다. 눈 위를 밟는 아내의 발자국 소리가 멀리 사라짐을 알자 그는 비로소 맘이 놓였다. 방문을 열고 가만히 밖으로 나왔다. 무슨 짓을 하든 볼 사람은 없을 것이다.

그는 부엌으로 더듬어 들어가서 우선 성냥을 드윽 그어대

고 두리번거렸다. 짐작했던 대로 그 함지박은 부뚜막 위에서 주인을 우두커니 기다리고 있다. 그 속에 담긴 감자 나부랭이는 그 자리에 쏟아 버리고, 그리고 나서 번쩍 들고 뒤란으로 나갔다. 앞으로 들고 나갔으면 좋을 테지만 그러다 아내에게 들키면 아주 혼이 난다. 어렵더라도 뒤꼍 언덕 위로 올라가서 울타리 밖으로 쿵 하고 아니 던져 넘길 수 없다. 그 다음에가 이게 좀 거북한 일이었다. 하지만 예전에 뒤나 보러 나온 듯이 뒷짐을 딱 지고 싸리문께로 나와 유유히 사면을 돌아보면 그만이다. 하얀 눈 위에는 아내가 고대 밟고 간 발자국만이 딩금딩금 남았다.

그는 울타리에 몸을 착 비벼대고 뒤로 돌아서 그 함지박을 집어들자 곧 뺑소니를 놓았다.

근식이는 인가를 피하여 산기슭으로만 멀찌감치 돌았다. 그러나 함지박은 몸에다 곁으로 착 붙였으니 좀체로 들킬 염려는 없을 것이다.

매웁게 쌀쌀한 초생달은 푸른 하늘에 댕그머니 눈을 떴다. 수어리 골을 흘러내리는 시내도 이제는 얼어붙었고 그 빛이 날카롭게 번득인다. 그리고 산이며 들, 집, 낟가리, 만물은 겹겹 눈에 잠겨 숨소리조차 내질 않는다.

산길을 빠져서 거리로 나오려 할 제 어디에선가 징이 찡 찡, 울린다. 그 소리가 고적한 밤공기를 은은히 흔들고 하늘 저편으로 사라진다. 그는 가던 다리가 멈칫하여 멍하니 넋을 잃고 섰다.

오늘 밤이 농민회 총회임을 그만 정신이 나빠서 깜빡 잊었던 것이다. 한 번 회에 안 가는데 궐전이 오 전, 뿐만 아니라 공연한 부역까지 안담이(남의 책임을 맡아 짐)씌우는 것이 이 동리의 전례였다. 또 경쳤구나, 하고 길에서 그는 망설이다, 허나 몸이 아파서 앓았다면 그만이겠지, 이쯤 안심도 해본다. 그렇지만 어쩐 일인지 그래도 속이 끌밋하였다.

요즘 눈바람은 부닥치는데 조밥 꽁댕이를 씹어 가며 신작로를 닦는 것은 그리 수월치도 않은 일이었다. 떨면서 그 지랄을 또 하려니, 생각만 해도 짜장 이에서 신물이 날 뻔하다만다. 그럼 하루를 편히 쉬고 그걸 또 하느냐. 회에 가서 새까먹은 소리나마 그 소리를 좇아 가며 듣고 앉았느냐— 얼른 딱 정하지를 못하고 그는 거리에서 한 서너 번이나 주춤하였다. 하지만 농민회가 동리에 청년들을 말짱 다 쓸어간 그것만은 여간 고마운 일이 아니었다. 오늘 밤에는 술집에 가서 저 혼자 들병이를 차지하고 놀 수 있으리라.

그는 선뜻 이렇게 생각하고 부지런히 다리를 재촉하였다. 그리고 술집 가까이 왔을 때에도 기쁠 뿐만 아니요, 또한 용기까지 솟아올랐다. 길가에 따로 떨어져서 호젓이 놓인 집이 술집이다. 산모롱이 옆에 서서 눈이 쌓이어 그 흔적이 긴가민가하나 달빛에 비치어 갸름한 꼬리를 달고 있다. 서쪽으로 그림자에 묻혀 대문이 열렸고 그 곁으로 불이 반짝대는 지게문이 하나 있다. 이 방이, 즉 계숙이가 빌려서 술을 팔고 있는 방이다. 문을 열고 썩 들어서니 계숙이는 일어서며 무척 반긴다.

"이게 웬 함지박이지유?"

그 태도며 얕은 웃음을 짓는 약이 나달 전 처음 인사할 때와 조금도 변치 않았다. 아마 어젯밤 자기를 보고 사랑한다던 그 말이 알톨 같은 진정이기도 쉽다. 하여튼 정분이란 과연 희한한 물건이로군…….

"왜 웃어, 어젯밤 술값으로 가져왔는데……"하고 근식이는 말을 받다가 어쩐지 좀 겸연쩍었다. 계집이 받아 들고서 이리로 뒤척 저리로 뒤척 하며 또는 바닥을 두들겨도 보며 이렇게 좋아하는 걸 얼마쯤 보다가,

"그게 그래 봬두 두 장은 훨씬 넘을걸!"

마주 싱그레 웃어 주었다. 참이지 계숙이의 흥겨운 낯을 보는 것은 그의 행복 전부였다.

계집은 함지를 들고 안쪽 문으로 들고 나가더니 술상 하나를 곱게 받쳐 들고 들어왔다. 돈이 없어서 미안하여 달라지도 않는 술이나, 술값은 어찌 되었든지 우선 한잔 하란 맥이었다. 막걸리를 화로에 거냉(去冷)만 하여 따라 부으며,

"어서 마시게유, 그래야 몸이 풀려유―."

하더니 손수 입에다 부어까지 준다.

그는 황감하여 얼른 한숨에 쭈욱 들이켰다. 그리고 한 잔 두 잔 석 잔…….

계숙이는 탐탁히 옆에 붙어 앉더니 근식이의 얼은 손을 젖가슴에 묻어 주며

"아이 차, 일 어째!"한다. 떨고서 왔으니까 퍽이나 가여운 모양이었다. 계숙이는 얼마 그렇게 안타까워하고 고개를 모로 접으며,

"난 낼 떠나유……"하고 썩 떨어지기 섭한 내색을 보인다. 좀더 있으려고 했으나 아까 농민회 회장이 찾아왔다. 동리를 위해서 들병이는 절대로 안 받으니 냉큼 떠나라 했다.

그러나 이밤에야 어디를 가랴. 내일 아침 밝는 대로 떠나겠노라 했다 하는 것이다.

이 말을 듣고 근식이는 그만 낭판이 떨어져서 멍멍하였다. 언제이든 갈 줄은 알았던 게나 이다지도 갑다기 서둘 줄은 꿈 밖이었다. 자기 혼자서 따로 떨러지면 앞으로는 어떻게 살려는가…….

계숙이의 말을 들어 보면 저에게도 번히는(분명한) 남편이 있었다 한다. 즉 아랫목에 방금 누워 있는 저 아이의 아버지가 되는 사람이다. 술만 처먹고 노름질에다 후따하면 아내를 두들겨 패고 번 돈푼을 뺏어 가고는 해서 당최 견딜 수가 없어 석 달 전에 갈렸다고 하는 것이다. 그럼 자기와 드러내 놓고 살아도 무방한 것이 아닌가. 허나 그런 소리란 차마 이쪽에서 먼저 꺼내기가 어색하였다.

"난 그래 어떻게 살아……. 나두 따라갈까?"

"그럼, 그럽시다유" 하고 계숙이는 그 말을 바랐단 듯이 선뜻 받다가,

"집에 있는 아내는 어떡하지유?"

"그건 염려 없어!"

근식이는 그만 기운이 뻗쳐서 시방부터 계숙이를 얼싸안고 들먹거린다. 치우기는 별로 힘들지 않을 것이다. 왜냐하면 제대로 그냥 내버려 두면 제가 어디로 가든 할 게니까. 하여튼 이제부터는 계숙이를 따라다니며 빌어먹겠구나, 하는 새로운 생활만이 기쁠 뿐이다.

"내 밝기 전에 가야 들키지 않을걸!"

밤이 야심해도 회 때문인지 술꾼은 좀체 보이지 않았다.

이젠 안 오려니 단념하고 방문고리를 걸은 뒤 불을 껐다. 그리고 계숙이는 멀거니 앉아 있는 근식이의 팔에 몸을 던지며 한숨을 후우 짓는다.

"살림을 하려면 그릇 조각이라두 있어야 할 텐데……."

"염려 마라, 내 집에 가서 가져오지!"

그는 조금도 거리낌없이 그저 선선하였다. 딴은 아내가 잠에 곯아지거든 슬며시 들어가서 이것저것 마음에 드는 대로 후무려 오면 그뿐이다. 앞으로 굶주리지 않아도 맘 편히 살려니 생각하니 잠도 안 올 만큼 가슴이 들렁들렁하였다.

방은 외풍이 몹시도 세었다. 주인이 그악스러워서(지나칠 정도로 심하여) 구들에 불도 변변히 안 지핀 모양이다. 까칠한 공석자리에 등을 붙이고 사시나무 떨리듯 덜덜 대구 떨었다. 한구석에 쓸어박혔던 아이가 별안간 잠이 깨었다. 칭얼거리며 사이를 파고들려는 걸 어미가 야단을 치니 도로 제자리에 가서 찍 소리 없이 누웠다. 매우 훈련 잘 받은 젖먹이였다.

그러나 근식이는 그놈이 생각하면 할수록 되우 싫었다. 우리들이 죽도록 모아 놓으면 저놈이 중간에서 써 버리겠지. 제 애비 본으로 노름질도 하고, 에미를 두들겨 패서 돈도 뺏고 하리라. 그러면 나는 신선 놀음에 도끼자루 썩는 격으로 헛공만 들이는 게 아닐까 하고 생각하니 당장에 곧 얼어죽어도 아깝지는 않을 것이다. 허나 어미의 환심을 사려니깐,

"에, 그놈 착하기도 하지" 하고 두어 번 그 궁둥이를 안 뚜덕일 수도 없으리라.

달이 기울어서 지게문을 훤히 밝게 되었다. 간간 외양간

에서는 소의 숨쉬는 식식 소리가 거푸지게 들려온다. 평화로운 잠자리에 때아닌 마가 들었다. 뭉태가 와서 낮은 소리로 계숙이를 부르며 지게문을 열라고 찌걱거리는 게 아닌가. 전일부터 계숙이에게 돈 좀 쓰던 단골이라고 세도가 막 댕댕하다(태도가 당당하다).

근식이는 망할 자식, 하고 골피를 찌푸렸다. 마는 계숙이가 귓속말로,

"내 잠깐 말해 보낼 게 밖에 나가 기달리유" 함에는 속이 좀 든든하지 않을 수 없다. 그 말은 남편을 신뢰하고 하는 통사정이리라.

그는 안문으로 바람같이 나와서 방 벽께로 몸을 착 붙여 세우고 가끔 안채를 살펴보았다. 술집 주인이 나오다 이걸 본다면 담박 미친 놈이라고 욕을 할 것이다. 그렇지 않아도 그저께는,

"자네 바람 잔뜩 났네그려. 난 술을 파니 좋긴 하지만 맷돌짝을 들고 나오면 살림 그만둘 터인가?" 하고 멀쑤룩하게 닭이었다. 오늘 들키면 또 무슨 소리를……

근식이는 떨고 섰다가 이상한 소리를 듣고 정신이 번쩍 들었다. 그는 방문께로 바특이 다가서서 가만히 귀를 기울렸다. 왜냐하면 뭉태가 들어오며,

"오늘두 그놈 왔었나?" 하더니 계집이,

"아니유, 아무도 오늘은 안 왔어유" 하고 시치미를 떼니까,

"갔겠지, 뭘. 그 자식 왜 새 바람이 나서 지랄이야?" 하고 썩 신퉁그러지게 비웃는다.

여기에서 그놈 그 자식이란 물을 것도 없이 근식이를 가리
킴이다. 그는 살이 다 불불 떨렸다. 그뿐 아니라 이말 저말
한참을 중언부언 지껄이더니,

"그 자식 동리에서 내쫓는다던걸!"

"왜 내쫓아?"

"아, 회엔 안 오고 술집에만 박혀 있으니까 그렇지."

(이건 멀쩡한 거짓말이다. 회 좀 안 갔기로 내쫓는 경우가
어디 있니, 망할 자식) 하고 그는 속으로 노하며 은근히 굳
세게 쥔 주먹이 자꾸 떨리었다. 그만이라도 좋으련만,

"그 자식 어찌 못났는지 아내까지 동리로 돌아다니며 미
화라구 숭(흉)을 보는걸!"

(또 거짓말, 아내가 날 얼마나 무서워하는데 그런 소리를
해!)

"남편을 미화라구?" 하고 계집이 호호대고 웃으니까,

"그럼 안 그래? 그러구 계숙이를 집안 망할 도적년이라고
하던걸. 맷돌두 집어 가구 속곳도 집어 가구 했다구."

"누가 집어 가, 갖다 주니까 받았지" 하고 계집이 팔짝 뛰
는 기색이더니,

"내가 아나, 근식이 처가 그러니깐 나두 말이지."

(아내가 설혹 그랬기루 그걸 다 꼬드겨 바쳐? 개새끼 같으
니!)

그 다음엔 들으려고 애를 써도 들을 수 없을 만큼 병아리
소리로들 뭐라 뭐라고들 지껄인다. 그는 이것도 필경 저와
계숙이의 사이가 좋으니까 배가 아파서 이간질이라 생각하
였다. 그런데 계집도 는실난실 여일히(한결같이) 받으며 같

이 웃는 것이 아닌가.

근식이는 분을 참지 못하여 숨소리도 거칠 만큼 되었다. 마는 그렇다고 뛰어들어가 두들겨 줄 형편도 아니요, 어째 볼 도리가 없다. 계숙이나 뭣 하면 노엽기도 덜하련마는 그것조차 핀잔 한마디 안 주고 한통속이 되는 듯하니 야속하기가 이를 데 없다.

그는 노기와 한고로 말미암아 팔짱을 찌르고는 덜덜 떨었다. 농창이 난 버선이라 눈을 밟고 섰으니 뼈끝이 쑤시도록 시렵다. 몸이 괴로워지니 그는 아내의 생각이 머릿속에 문득 떠오른다. 집으로만 가면 따스한 품이 기다리련만 왜 이 고생을 하는지 실로 알고도 모를 일이다. 하지만 다시 잘 생각하면 아내 그까짓 건 싫었다. 아리랑 타령 한마디 못 하는 병신, 돈 한푼 못 버는 천치— 하긴 초작에야 물불을 모를 만큼 정이 두터웠으나 때가 어느 때이냐, 인제는 다 삭고 말았다.

뭇사람의 품으로 옮아 안기며 데씀거리는 들병이가 말은 천하다 할망정 힘 안 들이고 먹으니 얼마나 부러운가. 침들을 게게 흘리고 덤벼드는 뭇놈을 이 손 저 손으로 맘대로 주무르니 그 호강이 바이 고귀하다 할지라…….

그는 설한에 이까지 딱딱거리도록 몸이 얼어 간다. 그러나 집으로 가서 자리 위에 편히 쉴 생각은 조금도 없는 모양 같다. 오직 계숙이가 불러들이기만 고대하여 턱살을 받쳐대고 눈이 빠질 지경이다. 모진 눈보라는 가끔씩 목덜미를 냅다 갈긴다. 그럴 적마다 저고리 동정으로 눈이 날아들며 등줄기가 선뜩선뜩 하였다. 수근거리던 그것조차 끊기고 인젠 굵은 숨소리만 흘러 나온다.

그는 저도 모르게 약이 발부리에서 머리끝까지 바짝 치뻗었다. 들병이란 더러운 물건이다. 남의 살림을 망쳐 놓고 게다가 가난한 농군의 피를 빨아먹는 여우다, 하고 매우 쾌쾌히 생각하였다. 일변 그렇게까지 노해서 나갔는데 아내가 지금쯤은 좀 풀었을까 이런 생각도 해본다.

처마 끝에 쌓였던 눈이 푹 하고 땅에 떨어질 때 그때 분명히 그는 집으로 가려 하였다. 만일 계숙이가 때맞춰 불러들이지만 않았다면,

"에이, 더러운 년!'

속으로 이렇게 침을 뱉고 네 보란 듯이 집으로 뺑 달아났을지도 모른다.

계집은 한 문으로,

"칩겠수, 얼른 가우."

"뭘 이까진 추이—."

"그럼 잘 가게유. 낭종 또 만납시다."

"네 추후루 한번 찾아가지."

뭉태가 이렇게 내뱉자 또 한 문으로,

"가만히 들어오게유" 하고 조심히 근식이를 집어들인다. 그는 발바닥의 눈도 털 줄 모르고 감지덕지하여 냉큼 들어서서 우선 얼른 손을 썩썩 문댔다.

"밖에서 픽 추웠지우?"

"뭘 추위, 그렇지" 하고 그는 만족히 웃으면서 그렇듯 분분하던 아까의 분노를 다 까먹었다.

"그 자식, 남 자는 데 왜 와서 쌩이질이야!"

"그러게 말예유. 그건 눈치 코치도 없어!" 하고 계집은 조

금도 빈틈없이 여전히 탐탁하였다. 그리고 등잔에 불을 다리
며 거나하여 생글생글 웃는다.

"자식이 왜 그 뻔세람. 거짓말만 슬슬 하구!" 하며 근식이
는 먼젓번 뭉태에게 흉잡혔던 그 대갚음을 안 할 수 없다. 나
두 네가 한 만큼은 하겠다 하고,

"아, 그놈 참 병신됐다더니 어떻게 걸어다녀?"

"왜 병신이 되우?"

"남의 계집 오입하다가 들켜서 밤새도록 목침으로 두들겨
맞았지. 그래 옹치가 끊어졌느니 대리가 부러졌느니 하더니
그래두 곧잘 걸어다니네!"

"알라리, 별일두."

계집은 세상에 없을 일이 다 있단 듯이 눈을 째웃하더니,

"제 계집 좀 보았기루 그렇게 때릴 건 뭐야."

"아, 그래 안 그래 그럼. 나라두 당장 그놈을!" 하고 근식
이는 제 아내가 욕이라도 보는 듯이 기가 올랐으나 그러나
계집이 낯을 찌푸리며,

"그 뭐 계집이 어디가 떨어지나 그러게?" 하고 쌜쭉이 뒤
둥그러지는 데는 어쩔 수 없이 저도,

"허긴 그렇지, 놈이 원체 못나서 그래" 하고 얼른 눙치는
게 상책이었다.

내일부터라도 계숙이를 따라다니며 먹을 텐데 딴은 이것
저것을 가리다가는 죽도 못 빌어먹는다. 그보다는 몸이 열파
(찢어 결딴 냄)에 난대도 잘 먹을 수만 있다면야 그만이 아닌
가……. 그건 그렇다 치고, 어떻든 뭉태란 놈의 흉은 그만큼
봐야 할 것이다. 그는 담배를 한 대 피워 물고 뭉태는 본디

돈도 신용도 아무것도 없는 건달이란 둥, 동리에서 그놈의 말은 곧이 안 듣는다는 둥, 심지어 남의 보리를 훔쳐내다 붙잡혀서 콩밥을 먹었다는 허풍까지 치며 없는 사실을 한참 늘어놓았다.

그는 이렇게 계집을 얼렁거리다 안마을에서 첫 홰를 울리는 계명성을 듣고 깜짝 놀랐다. 개동(동이 틀 때)까지는 떠날 차비가 다 되어야 할 것이다. 그는 계집의 뺨을 손으로 문질러 보고 벌떡 일어서서 밖으로 나온다.

"내 집에 좀 갔다 올게. 꼭 기다려. 응."

근식이가 거리로 나올 때에는 초승달은 완전히 넘어갔다. 저 건너 산 밑 국숫집에는 아직도 마당의 불이 환하다. 아마 노름꾼들이 모여들어 국수를 눌러 먹고 있는 모양이다. 그는 밭둑으로 돌아가며 지금쯤 아내가 집에 돌아와 과연 잠이 들었을지 퍽 궁금했다. 어쩌면 매함지박 없어진 건 알았을지도 모른다. 제가 들어가면 바가지를 긁으려고 지키고 앉았지나 않을는지…….

이렇게 되면 계숙이와의 약속만 깨어질 뿐 아니라 일은 다 그르고 만다.

그는 제물에 다시 약이 올랐다. 계집년이 건방지게 남편의 일을 지키구 앉았구, 남편이 하자는 대로 했을 따름이지. 제가 항상 뭔데, 하지만 이 주먹이 들어가 귓배기 한 서너 번만 쥐어박으면 그만이 아닌가…….

다시 힘을 얻어 가지고 그는 제 집 싸리문께로 다가서며 살며시 들이밀었다. 달빛이 없어지니까 부엌 쪽은 캄캄한 것이 아주 절벽이다. 뜰에 깔린 눈의 반영이 있으므로 그런 대로 그저 할만하다 생각하였다.

　그러나 우선 봉당 위로 올라서서 방문에 귀를 기울이지 않을 수 없었다. 문풍지도 울 듯한 깊은 숨소리, 입을 벌리고 곁에서 코를 골아대는 아내를 일상 책했더니 이런 때에 덕볼 줄은 실로 뜻하지 않았다. 저런 콧소리면 사지를 묶어 가도 모를 만큼 곯아졌을 게니까……

　그제서야 마음을 놓고 허리를 굽히고, 그리고 꼭 도둑같이 발을 제겨디디며(발꿈치로 바닥을 가볍게 디디며) 부엌으로 들어섰다. 첫째, 살림을 시작하려면 밥은 먹어야 할 테니까 솥이 필요하다. 손으로 더듬더듬 찾아서 솥뚜껑을 한 옆에 벗겨 놓자 부뚜막에 한 다리를 얹고 두 손으로 솥전을 잔뜩 움켜잡았다. 인제는 잡아당기기만 하면 쑥 뽑힐 게니까 그리 어렵지 않을 것이다.

　이 솥이 생각하면 사 년 전 아내를 맞아들일 때 행복을 계약하던 솥이었다. 그 어느 날인가 읍에서 사서 둘러메고 올 제는 무척 기뻤다. 때가 지나도록 아내가 뭔지 생각하고 모르다가 이제야 알고 보니 딴은 훌륭한 보물이다. 이 솥에서 둘이 밥을 지어 먹고 한평생 같이 살려니 하며 생각하니 세상이 모두 제 것 같다.

　"솥 사왔지."

　이렇게 집에 와 내려놓으니 아내도 뛰어나와 짐을 끄르며,

　"아이, 그 솥 이뻐이! 얼마 주었소?" 하고 기뻐하였다.

　"번인 일 원 사십 전 달라는 걸 억지로 깎아서 일 원 삼십 전에 떼 왔는걸!" 하고 저니까 깎았다는 우세를 뽐내니,

　"참 싸게 샀수, 그러나 더 좀 깎았으면 좋았지."

그러고 아내는 솥을 두들겨 보고 불빛에 비쳐 보고 하였
다. 그래도 밑바닥에 구멍이 뚫렸을지 모르므로 물을 부어
보다가.

"아, 이보게. 새네 새, 이를 어쩌나?"

"뭐, 어디?"

그는 솥을 받아들고 눈이 휘둥그래서 보다가,

"글쎄, 이놈의 솥이 새질 않나!" 하고 얼마를 살펴보고 난
뒤에야 새는 게 아니고 전으로 물이 검흐르는 것을 알았다.

"숭맥두 다 많어이, 이게 새는 거야? 겉으로 물이 흘렀
지!"

"참, 그렇군!"

둘이들 이렇게 행복하게 웃고 즐기던 그 솥이었다. 그러나
예측했던 달가운 꿈은 몇 달이었고, 툭하면 굶고 지지리 고
생만 하였다. 인제는 마땅히 다른 데로 옮겨야 할 것이다.

그는 조금도 서슴없이 솥을 쑥 뽑아 한 길 치에 내려놓고
또 그 다음 것을 찾았다.

근식이는 어두운 부엌 한복판에 서서 뒤 급한 사람처럼 허
둥지둥 매인다. 그렇다고 무엇을 찾는 것도 아니요, 뽑아 논
솥을 집는 것도 아니다. 뭣뭣을 가져가야 할는지 실은 가져
갈 그릇도 없거니와 첫째 생각이 안 나서이다. 올 때에는 그
렇게도 여러가지가 생각나더니 실상 와 닥치니까 어리둥절
하다. 얼마 뒤에야,

"옳지, 이런 망할 정신 보래!"

그는 잊었던 생각을 겨우 깨치고 벽에 걸린 바구니를 떼
들고 뒤적거린다. 그 속에는 닳아 일그러진 수저가 세 자루,

길고 짧고 몸 고르지 못한 적가락이 너덧 매 있었다.

그 중에서 덕이(아들) 먹을 수저 한 개만 남기고는 모집어서 케춤에 꾹 꽂았다. 그리고 더 가져가려 하니 생각은 부족한 것이 아니로되 그릇이 마뜩치 않다. 가령 밥사발, 바가지, 종지…….

방에는 앞으로 둘이 덮고 자지 않으면 안 될 이불이 한 채 있다마는 방금 아내가 잔뜩 끌어안고 앞으로 매대기를 치고 있을게니 이건 오폐부득이다. 또 윗목 구석에 너덧 되 남은 좁쌀 자루도 있지 않느냐……. 하지만 이게 다 일을 덧내는 생각이다. 그는 좀 미진하나마 솥만 들고는 그대로 그림자와 같이 나와 버렸다. 그의 집은 수어릿골 꼬리에 달린 막바지였다. 양쪽 산에 끼여 시냇가에 집은 얹혔고, 늘 쓸쓸하였다. 마을 복판에 일이라도 있어 돌이 깔린 시냇길을 여기서 오르내리자면 적잖이 애를 씌웠다.

그러나 이제로는 그런 고생을 더 하자 하여도 좀체 없을 것이다. 고생도 하직을 하자 하니 귀엽고도 일변 안타까운 생각이 없을 수 없다. 그는 살던 제 집을 두서너 번 돌아다보고 그리고 술집으로 휭허케 달려갔다.

방에 불은 아직도 켜 있었다. 근식이는 허둥지둥 지게문을 열고 뛰어들며,

"어, 추워!" 하고 커다랗게 몸서리를 쳤다.

"어서 들어오우, 난 안 오는 줄 알았지."

계숙이는 어리벙벙한 웃음을 띠고 그리고 몹시 반색한다. 아마 그 동안 자지도 않은 듯 보자기에 아이 기저귀를 챙기며 일변 쪽을 고쳐 끼기도 하고 떠날 준비에 서성서성하고

있다.

"안 오긴 왜 안 와."

"글쎄 말이유, 안 오면 누군 가만 둘 줄 아나. 경을 이렇게 쳐주지" 하고 그 팔을 꼬집다가,

"아, 아, 아고파!" 하고 근식이가 응석을 부리며 덤비니,

"여보기유, 참 짐은 어떡허지유?"

"뭘 어떡해?"

"아니, 언제 쌀려느냔 말이지유" 하고 뭘 한참 속으로 생각한다.

"미리 싸 놨다가 훤하거든 곧 떠납시다유."

근식이도 거기에 동감하고 계집의 의견대로 짐을 덩그라니 묶어 놓았다. 짐이라야 솥, 맷돌, 매함지박, 옷보따리, 게다가 술값으로 받아들인 쌀 몇 되, 좁쌀 몇 되……

먼동이 트는 대로 짊어만 메면 되도록 짐은 아주 간단했다. 만약 아침에 주저거리다간 우선 술집 주인에게 발각이 될 게고 따라 동리에 소문이 퍼진다. 그뿐 아니라 아내가 쫓아온다면 팔자는 못 고치고 모양만 창피할 것이 아닌가…….

떠날 차비가 다 되자 그는 자리에 누워 날 새기를 기다렸다. 시방이라도 떠날 생각은 간절하나 산골에서 짐승을 만나면 귀신이 되기 쉽다. 하지만 술집의 짐은 다 되었으니까 인사도 말고 개동까지는 슬며시 달아나야 할 것이다. 그는 몸을 덜덜 떨어 가며 얼른 동살이 잡혀야(동이 터서 광선이 비치기 시작함) 할 텐데……. 그러다 어느 결에 잠이 깜빡 들었다.

그것은 어느 때쯤이나 되었는지 모른다. 어깨가 으쓱하고

찬 기운이 수가마로 새드는 듯이 속이 떨려서 번쩍 깨었다. 허나 실상은 그런 것도 아니요, 아이가 킹킹거리며 머리 위로 자꾸 기어올라서 눈이 띄었는지 모른다.

그는 귀찮아서 손으로 아이를 밀어 내리고 또 밀어 내리고 하였다. 그러나 세 번째 밀어 내리고자 손이 이마 위로 또 올라갈제, 실로 알지 못할 일이다. 등 뒤 윗목 쪽에서.

"이리 온, 아빠 여기 있다"하고 귀 설은 음성이 들리지 않는가…….

걸걸하고 우람한 그 목소리……. 근식이는 이게 꿈이 아닌가 하여 정신을 가만히 가다듬고 눈을 떴다 감았다 하였다. 그렇다고 몸을 삐긋하는 것도 아니요, 숨소리를 제법 크게 내는 것도 아니요, 가슴 속에서 한갓 염통만이 펄떡펄떡 뛸 뿐이다.

암만 보아도 이것이 꿈은 아닐 듯싶다. 어두운 방, 앞에 누운 계숙이, 킹킹거리는 어린애……. 걸걸한 목소리는 또 들린다.

"이리 와, 아빠 여기 있다니깐."

아이의 아빠이면 필연코 내던진 본남편이 결기(급한 성질)를 먹고 따라왔음에 틀림이 없을 것이다. 그리고 아내의 부정을 현장에서 맞닥뜨린 남편의 분노이면 너나없이 다 일반이리라. 분김에 낫이라도 들어 찍으면 그대로 찍 소리도 못하고 죽을밖에 별 도리 없다. 확실히 이게 꿈이어야 할 텐데 꿈은 아니니 근식이는 얼른 몸에서 땀이 다 솟을 만큼 속이 답답하였다. 꼿꼿해진 등살은 그만두고 발가락 하나 꼼짝 못하는 것이 속으로 인젠 참으로 죽나 보다 하고 거의 산송장이 되었다.

물론 이러면 좋을까 저러면 좋을까 하고 들입다 애를 짜도 본다. 그러나 결국에는 계숙이를 깨우면 일이 좀 필까 하고 손가락으로 그 배를 넌지시 쿡쿡 찔러도 보았다. 한 번, 두 번, 세 번, 그리고 네 번째는 배에 창이 나라고 힘을 들여 찔렀다. 마는 계숙이는 깨기는커녕 새로 그의 허리를 더 잔뜩 끌어안고 코 골기에 세상 모른다. 그는 더욱 부쩍부쩍 진땀만 흘렀다.

남편은 어청어청 등 뒤로 걸어오는 듯하더니 아이를 번쩍 들어 안는 모양이다.

"이놈아, 왜 성가시게 굴어?"

이렇게 아이를 꾸짖고,

"어여들 편히 자게유!" 하여 쾌히 선심을 쓰고 윗목으로 도로 내려간다. 그 태도며 그 말씨가 매우 맘세 좋아 보였다. 마는 근식이에게는 이것이 도리어 견딜 수 없을 만큼 살을 저미는 듯하였다. 이러게 되면 이왕 죽을 바에야 얼른 죽이기나 바라는 것이 다만 하나 남은 소원일지도 모른다.

계숙이는 얼마 후에야 꾸물꾸물하며 겨우 몸을 떠들었다.

"어서 떠나야지?" 하고 두 손등으로 잔눈을 비비다가 윗목을 내려다보고는 몹시 경풍(크게 놀람)을 한다. 그리고 고개를 접더니 입을 꼭 봉하고 잠잠히 있을 뿐이다.

이런 동안에 날은 아주 활짝 밝았다. 안부엌에선 솥을 가시는 소리가 시끄렇게 들려온다. 주인은 기침을 하더니 찌걱거리며 대문을 여는 모양이었다.

근식이는 이래도 죽기는 일반이라 생각하였다. 참다못해

저도 따라 일어나 웅크리고 앉으며 어찌 될 건가 또다시 처분만 기다렸다. 그런 중에도 곁눈으로 흘깃 살펴보니 키가 커다란 한 놈이 책상다리에 아이를 안고서 윗목에 앉았다. 감때는 그리 사납지 않으나 암기(시기심) 좀 있어 보이는 듯한 그 낯짝이 족히 사람깨나 잡을 듯하다.

"떠나지들⋯⋯."

남편은 이렇게 제법 재촉하며 자리에서 일어섰다. 마치 제가 주장하여 둘을 데리고 먼 길이나 떠나는 듯싶다. 아이를 계숙이에게 내맡기더니 근식이를 향하여,

"여보기유, 일어나서 이 짐 좀 지워 주게유" 하고 손을 빈다.

근식이는 잠깐 얼떨하여 그 얼굴을 멍히 쳐다봤으나, 그러나 하란 대로 안 할 수도 없다. 살려 주는 것만 다행으로 여기고 본시는 제가 질 짐이로되 부축하여 그 등에 잘 지워 주었다.

솥, 맷돌, 함지박, 보따리들을 한데 묶은 것이니 무겁기도 좋이 무거울 게다. 하나 남편은 조금도 힘드는 기색을 보이긴커녕 아주 홀가분한 몸으로 덜렁덜렁 밖을 향하여 나선다. 아내는 남편의 분부대로 아이는 포대기로 들싸서 등에 업었다. 그리고 입 속으로 뭐라는 소리인지 종알종알하더니 저도 따라 나선다. 근식이는 얼빠진 사람처럼 서서 웬 영문을 모른다. 한참, 그러나 대체 어떻게 되는 건지 그들이 하는 양이나 보려고 그도 슬슬 뒤묻었다.

아침 공기는 뼈끝이 다 쑤시도록 더욱 매섭다. 바람은 지면의 눈을 품어다간 얼굴에 뿜고 또 뿜고 하였다. 그들은 산

모퉁이를 꼽틀어 퍼언한 언덕길로 성큼성큼 내린다.

아내를 앞에 세우고 길을 찾으며 일변 남편은 뒤에 우뚝 서 있는 근식이를 돌아보고,

"왜 섰수? 어서 같이 갑시다유" 하고 동행하기를 간절히 권하였다.

그러나 근식이는 아무 대답 없고 다만 우두커니 섰을 뿐이다. 이때 산모퉁이 옆길에서 두 주먹을 흔들며 헐레벌떡 달겨드는 것이 근식이의 아내였다. 일은 벌어졌으나 말을 하기에는 너무도 기가 찼다. 얼굴이 새빨개지며 눈에 눈물이 불현듯 고이더니,

"왜 남의 솥을 빼 가는 거야?" 하고 대뜸 계집에게로 달라붙는다. 그리고 고개만을 겨우 돌려,

"누가 빼 갔어?" 하다가,

"그럼 저 솥이 누구 거야?"

"누구 건지 내 알아? 갖다 주니까 가져가지!" 하고 근식이 처만 못지않게 독살이 올라 소리를 지른다. 동리 사람들은 잔눈을 비비며 하나둘 구경을 나온다. 멀찍이 떨어져서 서로들 붙고 떨어지고,

"저게 근식이네 솥인가?"

"글쎄, 설마 남의 솥을 빼 갈라구!"

"갖다 줬다니까 근식이가 빼 온 게지!"

이렇게 수군숙덕……

근식이는 아내를 뜯어 말리며 두 볼이 확확 달았다. 마는 아내는 남편에게 한 팔을 끄들린 채 그대로 몸부림을 하며 여전히 대들려고 든다. 그리고 목이 찢어지라고,

"왜 남의 솥을 빼 가는 거야, 이 도둑년아!"

하고 연해 발악을 친다. 그렇지마는 들병이 두 내외는 금세 귀가 먹었는지 하나는 짐을, 하나는 아이를 들러 업은 채 언덕으로 유유히 내려가며 한 번 돌아다보는 법도 없다.

아내는 분에 복받쳐 그만 눈 위에 털썩 주저앉으며 체면 모르고 울음을 놓는다.

근식이는 구경꾼 쪽으로 시선을 흘깃거리며 쓴 입맛만 다실따름……. 종국(결국)에는 두 손으로 눈 위의 아내를 잡아 일으키며 거반 울상이 되었다.

"아니야. 글쎄, 우리 것이 아니라니깐 그러네, 참!"

1908년   1월 11일 강원도 춘천에서 부친 김춘식(金春植)과
          모친 청송(靑松) 심씨(沈氏)의 2남 6녀 중 일곱째,
          차남으로 출생.

1914년   3월 27일 모친 사망.

1916년   부친 사망. 4년간 한문을 수업.

1923년   휘문고보(徽文高普)에 입학.

1927년   연희전문(延禧專門) 문과(文科)에 입학.

1928년   더 배울 것이 없다는 이유로 중퇴.

1930년   전국을 방랑하다가 늑막염으로 앓기 시작함.

1931년   춘천 실레 마을에 야학을 열었으나, 일확 천금을
          꿈꾸고 금광에 몰두하였음.

1932년   크게 깨친 바 있어 마음을 바로잡고 본격적인 계몽
          운동으로 실레 마을에 금병의숙(錦屛義塾)을 설립.

1935년   단편소설 〈소낙비〉가 조선일보 신춘문예에, 〈노다
          지〉가 중앙일보에 각각 당선, 문단에 데뷔함. 단편
          〈산골〉〈금 따는 콩밭〉〈봄 봄〉〈만무방〉〈안해〉
          〈솥〉 등을 발표.

1936년   〈동백꽃〉〈산골 나그네〉〈봄과 따라지〉〈가을〉〈두
          꺼비〉〈옥토끼〉〈정조(貞操)〉〈야앵(夜櫻)〉〈슬픈

이야기〉등을 발표.

1937년　단편 〈따라지〉〈땡볕〉과 미완성 장편 〈생의 반려
(伴侶)〉를 발표.

경기도 광주군(廣州郡) 중부면(中部面) 상산곡리
(上山谷里) 매형 유세준(兪世濬)의 집으로 옮겨 요
양하다가 3월 29일에 사망.

동백꽃 · 소낙비(외)

**발행일** | 2022년 11월 10일 초판 1쇄 발행
2024년 10월 5일 초판 2쇄 발행

**지은이** | 김유정          **펴낸이** | 윤성혜
**펴낸곳** | 종합출판 범우(주)    **교 정** | 정은경
**표지디자인** | 윤 실         **인쇄처** | 태원인쇄

**등록번호** | 제406-2004-000012호 (2004년 1월 6일)
(10881) 경기도 파주시 광인사길 9-13 (문발동)
**대표전화** | 031-955-6900    **팩 스** | 031-955-6905
**홈페이지** | www.bumwoosa.co.kr   **이메일** | bumwoosa1966@naver.com

ISBN 978-89-6365-564-2  03810